清·樊圻绘山水册页（一）

清·樊圻绘山水册页（二）

清·樊圻绘山水册页（三）

清·樊圻绘山水册页（四）

清·樊圻绘山水册页（五）

清·樊圻绘山水册页（六）

清·樊圻绘山水册页（七）

清·樊圻绘山水册页（八）

春山 多胜事

四时读诗

三书——著

天地出版社 | TIANDI PRESS

一
一

碧莲玉笋世界：山川相间

谁持彩练当空舞：四色美学

春山多胜事：四时读诗

回忆一个春天的早晨

春天是夜晚的故事

闻蝉起乡心：记忆中的夏天

日长人静，午睡初醒

梧叶飘黄：秋天的第一种悲伤

秋天的大雁：一边歌唱，一边飞远

且如今年冬：雾中行走的孤独

回忆一个春天的早晨

晨光抚摸如牛奶，窗外，"哗——哗——"的水声阵阵涌来。

我醒在这里，仿佛梦境中的一匹马，被黎明的潮水冲到岸上。

那不是潮水，那是车流。这里也不是海岸，是奔向明天的城市。

簇拥我的，是室内的一小片寂静。清风透过窗缝，递来新鲜的气息。

鸟鸣参差，婉转出时光曲径，领我返回故乡的春天，那里永远有一只布谷鸟在叫，在山那边，在叫我……

清晨充满啼鸟落花

春 晓

[唐] 孟浩然

春眠不觉晓，处处闻啼鸟。

夜来风雨声，花落知多少。

让我们跟随啼鸟，重返春天的家园，回童年待一个早晨。

我家庭院的四棵梧桐还在，疏朗的枝头上桐花又开了。清早醒来，听院中"沙——沙——"，是母亲在扫落花。母亲哼着歌，那时她还很年轻。梁间燕子飞进飞出，庭前屋后鸟雀啁啾，更远处，啼唤着声声"布谷"。

有时我起得早，就在满地落花中间，随手捡拾几朵，拔去花蒂，吮吸里面些微的蜜汁，有时会吮出蚂蚁。乡下人不当花是花，更别说桐花了。不论什么花，开在那里就好，落了也就落了。

桐花落地，很快便会化为烂泥，像做了一场梦，过后就被忘记。然而，当我此刻回忆往昔，落花又全部回到枝头，我的舌尖又尝到花蜜。也许这就是诗，诗可以让时光倒流。

"春晓"，这两个字清新如露水，散发着花的香气。不要问诗人表达了什么意思，正如不要问春天是什么意思。

这首"简单"的诗，不同的人会读出不同的感受。有人读出惬意，有人读出淡淡的惆怅，有人感受到春天的美好，更多的人可能兼而有之。

这些感受是不是诗意？在回答这个问题之前，让我们先来跟随诗句，体验一下孟浩然的这个早晨。

诗往往始于惊异。"春眠不觉晓"，看似平淡的一句，却传达出日常体验中的惊异。春天不是读书天，也许更宜于睡眠。诗人可能饮了酒，即使没有，春天的夜晚也足以令人沉醉，使人酣眠。一觉醒来，天已大亮，诗人感觉自己不像是睡了一晚，而像是睡了一千年。

"不觉晓"是今人的普遍感受，除非习惯了黎明起床，我们大都天亮后才醒，很少能看到破晓。对于古人，还有今天生活在乡下的人，他们习惯了早睡早起，如果哪天睡得深沉，醒来发现天已大亮，心里就会有刹那的惊讶。这种惊讶之感来得强烈却说不清，恍若生命中电光一闪。

在还没反应过来的意识空白中，冥潜于灵性深处的直觉取代了理性，这时人的体验最接近生命的原初体验。处处的鸟啼声，就是这样被听见的。

诗人用"处处"和"啼"，把他的感受传达给我们。从这两个词，我们可以听到天亮，听到雨过天晴，听到某种紧迫感，也许还能听到什么事情正在发生，或已经发生……

夜来风雨声，于睡梦中深深沉埋。"花落知多少"，在这句诗中，听得见时间在雨中折断。一觉醒来，春天已远。梦里梦外，花落知多少。

现在我们来看诗意在哪里。字面上看似普通的一个日常体验，人人都经历过的某个时刻，包括那些惬意或惆怅的情绪……它们本身并不是诗意，其中呈现出的惊异和神秘才是诗意。

这首诗的每个词、词与词之间、句与句之间，都在传达这种惊异，并试图呈现春眠、啼鸟、夜晚、风雨以及落花之间的隐秘关系。诗人以自己强大的直觉将不可言说的神秘，显现为几个本真的形象，给我们既熟悉又陌生的触动。

用语言的意外揭示真实

如梦令

[宋]李清照

昨夜雨疏风骤，

浓睡不消残酒。

试问卷帘人，

却道海棠依旧。

知否，知否？

应是绿肥红瘦。

好诗词都是真诚而敏感的。诗（词）人的敏感，就在于能够从日常的经验中发现常人未能觉察的现实。

一首好诗总能让人想起更多的诗词。读孟浩然的《春晓》，就想起李清照这首词，它们如此相似，却又拥有不同的音调和亮度。孟诗音调高些亮些，有天大亮的感觉；李词轻柔如喃喃低语，残留着昨夜的气息。

也是清晨醒来，但即刻想起昨夜的风雨。海棠花开在清明前后，春天虽然刚刚过半，但风雨已开始将花朵摧残。

"浓睡不消残酒"，饮酒大抵为了浓睡，浓睡醒来，酒仍未醒。昨夜的雨疏风骤，令她深为隐忧，半梦半醒，此时也许有些头疼。

"试问卷帘人"，卷帘人应是侍女，问她什么？问题就在答案中："却道海棠依旧。"可见，问的正是花——一夜风雨，花还在不在？比起问的内容，更重要的是试问的时间和语气。词人浓睡醒来，第一时间就想起昨夜的风雨，想起那些花，她急切地想知道花有没有被打落。而"试问"二字，又透露出她内心的怕，她担心那些花真的落了。

对于侍女的回答，词人用了"却道"二字，她预料那些花在夜里落了，所以当侍女说海棠依旧时，她感到有点儿意外。细品词意，"却道"也许还暗示了她嗔怪侍女未免太迟钝。又或许，侍女只是为了安慰她，故意说海棠依旧，那将是多么善解人意啊！

下面的"知否，知否"，表明海棠花的确还在，侍女并没有以说谎来安慰她。连呼"知否"，既是对侍女的唤醒，也是词人的喟叹。

"应是绿肥红瘦"，用肥瘦来形容颜色，造语实在新奇。诗人、词人的天职就在于激活语言，发明出母语中的母语，通过把貌似不相关的词组合在一起，制造出语言的意外和惊喜，从而帮助我们摆脱在习惯用法中渐渐养成的对语言的麻木，进一步唤起我们内在的感知和审美，最后揭示出一种超现实的真实。

当然，任何惊喜流行一段时间之后，都会变成习惯和俗套，"绿肥红瘦"也是如此。因此，每个时代都需要新的诗人和词人，需要创造出新的母语。对语言的麻木，在某种程度上，就是对生命的麻木。

"应是"的语气颇为笃定，词人即使还没有出去看海棠，也已经在夜晚的风雨声中，敏锐地感知到季节的转换，并内在地看见了"绿肥红瘦"。也就是说，词人觉察到了比侍女用眼睛看到的现实更为真实的现实。

一个懒洋洋的清晨

漫成二首（其二）

[唐] 杜甫

江皋已仲春，花下复清晨。

仰面贪看鸟，回头错应人。

读书难字过，对酒满壶频。

近识峨眉老，知予懒是真。

"漫成"，一个懒洋洋的题目，我们不妨懒洋洋地去读。

《漫成二首》其一写花溪外景，写草堂环境的自然随性；其二尽上章未尽之意，聚焦于日常生活的近景。

"江皋已仲春，花下复清晨"，时间和地点简直不能更完美：仲春的江皋已经春色烂漫，人在花下又正值清晨。"已"和"复"的语气，洋溢着诗人闲适自得的心情。

这是杜甫人生中难得的一段闲散日子，他暂且把忧国忧民放到一边，全身心地投入眼前的春天。卜居草堂的前两年，杜甫为春天写了很多诗，包括《江畔独步寻花七绝句》《绝句漫兴九首》等组诗。

三、四句形象生动，细节呼之欲出。"仰面贪看鸟"，身闲无事，仰面看鸟，真率可爱。"回头错应人"，这个细节很有表现力，一句顶一万句，瞬间让我们看见诗人忘我看鸟的场景。

接着写"读书难字过，对酒满壶频"，更见他春日生涯之懒慢疏放。读书破万卷、语不惊人死不休的诗人，也许是酒醉眼花，也许是真的懒散，难识之字，一任其放过，不复考索。

最后，杜甫大概觉得别人可能不信，便幽默地说，新近结识的峨眉隐者可以做证，不信你去问他，他知道我是真懒。旧相识或因先入之见而不大相信，新识之人看到的才是他真实的状态，更何况此人是一位无为的隐者。隐者说一个人懒，必定就是懒得不容置疑了。

懒，发呆，无为，我想这些都是诗人和艺术家必不可少的状态。人只有在静置和空灵的时候，才能倾听万物和自己的声音，才能在心中清晰地呈现出世界的倒影。

这是谁的春天？

早　起

[唐]李商隐

风露澹清晨，帘间独起人。
莺花啼又笑，毕竟是谁春。

一看题目，我就喜欢。我已放弃了早起，如果不是必须，我会尽可能晚起，即使醒了，也要尽力在梦中多停留一会儿。不是因为懒，而是耽于夜晚，远胜白天。"早起"对于我，向来是一个悬念。早起做什么呢？

李商隐似乎也没什么事可做，也许只是单纯睡不着。他并没有去散步，只是独立帘间。

风露澹荡，清晨多么静谧，世界仍在睡梦中。早起的诗人，看见自己被独立出来，在夜晚与白天的间隙。"帘间独起人"，这句可作诗人的自画像。为什么不是庭中或花前，而是帘间？

早起意味着提前进入新的一天，但对于成年人来说，新的一天也许并不新鲜，甚至可能比昨天更为陈旧和晦暗。那么，你还有没有心情走进去？然而如果已经早起，再退回梦里也不太可能。"帘间"恰好在进退之间，为诗人提供了一个观看的位置。

看什么呢？看"风露"，看"清晨"，看"独起人"，看"早起"这件事。

当然，还看春天。莺啼花笑，李商隐写成"莺花啼又笑"，不是出于格律的需要，而是出于诗意本身。"莺花啼又笑"在语言上更具参差的美感，于修辞上又具互文效果，这样的表达无疑更加丰满。

尚在睡眠中的世界仍然寂静，但莺花啼笑已这般热闹，让诗人不禁发问：毕竟是谁春？

春天是花的季节，是鸟的季节，是你的季节吗？"毕竟"二字，问得心酸。显然，诗人觉得春天不属于自己。

诗，并没有到此为止。多问几遍"毕竟是谁春"，便把莺、花也包括进来了。比起诗人，春天更像是莺与花的，然而即使得意如莺、花，不也是春天里的匆匆过客吗？

在提问的时候，诗人的声音已扩散到无穷的未来，并把我们全都包括进来了。是啊，毕竟是谁春？不必回答，提问本身已是一种回答。

春天是夜晚的故事

梅花飘香，说起来，春天就是夜晚的事情。

日本诗人小林一茶的这首俳句，让我想起唐诗中的很多个夜晚，那些或空灵，或芬芳，或湿漉漉的夜晚。

让我们一起走进诗中的良夜。那里有春山，有月亮，有鸟鸣，有花香，有我们在奔跑中错过的一切。

一个叫"鸟鸣涧"的夜晚

鸟鸣涧
[唐] 王维

人闲桂花落，夜静春山空。
月出惊山鸟，时鸣春涧中。

这首绝句通常被认为是王维山水诗的代表作，且被理解为描写了春山的幽静。这样就足以概括或赞美这首诗了吗？当然不能。

我们知道，一首好诗天生拒绝被概括，尤其拒绝被标签化。《鸟鸣涧》不是一首简单意义上的"山水诗"，山水在诗中并非山水，或者说诗中的山水远非山水本身。至于春夜的"静"，"幽静"二字亦不足以当之。诗中的夜之"静"，实乃静中有声、静中有动，"静"乃静，乃不静。

没错，这是一首禅诗。其简单，是表面的简单；其丰富，是内蕴的丰富。正如一枝花，一片叶，一粒沙，都是奇妙无穷的禅的世界。或许只有把这首诗当作一次禅修的体验来读，才可能走进王维的春夜。

题曰"鸟鸣涧"，按照很多解读，写鸟鸣是为了反衬春山的幽静，那为什么诗题不直接叫"春山夜静"或"静夜"？作为王维在吴越一带所作组诗《皇甫岳云溪杂题五首》之一，诗中的山涧应在云溪某处。以"鸟鸣涧"题诗，或与《辋川集》同趣，即撷取印象以命名之。

看似简单的四句诗，可谓句句有禅机。第一句"人闲桂花落"，什么意思呢？我们可不能对此不求甚解地马虎放过。"人闲"与"桂花落"之间是什么关系？是一种并置的现象，还是隐含着某种因果？

把这个句子读上几遍，我们就能感觉到，二者之间隐含着因果，似乎"人闲"是"桂花落"之因。那么反过来，人不闲，桂花就不落了吗？当然会落，但你感觉不到。若是玉兰或木棉花，坠地时"啪"地一响，那是容易听见的。桂花花瓣细小，随风飘落，坠地之声很难被听见，只有人闲时才能察觉到。但它又是如何被察觉的呢？

不论白天还是夜晚，桂花飘落无声，都不太可能被人听见。人闲其实是心闲，心无挂碍，也许就能听到桂花落。怎么听见的？白天应该是看见，因为心闲，视觉通感为听觉。夜晚呢，看也看不见，但我们知道，花香往往盛于夜间，晨起转而淡逸。这个夜晚，王维一定是在香气中"听"见了桂花落。

有人质疑说秋天才有桂花，似与春景不符。但有人说这不是问题，就花期而言，桂花有八月桂、四季桂等不同品种。尽管春天也有桂花，但这个质疑依然成立，因为我们可以进一步问：人闲桂花落，究竟当时是不是真有桂花？想知道答案，只有去问王维。但我猜他会说，或许有或许没有，你觉得有，就有。

我们熟悉的现代诗《镜中》，第一句便是"只要想起一生中后悔的事／梅花便落了下来"。探索将汉语的古典精神融入现代表达的诗人张枣，在写这个句子时，很有可能想到了王维的"人闲桂花落"，只不过他将隐含的因果关系显化了。梅花落并不取决于人的心情，但作为一种诗歌心理，它却是可能的，而且是很美的。李白的"黄鹤楼中吹玉笛，江城五月落梅花"，高适的"借问梅花何处落，风吹一夜满关山"，这些诗句中的梅花落，都并非真的有梅花在落，而是借用汉乐府名曲《梅花落》中的情感意象。

诗人杨牧的《凄凉三犯》之二，开头写道："那一天你来道别／坐在窗前忧郁／天就黑下来了"。王维、张枣和杨牧的诗句，可以视为汉语诗歌传统中的互文写法。

说回王维的诗，第二句"夜静春山空"，句子结构与"人闲桂花落"相同，因果关系更明显了。春山怎么会"空"呢？因为夜静。王维诗中经常出现"空山"："空山不见人""空山新雨后"……并非山本身是空的，而是指一种没有人为干扰的虚静状态。夜晚的春山就在那里，但它静得就像变成透明的了。我们发呆的时候与此类似，人还在这里，但没有任何念想，当回过神来，才发现刚才的一段记忆是空白的，所以也叫放空。

"月出惊山鸟"，月出而鸟惊，凸显的还是山空。山并不知道自己空，就像人在无意识地发呆时，也不知道自己在发呆，一个乍现的声音或别的动静，让你赫然一惊，才发觉自己刚才的空。这句诗的高妙之处就在于"惊"字，仿佛能让人听见月光乍现的声响。

"时鸣春涧中"，月出、鸟惊、时鸣，在同一瞬发生。王维抓住了这一瞬，就像在时间身上挖了个洞，将它定格在了空间中。这时，我们才听见溪涧的流水声，流水仿佛是被鸟鸣从睡梦中吵醒的。

苏轼说："味摩诘之诗，诗中有画；观摩诘之画，画中有诗。"这也是我们读王维诗最直观的感受。在诗中看见画家王维，在画中又看见诗人王维。

《鸟鸣涧》不止于此，在这首诗中，我们还能听见音乐，不是诗歌的音乐性，而是诗中流淌的音乐本身。

再次强调，这首诗写的不是幽静，幽静如果只是幽静，那是死的，不必衬托，不必去写。更不要像有些人那样琐琐碎碎，去考索皇甫岳是谁乃至鸟鸣涧在哪里，这些不必要的伪知识，会杀死普世意义上的好诗。真正的诗歌，永远蕴蓄着神奇，这应该才是《鸟鸣涧》想馈赠给我们的。

春山多胜事

春山夜月
［唐］于良史

春山多胜事，赏玩夜忘归。
掬水月在手，弄花香满衣。
兴来无远近，欲去惜芳菲。
南望鸣钟处，楼台深翠微。

春山多胜事，只是我们已全然不知。如果能像诗人那样，在春山漫游一个夜晚，那将是多么奢侈的事。没有时间，更重要的是，没有那份闲情逸趣。

读唐代诗人于良史写的这首《春山夜月》，我们可以感觉到，他想说的是有太多的胜事，无法尽写。也许，对于那样的夜晚，那样的漫游，连写一首诗都是多余的。

那个夜晚的美好，都在"赏玩夜忘归"中了——胜事之多，令人流连忘返。诗人仅举了两个例子："掬水月在手""弄花香满衣"。这两个例子从古代一直生动到今天。古人的玩兴由此可见一斑。不，应该说诗人确有雅兴。

其实在我小时候，遇到明月夜，我也曾玩过"掬水月在手"的游戏。掬水在手，手心里就有了一个月亮。这是童趣，也是诗意。诗人就是天真未泯、对万物永远好奇的人。

"弄花香满衣"，山里春花馥郁，染得弄花人的衣服都香了。

月与花，都是春夜山里的奇迹，它们不只是被观赏的对象，更是在与人交流的活物，有着旺盛的生命力。

说不尽的胜事，仅此两句略为点染，如冰山露出的两个尖角。那些欲说但终究未说的美好体验，乃是隐藏在水下的庞大部分。这正是诗歌的魔力，看不见的冰山，经读者的感受力和想象力赋形，获得不同的生命，因此意境隽永。

接着，一句"兴来无远近"，多么自由，多么任性！想去哪儿就去哪儿，想走多远完全乘兴。这也是"胜事"的根本所在，漫游的乐趣即是随兴，兴之所至，忘路之远近。

等到要回去时，"欲去惜芳菲"，却不得不告别。这也是很本真的心情，我们也都体验过，比如小时候在外面玩得尽兴，多想一直玩下去，但天总会黑，人总要回家吃饭。不得不告别的心情，如同有个约定被留在风中，那种怅惘，也许就是时间的真相。

天就要亮了。已经下山了，听到钟声，再次回望，隐隐望见寺院的楼台，深藏于春山之青。"南望鸣钟处，楼台深翠微"，当一个人恋恋不舍地下了山，总要回望的，何况还听到钟声。钟声从山上荡下来，而你刚刚还在那里。钟声中有一个你，在与你挥手道别。

酒醒时分，写一首诗

和袭美《春夕酒醒》

〔唐〕陆龟蒙

几年无事傍江湖，醉倒黄公旧酒垆。

觉后不知明月上，满身花影倩人扶。

与苏轼的杨花词一样，这也是一首和韵超过了原唱的诗。先来读读皮日休（字袭美）的原诗《春夕酒醒》："四弦才罢醉蛮奴，醽醁馀香在翠炉。夜半醒来红蜡短，一枝寒泪作珊瑚。"同写酒醒刹那的观感，陆龟蒙的诗时空开阔，满身花影比红蜡寒泪更灵动洒脱。

夜半酒醒，这一刻的孤独，皮日休在《闲夜酒醒》中写得更可感："醒来山月高，孤枕群书里。酒渴漫思茶，山童呼不起。"此诗写于他隐居襄阳鹿门山时期。想想诗人酒醉醒来，看见高高的山月，这个瞬间，仿佛置身于一个史前的现在，一个亘古的宇宙时刻。但"自我"马上回到他的意识里，他发现自己孤枕在群书中间，这就是他在尘世或不在尘世的位置。接着，他感到口渴，他想喝茶，他唤山童……随着更多"自我"的返回，他也就更深地陷进尘世，而山童"呼不起"，则叫他在酒醒的孤独中停留得更久，也使他有所悟而写下这首诗。

陆龟蒙与皮日休既是诗友，也是酒友，二人经常相邀饮酒赋诗。《春夕酒醒》与《和袭美〈春夕酒醒〉》就是二人酒醉倒地，醒后各自即兴赋诗所得。皮诗前两句意为醉倒前的琵琶声犹在耳，乍醒时水炉上余酒犹香，很贴合醒来时的感觉，实为白描。

和诗前两句"几年无事傍江湖，醉倒黄公旧酒垆"，陆龟蒙写的是身世之感，没有刚刚酒醒的新鲜，却在这个初醒的时刻，看见自己浪迹江湖的如梦生涯。"黄公酒垆"是典故，出自《世说新语》，原指竹林七贤饮酒之处，此处引用不无自我标榜之意，即自诩人生旷达襟怀高远。

"觉后不知明月上"，沉醉可以想见，同时也是觉后一惊。即便不醉酒，小憩片刻，醒来天欲暮，我们也会感到莫名的惆怅，似乎这一天永远失落了，失落到很远的地方。诗人酒醒后，不仅天黑了，而且明月已经挂在天上，心中的错位感和茫然一定更为强烈，但他没有直接抒情。

"满身花影倩人扶"，酒醒刹那，他对自己的身体也许感到陌生，而满身花影更使他吃惊。他想起来却起不来，只得请人搀扶，也许酒未全醒，也许花影太重。没有言明的抒情，全都浓缩在这个意味深长的形象中。

较之皮日休的蜡泪凄寒，陆龟蒙可谓情致翩翩。此诗情志略带落魄，但没有哀伤叹惋，倒是浪漫洒脱，潇洒似一无所求，有如庄子的"泛若不系之舟"。

陆龟蒙的《丁香》诗曰：

> 江上悠悠人不问，十年云外醉中身。
>
> 殷勤解却丁香结，纵放繁枝散诞春。

由此诗来看，诗人也并非完全旷达。满腹诗书才华无所施展，使他心中仍结着丁香一样的愁苦。

不能说哪首诗中的他更真实——愁苦有时，旷达有时；快乐有时，悲哀有时。全都是生命的真实。

闻蝉起乡心：记忆中的夏天

　　1986年夏天的一个下午，诗人大仙坐在京郊树林中的一块石头上。周围没有人，也没有风，一切静止，唯有他的影子变幻着姿势。蝉声响起，他张开手，接住了这首诗：

> 下午的寂静从林子的空地上漫起来了
> 这下午的风在我的掌中一动不动
> 我默默地和石头坐在一起
> 四周全是我不同姿势的影子
>
> 这蝉声就在这时候响起了
> 这蝉声从半空里轻轻落下
> 轻轻拂响我的影子
> 我那攥着风的手也张开了
> 要把这声音合进手掌
>
> 这蝉声在我的手心里

通过全身

和我的呼吸在同一个时间

回到树上

这蝉声浓浓地遮住了我

一遍一遍褪去我身上的颜色

最终透明地映出我来

哦，我已是一个空蝉壳

——《听蝉》

闻蝉起乡心

早 蝉

[唐]白居易

月出先照山，风生先动水。

亦如早蝉声，先入闲人耳。

一闻愁意结，再听乡心起。

渭上新蝉声，先听浑相似。

衡门有谁听，日暮槐花里。

　　记忆中的夏天，满满的烈日蝉鸣：阳光愈烈，蝉鸣愈响；蝉鸣愈响，阳光愈烈。蝉无烈日则蝉鸣不酣，烈日无蝉则日光不畅。若问蝉是从哪天开始叫的，还真记不起来，总归在夏至前后吧。"知了叫，暑假到"，等听见蝉鸣，就知道暑假要到了。蝉叫得最欢时也是在暑假，长长的日子，被蝉声激荡得嘹亮又高远。

诗人白居易写过很多咏蝉诗，尤其是关于听早蝉或新蝉的诗。作为物候，蝉鸣让人惊觉季节流转，游子在异乡听了，更起多少乡思。《早蝉》即缘起于这样一个听蝉的时刻。

诚如乐天（白居易，字乐天）所言，最先听到早蝉的，应属闲人。身闲，心亦闲，闲得有些百无聊赖，也许早在等待。蝉声一起，先入闲人耳中。不过，在将这种感受提炼成诗句时，乐天先作了两个类比："月出先照山""风生先动水"，有些发议论的味道，好在有"山""月""风""水"等可爱字眼，且不妨当作比兴来看，山高故先得月，水弱故先应风，人闲故先闻蝉。

闻蝉的一瞬，乐天没有当下即起思乡之心，而是先有了愁意，即"一闻愁意结，再听乡心起"。境由心生，蝉声不愁苦，之所以听闻蝉鸣后使人感到愁苦，是因为人心里已先有愁苦，所谓以我观物，物皆着我之色彩。

作此诗时，乐天已年近六旬，多年宦海漂泊，仕进之心已颓，归老之意渐浓。少年听蝉，但觉热烈，静噪皆好；残年听蝉，衰柳夕阳，自多悲伤。蝉声在乐天心中触发的愁意，片时纠结在一起。再听下去，便顺着蝉声回家乡去了。

"渭上新蝉声，先听浑相似"，渭上的蝉声，与家乡的蝉声，何其相似！但那是"先听"，开始听时浑然相似，后来，听着听着便听出了不同。哪里不同？诗里没有说，这是乐天的留白，断裂处的低回无声，由读者去想象，去补充。

"衡门有谁听，日暮槐花里"，家乡故园的衡门前，蝉声一如当年，可是此时有谁在听？记得门前那棵大槐树，槐花飘香，蝉声传响，那样的日暮，天长地久……

蝉声与流年

答白刑部闻新蝉

[唐] 刘禹锡

蝉声未发前，已自感流年。

一入凄凉耳，如闻断续弦。

晴清依露叶，晚急畏霞天。

何事秋卿咏，逢时亦悄然。

刘禹锡与白居易是诗友，二人都爱听蝉，常以咏蝉诗互相赠答。乐天听见新蝉，立刻写诗赠给梦得（刘禹锡，字梦得），梦得再以诗酬答，"答白刑部闻新蝉"，题目说得很清楚了。白居易时任刑部侍郎，故称白刑部。

我们且看答的内容，准确而言，是答的心情。闻新蝉应在夏至，而梦得此诗的写作时间却不好确定。最后两句提到秋天，若是写实，那么就是写于入秋后，但"何事"的语气更像泛泛而谈，因此也可能是入秋前。

梦得与乐天同岁，他说蝉声未发之前，自己已在伤感流年。蝉声时起，"一入凄凉耳"，情更何以堪。乐天诗中，蝉声入的是"闲人耳"，梦得诗中则是"凄凉耳"。蝉声一入凄凉耳，即化为悲哀的音乐，"如闻断续弦"。"断续"一词，更赋"凄凉"以神韵，凄凉之外，更有余哀。

"晴清依露叶，晚急畏霞天"，蝉鸣呼应天气的风雨阴晴。

大晴天则众蝉齐鸣，若蝉声忽止，便预示着即将有暴风雨。阴雨后蝉鸣又起，则表明天将放晴。晴天的清晨，蝉在沾露的树叶上叫，叫声舒缓。傍晚时，蝉对着天边的晚霞叫，鸣声愈急，似畏霞天。这两句诗未必合乎事实，却是诗人对蝉的直观感受。

蝉分春蝉、夏蝉、秋蝉，叫声各不相同：春蝉声尖而高，夏蝉声响而远，秋蝉声哀而寒。末二句感慨秋蝉：到了秋天，蝉啊，为何你也悄然噤声，不复有余哀？不复悲哀的悲哀，是更大的悲哀。

还有一次，梦得闻蝉后写了首诗寄给乐天。乐天开缄，思绪浩然，独自立于晚风前，将梦得的诗咏了一遍又一遍。而后他题诗一首，以答梦得："开缄思浩然，独咏晚风前。人貌非前日，蝉声似去年。槐花新雨后，柳影欲秋天。听罢无他计，相思又一篇。"（白居易《答梦得闻蝉见寄》）蝉声年年长相似，人貌今年老去年。一场新雨过后，槐花又零落几许，柳影依稀已似秋天，且听蝉在花香里、柳影间的吟唱。听罢怅然，此情无计可消除，只得寄之于诗，相思又一篇。

居高声自远

蝉

[唐] 虞世南

垂緌饮清露，流响出疏桐。

居高声自远，非是藉秋风。

垂緌即古代官帽打结下垂的缨子，以此比蝉的头部伸出的触须，形象是很形象，却不怎么有趣。比喻的好处当然是表达的生动，坏处是容易将人的注意力从本体转移到别的事物（喻体）上。然而，这首诗虽然题为《蝉》，诗人的醉翁之意却不在蝉，垂绥在诗中表面上是喻体，其实是本体。

古人以为蝉喝的是叶上的露水，蝉又喜欢栖息在高大的梧桐树上，所谓栖高饮露，此乃生性高洁之象征。这种看法不完全合乎事实，我们知道，蝉喝的并不是露水，蝉的幼虫在土壤里时，吸食的是植物根茎的汁液，成虫后在树上吸食的是树汁。

虞世南为人正直、博学多识，由隋入唐，深得唐太宗李世民器重。这首咏蝉诗，其实是借蝉咏自己。"垂绥饮清露"，可以直接按字面意思理解，即诗人本人戴着冠缨，身居高位，但生性高洁，啜饮清露。

"流响出疏桐"，"流响"二字甚好，蝉的鸣响，像透明的液体，从树上阵阵流泻下来，听觉通感为视觉。蝉鸣可不是这样的吗？在听觉上，"流响"清越、长远，从声音的质地上，也准确地传达出蝉鸣给人的感受。

"疏桐"即枝叶疏朗的梧桐，这里如果改成槐树，蝉作为喻体形象就欠丰满了。白居易在听蝉诗中多写槐树，槐树的意象像一位老祖母，常给人以家园的亲切感。而梧桐虽亦多植于庭院，因其高大，又兼清愁，像一位没落贵族，可敬而不可亲，况且又有凤凰非梧桐不栖的传说，"流响出疏桐"，其"响"更觉清旷。

"居高声自远，非是藉秋风"，"居高"语义双关。蝉栖居高树，其声自远；人立身高洁，其名自扬。诗人说，"非是藉秋风"——这并非凭借秋风的力量。可以想见，写这首诗时，虞世南的人生正处在怎样的巅峰，他几乎忘了，倘若没有风，才学再高，人品再洁，如屈原者，其声亦不能自远，除非"声"指的是在后世的名声。

在这首诗中，蝉属于托物言志之物，诗人咏蝉是为了言志。如果我们把言志的部分暂放一边，单纯地观察蝉，就会发现，与万物一样，蝉本身就很诗意。法国昆虫学家法布尔曾将蝉比作"不知疲倦的歌手"，他在《昆虫记》中写到，蝉需要在黑暗的地下做四年的苦工，其中很多未及见到天日便已死掉，唯有少数幸存者能等来五个星期阳光下的享乐，能不放声高歌？而且所有鸣叫的蝉都是雄蝉，雌蝉是哑巴，古希腊诗人萨拉朱斯在他的咏蝉诗中写道，蝉的生活多么幸福呀，因为它们有不会开口的太太。何其幽默，何其现代！

树无情，蝉亦无情

蝉

［唐］李商隐

本以高难饱，徒劳恨费声。

五更疏欲断，一树碧无情。

薄宦梗犹泛，故园芜已平。

烦君最相警，我亦举家清。

李商隐的这首咏蝉诗，比虞世南的咏蝉诗，更多"为情而造文"的成分。咏物诗从南朝至唐，客观咏物转为借物抒情，即使情非物之所有，亦造文而抒情，物虽无情，人有情也。

蝉栖于高处，餐风饮露，似乎很难吃饱，因为饥饿，所以才叫得那么大声吧。"本以高难饱，徒劳恨费声"，"本以"二字，即知此诗意在笔先，以意为主。居高本来就难饱，叫得再大声也是徒劳，然而心有不平，又不得不鸣。想想义山（李商隐，字义山）的身世和处境，当然是在借蝉为自己鸣不平。虽然事实上，蝉并非"高难饱"，叫声也并非悲鸣，诗人强加于蝉的感情却形象贴切，读者自能心领神会。

"五更疏欲断，一树碧无情"，蝉在树上哀鸣了一夜，到了五更天快亮时，蝉声稀疏得几近断绝，然而树却无动于衷，不但整个儿漠然，而且还油然自绿，现出欣欣的生意。此句怨树无情，极冷，追魂之笔也。

前半写蝉，以蝉自喻，第三联开始自述："薄宦梗犹泛，故园芜已平。"义山自叹官职卑微，如桃梗人般漂流转徙，一任家园田地荒芜。桃梗的典故出自《战国策·齐策》，土偶人对桃梗人说："今子东国之桃梗也，刻削子以为人，降雨下，淄水至，流子而去，则子漂漂者将何如耳。""梗犹泛"，即微职如桃梗，寄身而已，犹在随命运的波流，漂泊无依。

"烦君最相警"，最后仍归于蝉，更加无理得妙。蝉本不为"我"而鸣，此处却说"相警"，与前半的树"无情"，实乃皆因"我"之有情。听到蝉，想到自己，蝉以"高难饱"，"我"亦"举家清"，我们有类似的处境。写蝉时，以"我"观蝉，蝉"费声"而树"无情"；此处自述，以蝉观"我"，"我"无定而蝉"相警"。不仅树无情，蝉亦无情，天下无情人何其多也！

日长人静，午睡初醒

在夏天，我们吃黄瓜、西红柿、茄子、豆角、西瓜，上午在院子里晒一大盆水，在过风的门道铺一张凉席。

土墙上阳光响亮，槐树悄悄递出幽香。烈日荫浓，昼长人静。那时的日子高远，如天空和平原，时光缓慢。

午后，蝇飞薨薨，村庄入梦，蝉鸣激荡，在直立的光中。小孩子不肯睡午觉，寻蝉蜕，玩石子，偷摘葡萄，掐南瓜花，溜去河边玩耍⋯⋯

我得到过夏天和一个童年。

午睡初起人慵懒

闲居初夏午睡起（其一）
[宋] 杨万里

梅子留酸软齿牙，芭蕉分绿与窗纱。

日长睡起无情思，闲看儿童捉柳花。

午睡初醒的那一刻很神秘，常常想不起自己是谁，不知道自己是在哪里，仿佛搁浅在忘川，河岸上一片素白。几张熟悉的脸，一些声音的碎片，隔世般遥远地浮现。世界像朦胧的剪影，窸窸窣窣围上来，你睁开眼睛，穿上你的身体，你"睡起"，带着深深的倦意。

如果是闲居，就像这首诗里写的那样，那你不必着急，可以发一会儿呆，什么也不想地停在某个时刻，或看流云从窗外行过；或跟随某个声音，直到它消失如昨；或感受微风拂过，和煦而轻柔……能够这样偶尔发呆，该有多好。

这是诗人杨万里平常的一天。春去夏来，到了梅子成熟、芭蕉舒展的季节。午饭后，吃了几颗梅子，日长人倦，不觉闲眠。不知睡了多久，这一觉似乎很长，又似乎很短，醒来齿间仍留有梅酸。

南方的夏天，烈日炎炎，芭蕉冉冉。芭蕉叶大，植于窗前，初夏烂漫舒展。"梅子留酸软齿牙，芭蕉分绿与窗纱"，此是"睡起"当时，口中所味，眼中所见，带着现场的新鲜感。"分绿"甚好，芭蕉的新绿，浸透窗纱，人在窗里，也照面成碧。

"日长睡起无情思"，午睡后醒来，诗人有些慵懒，有些百无聊赖，白昼犹长，有待消磨。"闲看儿童捉柳花"，柳絮飘飞，儿童嬉笑，千年后读之，如在目前，如闻字间。

再看第二首：

闲居初夏午睡起（其二）

[宋] 杨万里

松阴一架半弓苔，偶欲看书又懒开。

戏掬清泉洒蕉叶，儿童误认雨声来。

仍旧是慵懒的。"松阴一架半弓苔"，松阴和苔藓，让人感到时光的幽寂，以及近乎静止的缓慢。"架"，这个量词得用心体会，为什么说"一架"？现代诗人张枣在《镜中》说，"比如看她游泳到河的另一岸／比如登上一株松木梯子"，我们有必要对比一下"架"和"株"这两个量词。按理应该说"一架梯子""一株松树"，这两首诗却反过来用。显然，诗人是为了表达奇特的感受而有意选用的，诗歌语言因此有了别致的新意。

"一株松木梯子"说的是梯子还是松木，是松木还是松树？这是一个深度意象，可供我们自由联想。想象成松木做的梯子，而梯子像一株松树，亦可；想象成一株松树，而松树像梯子，亦可。或许后者更有野性，我们仔细想想松树的样子，那些伸向两边的枝干，一级一级疏朗整齐，不是很像可以攀爬上去的梯子吗？河岸，松树，都是野性的自然，一个平远，一个高远，视觉上都给人危险的感觉，所以诗人接着说，"危险的事固然美丽"。

在杨万里这首诗里，"松阴一架"，有两个细节需要慢慢体会：一是量词"架"。对于树荫，我们一般说一片、一团或一带，而"架"有撑起的空间高度，比如一架豆荚、一架梯子，这里的树荫用"架"来描述，与松树的形态有关，别的树就不合适了。还是梯子，松树像梯子，午后树荫清晰，也可能诗人是躺着看的，在烈日的光照下，可能松树也变成松阴，整个构成一架。

二是词序。为什么不说"一架松阴"，而要说"松阴一架"？

一架松阴半弓苔，这样听着似乎更顺。然而我们应知，词序不同，带给读者的感受也就不同。诗歌语言的精确性也体现于此。"松阴一架"，"松阴"在前，"一架"在后，更能传达出诗人睡起时的直观感受，松阴率先入目，"一架"作为思维概念是后起的。我们读的时候，第一个看到的字也是"松"。至于表达顺不顺，亚里士多德在《诗学》中说过，诗歌语言就是要打乱一般语言的节奏，人为地制造困难和阻碍，这样做不是要故意为难读者，而是为了强化读者对事物独特而持久的感受。诗人可谓用心良苦。

"偶欲看书又懒开"，偶有想看书的心，却懒得翻开。午睡起来，松娴苔静，身心自在，书不看也罢。最可爱的是后两句："戏掬清泉洒蕉叶，儿童误认雨声来。"真正的诗人不仅"嘉孺子（同情死去的人的孩子，意喻有悲悯之心）"，而且自己也是个天真的孩子，对天地万物永葆好奇，永存敬意。

手掬清泉，往大芭蕉叶上洒，往荷叶上洒，小时候谁没玩过？难得的是成年了还能这样玩，还能不失那份童心。诗中更妙的还在于，儿童听见往叶子上洒水的声音，误以为下雨了，循声而来。读到这里，我的心也被净化了。

杨万里一生作诗两万多首，日常生活细节处，经他妙笔略加点染，字里行间无不生机盎然。他被誉为"一代诗宗"，不在于他的诗表达了多少思想和道理，也不在于他多么会用格律，而在于他的诗语言清新浅近，诗情诗境皆富有情趣。

喜睡午觉的陆放翁

睡　起

［宋］陆游

闲身喜午睡，睡起日犹早。

茂竹青入檐，幽花红出草。

苔钱亦满砌，护惜不忍扫。

宦情本自疏，此地可忘老。

　　同为南宋四大家之一的陆游，与杨万里同其浅近，不同其情趣。也是写午睡起，我们来品一品陆游这首诗，看看有何异趣。

　　第一句就很不同，很有陆游的谈话诗风。"闲身喜午睡"，放翁（陆游，号放翁）的确很爱睡午觉，略加检索即可发现，在他的诗集中，直接以"午睡"入题的诗就有近十首，诗句涉及午睡的诗更是多不胜数，例如"午窗睡起听鸣禽""睡来谁共午瓯茶""午睡或至暮"，等等。

　　从这些诗来看，他老人家午睡很爱打鼾，但他对此也不隐瞒，还颇觉痛快，径以鼾声入诗："槐楸阴里绿窗开，天与先生作睡媒。流汗未乾衣上雨，大声已发鼻端雷。"（《午睡》节选）另一首《午睡》写道："午枕挟小醉，鼻息撼四邻。"可见睡得真香，鼾声真响！问题是，他怎么能听见自己的鼾声？

　　这一天午觉睡起，日头犹早，正值长长的夏天。心闲身懒，游目阶庭，"茂竹青入檐，幽花红出草"，睡眠之后，视力清新，茂竹青更青，幽花红更红。一入檐下，一出草间。

"苔钱亦满砌，护惜不忍扫"，台阶上长满圆圆的苔钱，"护惜"是护生的意思，他不忍将这些微小的生命扫除。留着苔钱，是为了好看，看着石阶铺满莓苔，又添多少清凉。

"宦情本自疏，此地可忘老"，放翁常在诗中叹老嗟卑，一面闲适有余，一面宦情欲疏。欲疏而心有不甘，故每每说起，若真疏真忘，连"宦情"二字也不必提。此地可忘老，亦自劝之辞。

陆游一生渴望建功立业，有志于恢复中原，然而他的激情与勇气，不但没有被偏安一隅的当权者欣赏，反而使他屡遭贬谪罢黜，年近五十骑驴入蜀，俨然一枚文弱书生。晚年闲居家乡山阴，报国热情依然未泯，年过古稀，夜梦中仍铁马冰河驰骋疆场。梁启超在《读陆放翁集》中评价他："辜负胸中十万兵，百无聊赖以诗鸣。"放翁的"自疏"和"忘老"，实则百无聊赖而已。

读陆游的闲适诗，很容易想到白居易。据说陆游的诗，豪放学李白，沉郁学杜甫，平易闲适学白居易。白居易也写过不少午睡诗，在此摘几句略窥一斑：

> 进入阁前拜，退就廊下餐。
>
> 归来昭国里，人卧马歇鞍。
>
> 却睡至日午，起坐心浩然。
>
> 况当好时节，雨后清和天。

柿树绿阴合，王家庭院宽。

瓶中鄠县酒，墙上终南山。

独眠仍独坐，开襟当风前。

禅师与诗客，次第来相看。

　　诗题是《朝归书寄元八》，上面是前十六句，情景比较清新，后十六句为议论，此处略去。读白居易此类诗，有如手摇蒲扇，坐在王家庭院里的柿子树下，听老妪悠悠闲谈，若不嫌其絮叨，亦觉娓娓而有味。

人面荷花，的的遥相似

蝶恋花

[宋] 晏殊

玉碗冰寒消暑气，

碧簟纱厨，向午朦胧睡。

莺舌惺松如会意，无端画扇惊飞起。

雨后初凉生水际，

人面荷花，的的遥相似。

眼看红芳犹抱蕊，丛中已结新莲子。

　　词中正当暑天，美人慵懒。"玉碗冰寒消暑气"，玉碗里盛的是冰糖银耳，还是莲子百合？虽说消暑气，写进词里，都是冰清玉洁的文字。

再看下句，"碧篁纱厨"，饮食起居，动用什物，诗人对它们的命名都很美，无不与美人相宜。"向午朦胧睡"，美人娇困，朦胧浅睡，这才像美人的睡姿，也才有后面莺飞的故事。

"莺舌惺忪如会意，无端画扇惊飞起"，莺声惺忪，似也懒困，如会人意，忽而无端惊飞，说是从画扇，却像从美人梦中飞起，美人亦醒。唐代诗人金昌绪的《春怨》曰："打起黄莺儿，莫教枝上啼。啼时惊妾梦，不得到辽西。"诗中的莺声惊断闺妇的相思梦，晏殊词用典于此，而翻出新意。在此词中，究竟是美人的梦惊飞了莺，还是莺飞惊醒了美人的梦，殊不可知，深有意趣。

午睡时下着雨，睡醒后雨已经停了。美人缓步来到池旁，水际生凉，过雨荷花满院香。美人在岸上看荷花，"人面荷花，的的遥相似"。人面桃花相映红，人面在桃树下，与桃花的美艳交相辉映；人面荷花却不是彼此相映，而是隔着距离，彼此遥相望。美人看荷花，亭亭玉立的她，也似一朵水边的芙蓉。

"眼看红芳犹抱蕊，丛中已结新莲子"，眼看那粉红色的花瓣犹抱花蕊，可惜人眼常常被蒙蔽。眼看红芳正好，其实早在暗凋，何况丛中已掩藏不住那新结的莲子。

荷花很美，结出的莲子，心却是苦的。美人看见荷花，荷花也看见了她。

梧叶飘黄：秋天的第一种悲伤

但愿你从未到来
夜晚就永不会逝去

但愿你从未留下
早晨就永不会降临

但愿一直没到夏天
夏天就永远在路上
——［丹麦］亨里克·诺德布兰德《在以色列广场》

无言独上西楼

相见欢
［南唐］李煜

无言独上西楼，月如钩。
寂寞梧桐深院锁清秋。

剪不断，理还乱，是离愁。

别是一般滋味在心头。

入秋才一场雨，楼下的槐树已黄叶飘零，街角两株马栗树也神色黯然，显出将要萎败的样子。记得不久前，它们高大的树冠上，白花簇簇，端擎枝头，仿佛就在昨天，而昨天，已多么邈远。

秋天的第一种悲伤

是花园缓慢的告别

它久久立于暮——

一枚褐色的罂粟果

一株百合花茎

依然不肯离去

泰德·休斯的《七种悲伤》说出，花园伫立在夏天的回忆里，树木悄悄拆着帐篷，直至仅剩一根木桩，以及伸向天空的纤繁枯枝。

对我来说，秋天的第一种悲伤，是梧叶飘黄。尽管四棵梧桐早已不在，老屋的院子也早已不在，然而秋风仍然每年从那里吹来，繁茂端庄的四棵梧桐，硕大的碧叶忽然黄落。

"无言独上西楼"，秋天的悲伤是无言的，草木山川无言，太阳远去无言，人的孤独亦无言。"无言"，是无奈，无语。此时的李后主，身为亡国之君，系于幽囚，如今识得愁滋味，欲说还休。"独上西楼"，这个身影太寂寞。"西楼"不一定是写实，它在诗词中常作寄托离愁之所，比如李清照的"雁字回时，月满西楼"。

"月如钩"，后主看到的不是满月，而是一弯钩月，比满月更见悲欢离合，更容易勾起清秋之落寞。

楼下是一方小院，梧桐的阴影，使它幽深如矿井，"寂寞梧桐深院锁清秋"。寂寞被锁在这里，想逃也逃不出去。后主没有提围墙，我们却能从词中感到围墙的高大坚实，真是令人窒息。

"剪不断，理还乱，是离愁"，登楼是为了远望，以当归，以忘忧，而所见月如钩，反勾起了纷乱离愁，更觉幽囚于梧桐深院之凄清。剪之不断，理而愈乱，是什么样的离愁？我们可以去想象，其中有后主的亡国之愁，江南之思，故人之别，往昔之乐，余生之悲……

种种离愁缭绕纠缠，"别是一般滋味在心头"，别是怎样一般滋味？这是说不清的，也只得无言。西楼上，秋风在吹，吹着后主的暮年，吹走他词典里大部分的词。

《相见欢》又名《乌夜啼》《上西楼》《西楼子》等，其名或源于此词。后主以此调填词两首，一伤春，一悲秋。伤春之作，不妨并读：

> 林花谢了春红，太匆匆。无奈朝来寒雨晚来风。
>
> 胭脂泪，相留醉，几时重。自是人生长恨水长东。

"林花"不仅是"春红"，也暗喻世间一切美好而短暂的事物，包括韶华。种花一年，赏花十日，岂非太匆匆？更无奈朝来寒雨晚来风，这便是人生。伤春一词，后主尚有言语可遣，及至悲秋，便与秋天一样，只有无言的滋味在心头。

又还秋色，又还寂寞

忆秦娥·咏桐
［宋］李清照

临高阁，乱山平野烟光薄。

烟光薄，栖鸦归后，暮天闻角。

断香残酒情怀恶，西风催衬梧桐落。

梧桐落，又还秋色，又还寂寞。

由题可知，这是一首咏物词。易安（李清照，号易安居士）的咏物词，从不极工尽变雕琢物形，也不堆砌典故泪没性灵，而是写意出之，重在传物之精神，因此读来倍觉疏朗清新。

同是登楼，同写寂寞，二李之词，却呈现出不同的向度。后主身为阶下囚，他的离愁是纵向纠结的，如同被困于枯井；易安晚年漂泊无定，她的离愁是横向铺开的，弥漫于天地之间。

登高极目，欲以销忧，然而却见"乱山平野烟光薄"。"乱山"是情语，诗人情绪郁闷，山峦阻隔而令人心烦，故曰"乱山"。乱山平野，暮霭沉沉，莽苍大地上，哪里才是可以安顿的家园？

"烟光薄"叠句，似乎把视野从远处拉近，并从空间的荒凉转为时间的紧迫。"栖鸦归后，暮天闻角"，秋冬薄暮，寒鸦归栖，在半空在树上哑哑乱啼，那情景令人茫然惆怅。"角"即画角，以竹木或皮革制成，发声高亢哀厉，古代军中多用之，以警昏晓。寒鸦归栖后，暮天闻角声，更添荒凉。

易安此时登阁眺望的心情，不仅有个人生活的漂泊转徙之悲，也有国破家亡的流离失所之痛。角声代表军营，在这乱山平野的地方，也驻扎着军营，暗指不知何时才能结束的战争。

远望思归，世乱时移。"惟日月之逾迈兮，俟河清其未极。"类似心情，汉末王粲早已写于《登楼赋》中："遭纷浊而迁逝兮，漫逾纪以迄今。情眷眷而怀归兮，孰忧思之可任？"古往今来，有多少这样的长歌当哭伤逝在秋风中。

登临送目愁更愁。词的下片，从户外转到室内，炉香烧断，杯酒将残，情怀愈觉不堪。西风阵阵，催衬梧桐木叶纷纷。"梧桐落，又还秋色，又还寂寞"，叠以"又还"，梧叶落一片，寂寞深一重。

"忆秦娥"，词牌名出自唐代李白的《忆秦娥·箫声咽》："箫声咽，秦娥梦断秦楼月。秦楼月，年年柳色，灞陵伤别。乐游原上清秋节，咸阳古道音尘绝。音尘绝，西风残照，汉家陵阙。"

王国维先生称太白词纯以气象胜，最后寥寥八字，遂关千古登临之口。若论气象，易安词固不及太白，然较之南宋诸多词人，其气象亦可谓大矣。若论境界，题虽咏桐，而能写真景物真感情，易安词亦可谓真有境界了。

春来秋去，往事知何处？

清平乐
[宋] 晏殊

春来秋去。往事知何处？

燕子归飞兰泣露。光景千留不住。

酒阑人散忡忡。闲阶独倚梧桐。

记得去年今日，依前黄叶西风。

　　晏殊的小令，唱出来想必很好听，单是歌词就很清丽。李清照在《词论》中，评晏殊、欧阳修、苏轼，虽称诸前辈词为句读不葺之诗，并对其不协音律略有所讥，然赞誉其歌词曰："学际天人，作为小歌词，直如酌蠡水于大海。"乐曲久佚，诸公词是否协音律，今已不得而知，我们读的只是歌词。

　　"春来秋去，往事知何处"，若此人人心中有、人人口中无的金句，晏殊词中比比皆是。七岁能文，自幼聪慧而有"神童"之称的晏殊，的确学际天人，但他作诗填词却不显露学力，而纯然出乎才华与性情。南宋诗论家严羽在《沧浪诗话》中说："夫诗有别材，非关书也；诗有别趣，非关理也。然非多读书，多穷理，则不能及其至。所谓不涉理路、不落言筌者，上也。"晏殊的诗词，可作为这段诗论的极好注解。

　　平常言语，闲闲道来，无奇字险字，亦不用典故，却十分婉丽可人。读晏殊的小令，会觉得呼吸舒适，他的语气平和自然，即使诉说哀愁，也风轻云淡，荡气回肠，使人寻味。

春来秋去，叶长叶落，才减衣服，又添衣服，一年又将成为过去。往事知何处？想起唐代白居易的诗："花非花，雾非雾，夜半来，天明去。来如春梦几多时，去似朝云无觅处。"时光流逝，季节流转，往事如春梦秋云，风流云散，无可觅处。

"燕子归飞兰泣露，光景千留不住"，燕去燕归，花开花谢，谁也没法让时光留步。说到燕子，就在上周，母亲在电话中说："今年家里总共十二只燕子。两个旧巢，每个巢里新生了四只小燕子，你算一下，是不是十二只？这几天燕儿一个个飞走，就剩四只了。"

盛夏的幕落下，秋已来临。"谁这时没有房屋，就不必建筑／谁这时孤独，就永远孤独／就醒着，读着，写着长信／在林荫道上来回／不安地游荡，当着落叶纷飞。"（里尔克《秋日》，冯至译）在漫长的冬天到来之前，人会突然感到强烈的不安，该得到的尚未得到，该失去的已经失去。

能有人共饮，能有人写信，都是难得的幸福。然而，人最终不得不回到自身，深入孤独。"酒阑人散忡忡"，秋天饮酒，毕竟与春天不同，春天是一场梦，秋天梦之将醒。酒宴结束，人都散去，热闹的场面不再，令人忧愁不安。

"闲阶独倚梧桐"，这个意象值得玩味。"闲阶"，人都散了，台阶便空了，闲了。已是秋天，许多事过去之后，在寂寞的台阶上，独自站一会儿吧。独倚梧桐，倾听黄叶西风那年复一年的呼唤。

梧桐树，三更雨

更漏子

[唐] 温庭筠

玉炉香，红蜡泪，偏照画堂秋思。

眉翠薄，鬓云残，夜长衾枕寒。

梧桐树，三更雨，不道离情正苦。

一叶叶，一声声，空阶滴到明。

入秋后，霖雨时至，静夜听之，一声梧叶一声愁。古琴曲有《梧桐夜雨》，曲声清况，萧疏滴沥，与南方的芭蕉夜雨，同样凄苦。

"更漏子"调名为温庭筠所创，双调四十六字，与唐教坊曲中咏唱深夜滴漏报更的小曲《更漏子》稍异。温庭筠精通音律，工于造语，能逐弦吹之音，为侧艳之词，是文学史上第一位致力于倚声填词的诗人。

温词所咏之女子，或为空闺思妇，或为青楼丽人。在他笔下，这些女子雍容华贵，绝不俗气，观其衣饰起居即可知。比如"新帖绣罗襦，双双金鹧鸪""水精帘里颇黎枕，暖香惹梦鸳鸯锦"。此词中的前两句，"玉炉香，红蜡泪"，一起始也借香炉和红蜡，晕染出女子居室的氛围。

还不止于此，他所写的衣饰起居，更暗暗传递着女子的情绪。香炉缭绕的轻烟，难道不也是女子思情的外化吗？红蜡泪则更不必说，摇曳的光影将画堂照得更加凄迷。这些都是女子无眠所见。她辗转伏枕，眉粉褪淡，鬓发凌乱，而秋夜漫漫，衾枕孤寒。

下片是无眠所闻。"梧桐树，三更雨，不道离情正苦"，外面正下着雨，雨落在梧桐树上，全不管屋里人离情正苦。一滴一滴的雨凄厉地打着一叶叶梧桐，滴落在无人的石阶上，且重且响，砸在女子痛苦的心上，直到天明。

秋天的大雁：一边歌唱，一边飞远

我爱秋天的雁子，

终夜不知疲倦；

（像是嘱咐，像是答应）

一边叫，一边飞远。

从来不问他的歌，

留在哪片云上，

只管唱过，只管飞扬——

黑的天，轻的翅膀。

我情愿是只雁子，

一切都使忘记——

当我提起，当我想到，

不是恨，不是欢喜。

——陈梦家《雁子》

"雁"字的身世

"雁"的金文字形很有意思，右边是一只短尾鸟，左边是一座悬崖，崖畔有倒悬的树枝，下有水滴。由此字形，可约略会意雁的生活习性。到了秦篆，"雁"的字形发生变异，悬崖变成了"厂"，读 yán，又读 ān，本义是崖岩，既表意又表音，而悬枝和水滴发生了根本性的改变，变成了"亻"（竖人），在"隹"（仍表示鸟的形象）的左边，即我们今天的"雁"字。

这样的字形改变，显然是在"雁"的自然属性中，加入了人文的内容。清代古文字学家段玉裁如此解释："雁有人道，人以为挚，故从人（亻）。""挚"就是见面礼，即因为"雁有人道"，所以人们用雁作为见面礼，互相馈赠。《周礼·春官·大宗伯》："以禽作六挚，以等诸臣。孤执皮帛，卿执羔，大夫执雁，士执雉，庶人执鹜，工商执鸡。"可见在周代，社会地位不同，执礼不同，雁为大夫所执，其级别是很高的，像庶民执的就是野鸭，而更低贱的工商阶层，就只能执鸡了。

为什么说"雁有人道"呢？段玉裁没有具体明言。根据古代文化常识，我们大致可以推测其原因：一是雁阵在高空时而排成"人"字，时而排成"一"字，从而被认为通人性；二是雁群飞行或觅食时服从老雁，绝不失序，故被推为"礼义"的象征；三是雁属"贞"禽，终生只有一个伴侣，至死不渝，故在谈婚论嫁时被用作聘礼；四是大雁定时南北迁徙，被认为有"信"，因而在人的想象中可以传书。

从"雁"字的历史，我们可以感知，一个古老的汉字经过千年跋涉，来到我们面前时，它早已不是原来的样子，它已携带了很多人文的寓意，和人一样，它获得了一个身世。

每个诗人都是一只孤雁

孤 雁

［唐］崔涂

几行归塞尽，念尔独何之。

暮雨相呼失，寒塘欲下迟。

渚云低暗度，关月冷相随。

未必逢矰缴，孤飞自可疑。

一群大雁飞在天空，嗷嗷哀鸣，如果用心去听，就会听见那些翅膀参差扇动的簌簌声，它们飞得那样急迫、那样警惕，尤其是排在行列最后的几只，好像生怕跟不上，生怕落了单。

落单的大雁，时而有之，或孤飞苍穹，或徘徊山泽，凄惶的形影惹人心怜。

几乎每个古典诗人都写过孤雁，且常以孤雁自喻，诗中歌咏的孤雁好似诗人自己在世上漂泊无依的写照。

崔涂的《孤雁》，出之以咏物体，极尽情态，仿佛他化身为那只孤雁。看到孤雁，诗人就想到它的同伴们，那雁群的行列不知飞去了哪里。"几行归塞尽，念尔独何之"，"几行"是由孤雁而想见的，也可以是别的归塞的雁群，"念尔"语气亲切，深怀怜悯。

"暮雨相呼失，寒塘欲下迟"，三四句是诗人的想象。先看"暮雨"句，也许在一个下雨的傍晚，它失群落单，焦急地呼唤着同伴。有人说同伴指的不是雁群，而是它的伴侣。这也有可能，如果失去伴侣，雁通常会痛不欲生，习性使然，有些甚至会自尽。

"暮雨"这句有问题吗？有，纪晓岚说，既然"相呼"，则不孤矣，所以这句有语病。字面上看确乎不通，既无法诘之于作者，那我们试着来圆融："相呼"是不是指看见孤雁时，同时想象它的同伴或伴侣也在呼唤它？如果是这样，那么诗人就是将两个不同时空的画面拼接在一个句子里了。若不求甚解的话，那就简单地将"相呼"当成呼唤，就像相思也可以是一个人的，比如我对你的相思，就是我思念你。

"渚云低暗度，关月冷相随"，五、六句仍是作者的想象，抑或平日所见孤雁之印象。上联状其失群之彷徨，此联摹其孤飞之索寞。渚云低沉，关月凄冷，苍茫天地仿佛变成了可怕的敌人。

最后两句拈出"孤"字，"未必逢矰缴，孤飞自可疑"。孤雁惊惶，未必因为怕遭矰缴猎捕，形单影只本身即自可疑，诗人在此亦以孤雁喻己。崔涂是江南人，一生流落于巴蜀、湘、鄂、秦、陇等地，是故每多孤凄忧虑的天涯之思。

这句让我想起一次小小的经历：某夜已近十点，我很想出去走走，于是径自去了附近的公园，在一条土路上漫步。月光淡淡的，风籁籁吹过树间，这时有人推着自行车过来，原本浑然于静夜的我，突然颇觉自己可疑。那人经过时，瞥了我一眼。我担心吓着他，便装作正在打电话，等他稍微走远，这才偷偷看他。他的脚步空落落的，沉默的背影和车轮的轧轧声，听上去很寂寞。呵，或许他也在想：这么晚了，这人怎么一个人在公园里？

诗人在悲怜孤雁，虽说未必逢矰缴，但雁群迁徙征途迢递，途中危险重重，一旦落单，很可能身陷绝境。

江湖孤客，心常怯怯

孤 雁

[唐] 杜甫

孤雁不饮啄，飞鸣声念群。

谁怜一片影，相失万重云。

望尽似犹见，哀多如更闻。

野鸦无意绪，鸣噪自纷纷。

崔涂的《孤雁》，优柔不迫，婉转有味，可谓佳作。然与杜甫此诗相比，仍不免高下立判，且看起句"孤雁不饮啄"，是不是一下子就打动了你的心？

"几行归塞尽，念尔独何之"，诗人崔涂的视角也动人，然而毕竟与雁的距离有些远。杜甫起始就抓住细节，一只孤雁不吃不喝，谁看见它心里都会难过啊。

再听孤雁的飞鸣，"飞鸣声念群"，不直言悲戚，"念群"更觉悲戚。杜甫下笔真切诚恳、细致入微。宋代范温的《潜溪诗眼》曰："余尝爱崔涂《孤雁》诗云：'几行归塞尽，念尔独何之'八句，公（指黄庭坚）又使读老杜'孤雁不饮啄'者，然后知崔涂之无奇。"

"谁怜一片影，相失万重云"，此联有千钧之力，"一片影"尤为可怜，"万重云"益显孤单。杜甫这首诗写于离开成都后，乘船沿长江东下，中途滞留夔州期间。人至暮年，贫病交加，故知零落，触类伤心，故托孤雁以写离思，以念亲友。

五、六句更见杜甫的深情，善于空处传神。"望尽似犹见，哀多如更闻"，雁已飞远，已看不见，却仍似牵着他的视线；雁的哀鸣响彻寰宇，虽然已经消失在天外，却更大声地回荡在耳畔。这仍是从诗人的视角来写的。有认为此联写的是雁之望群、雁之闻唤，即从雁的视角来观照的，单看此联，这样解读亦无不可，然此诗从一开始就是诗人的视角，直至尾联，而第三联若单独转为雁的视角，似突兀、不妥。

"野鸦无意绪，鸣噪自纷纷"，宋代罗大经评曰："以兴君子寡而小人多，君子凄凉零落，小人噂沓喧竞。"（《鹤林玉露》）"君子""小人"云云，这种说法太过严肃了。杜甫其实是个很幽默的人，他在诗中经常和草木鸟兽开玩笑，这里也不过是和乌鸦调侃两句罢了。孤雁的悲鸣弥散于天地，而野鸦并无意绪，只顾纷纷鸣噪不已。不必动辄道德审判，杜甫只是在哀叹，一个人的痛苦只能由他自己承担，仅此而已。

翻阅杜诗，我们会发现，除了忧国忧民的沉重题材，杜甫还很喜欢写"微物"，比如栀子、苦竹、丁香、松树子、病柏、比如铜瓶、石镜、蕃剑，比如萤火、促织、花鸭、燕子，等等。对于一个大诗人来说，无物不可入诗，无物于他不是诗，虽至微之物，出以大手笔，亦能情韵遥深、妙绝时人。

人间天上，没个人堪寄

孤雁儿

〔宋〕李清照

藤床纸帐朝眠起，说不尽、无佳思。

沉香断续玉炉寒，伴我情怀如水。

笛声三弄，梅心惊破，多少春情意。

小风疏雨萧萧地，又催下、千行泪。

吹箫人去玉楼空，肠断与谁同倚？

一枝折得，人间天上，没个人堪寄。

清照此词，实为咏梅，非咏雁也，然其深意在以孤雁自比，故一并读之。

词前有几句小序："世人作梅词，下笔便俗。予试作一篇，乃知前言不妄耳。"世人作梅词者甚多，被她一棍子打倒，统统讥为"下笔便俗"，可见其狂。凡写诗作文，胆大者未必才高，才高者一定胆大，清照乃才高人胆大。

不过，她也是谦虚的，说自己也试作了这篇，发现梅词很难写得脱俗。这是自谦。清照的咏物词已很脱俗，从不掉书袋，不堆砌典故，她化用典故，如大匠运斤而无斧凿痕，又以平淡口语出之，以俗写雅，是真正的雅。

我们一起来欣赏。"藤床纸帐朝眠起，说不尽、无佳思"，起句开门见山，并不泛咏闲事，寻常言语写寻常起居况味。"藤床纸帐"，可见居所之简陋，"朝眠起"，可知她情绪恹恹。"说不尽、无佳思"，慵懒无聊，整首词的情感基调就此奠定。

"沉香断续玉炉寒"，清照在词中经常写到晨起，从室内香炉的温凉氤氲，传递出她无形的落寞情绪。例如《醉花阴》开头的"薄雾浓云愁永昼，瑞脑销金兽"，《凤凰台上忆吹箫》开头的"香冷金猊，被翻红浪，起来慵自梳头"，"金兽"与"金猊"都是香炉。

据考证，清照此阕《孤雁儿》作于晚年夫亡之后。不俗的是，词中并没有呼号，有的只是情怀如水。如水一般凄凉，如水一般寂然，如水一般观照自己，包括自己的苦闷与寂寞。

有人在吹笛，吹奏《梅花落》小曲，笛声悠曼，仿佛听见了梅心惊绽。出去看看，真是不到花园，怎知春色如许。然而"小风疏雨萧萧地，又催下、千行泪"，触目伤怀，又如何消受得起？

吹箫人和折梅都是典故，知音已去，纵"一枝折得，人间天上，没个人堪寄"。结句戛然而止，痛极无声。

某次旅途中，清早起来见朋友在写明信片，厚厚的一沓，一张一张写得很认真。我也想写，可想来想去，想起了清照这句"人间天上，没个人堪寄"。不是没人，是最想说的话已只能装在心里。

且如今年冬：雾中行走的孤独

十一月的黎明，记得那时我还在上初中，从家里走路去学校，常要穿过一场大雾。

村里很安静，鸡还没醒，狗也不作声，熟悉的房屋浮在雾中。几步之外，什么也看不见，隐约感觉路有点摇晃，但走在上面，脚步却很稳。

在雾中行走，你不知道自己走了多远，直到路叫你转弯。雾中出现的事物，一棵树，一块石头，都带有突然性，转瞬又隐没于雾中。

走在雾中，只能靠聆听，以声音来辨认，那方说话的是谁，这边窸窣的是什么。因为看不见，万物全都伸长了耳朵，路、麦田、树、水渠、雾，我在倾听它们的时候，它们也都在倾听我。

大雾抹去了万物的边界，消融了时间和空间，我仿佛漫游在梦的奇境，仿佛可以一直这样走下去……

然而，雾渐渐散了，学校出现在眼前。

雾行三十里

早 发

[唐]韦庄

早雾浓于雨，田深黍稻低。

出门鸡未唱，过客马频嘶。

树色遥藏店，泉声暗傍畦。

独吟三十里，城月尚如珪。

雾有浓有淡，似细雨，似轻烟，朦朦胧胧，浮浮冉冉。

诗人韦庄这天凌晨出发，踏上大雾弥漫的征程。启程很早，且在雾中穿行，给了他一段独特的生命体验。

浓雾，怎么个浓法？不说能见度多低，而说"浓于雨"——比雨还浓，不仅能见度低，而且还会湿人衣。"早雾浓于雨"，早早起来，发现浓雾弥漫，你一定会惊讶。别忘了，诗开始于惊讶。

"田深黍稻低"，这句也是雾带来的奇妙感觉。浓雾中，一切都像悬浮于虚空，田地因此变深，黍稻也在雾的掩映下，显得愈发低沉。诗人并没有评判雾是好还是不好，他只是觉察到这个神奇的体验。说得再透一些，即他体验到雾对物象带来的变形。

不论任何事物，风雨雷电，或是一场大雾，只要敞开心灵去接纳，都可以丰富我们的生命体验。终其一生，我们真正拥有并能带走的财富，不是忙碌或盲目追求的那些目标，而是所有的生命体验。

雾对事物边界的消融，对空间的混沌和变形，都能给我们以新的眼光，使我们对熟悉的世界重作陌生的打量。

"出门鸡未唱"，鸡未唱，足见出门之早。鸡鸣晓色动，也就是一天的开始。鸡还没有啼叫，人已出门踏上征程，与温庭筠的"鸡声茅店月，人迹板桥霜"，同其悄怆。

"过客马频嘶"，浓雾寂静的清晨，马嘶尤为惊心。

接下来两句是途中的低语："树色遥藏店，泉声暗傍畦。"客店或酒家，隐于雾中，仅能依靠朦胧的树色辨认，看不见水，循泉声可知，水正傍着畦圃细细流淌。这两个温情的细节，让我们感觉到，雾虽然阻隔了视野，事物却暗地里彼此依偎。

尾联不可大意。"独吟三十里，城月尚如珪"，不知诗人韦庄是否意识到，这两句触及了一个重要的问题，即雾中如何感知空间和时间。也许他写下这两句，想说早发之早以及雾之大，且行且吟三十里，月亮仍然如珪悬于天上。但我相信，他的直觉已探测到更深层的秘密，虽然他本人当时可能尚且不知。

为什么"独吟"？我们想象一个人在大雾中骑马，不能疾驰，只能慢慢地走，而且走在一个狭小的可见范围内，天又迟迟不亮。这种感觉可能像在跑步机上，一直走一直走，却一直在原地。但诗人知道他在走，知道天总会亮，为了打发无聊的时间，独吟倒是不错的消遣。

如果一直走在雾中，看不见周围的地标，人会完全失去空间感。时间感也会混乱，因为有雾，天色模糊，你怎么知道走了多久？诗人是看月亮，要是没有月亮，恐怕只能靠感觉了。秘密就在于此，雾迫使你重新思考：空间和时间真的存在吗？

一首咏雾诗

咏雾诗

［南朝］萧绎

三晨生远雾，五里暗城闉。

从风疑细雨，映日似游尘。

乍若飞烟散，时如佳气新。

不妨鸣树鸟，时蔽摘花人。

梁元帝萧绎写过很多咏物诗、咏物赋，这些诗赋不言志不载道，纯粹为了歌咏物本身，为了语言的美，为了文学而文学，也就是今之所谓纯文学。正统文学史观认为，南朝咏物诗赋大量铺陈藻饰，内容空洞，没有多少思想价值。然而，诗有没有思想，要不要言志，该如何载道，在评判之前，是不是首先得弄清楚什么叫思想，什么是志，载什么道？概念的界定，是展开讨论的前提，否则自说自话，毫无意义。咏物诗究竟是玩物丧志，还是格物致知，取决于作者如何看待物。

物是什么？二元对立的世界观告诉我们，人作为认识的主体，是主观的，物作为对象，是客观的。但是，划分主观和客观的依据又是什么？如果是感知和思维，又如何确定物不具有感知和思维？而如果感知和思维就是主观，那么人工智能也是主观吗？主观意味着主宰吗？客观意味着真实吗？一只想象中的苹果，与一只放在桌上的苹果，当我吃掉了后者而前者仍然存在，请问哪只苹果更真实？

不论对于物，抑或对于自身，我们的普遍认知只是沧海一粟。大量的未知，有待我们去提问，去探索，去发现。

来看这首咏雾诗。什么是雾？一般的科学会解释说，雾是一种自然现象。当我们说自然现象的时候，似乎自然现象就意味着自然而然，没什么好问的。古罗马哲学家圣奥古斯丁说过："时间是什么呢？如果没有人问我，我是知道的。不过如果有人问我，这时我就不知道了。"

《金刚经》曰："诸微尘。如来说非微尘。是名微尘。"其实，我们对物的定义和命名，都只是方便法，并非物的本质。在生活中，我们不需要去定义，只需要去感受万物。萧绎的诗，咏的就是他对雾的感受。

"三晨生远雾，五里暗城闉"，按照字面意思，即大雾连降了三个早晨，五里外的城门笼罩在雾中。萧绎在此暗用了两个典故。"三晨"典出《帝王世纪》，黄帝时曾大雾三日，此后，世间便有"大雾三日必有雨"的俗语。"五里"出自《后汉书》，张凯好道术，能作五里雾，民间至今时有妖雾传说。

中间四句各用比喻，描摹雾的千姿百态。"从风疑细雨，映日似游尘"，这两句把雾的形态、润湿感，以及雾在风日中的情状，摹写得细腻清新。"乍若飞烟散，时如佳气新"，乍然如飞烟飘忽而散，时或又如春气勃然而兴。在诗人的感觉里，雾是有情意的生命体。

"不妨鸣树鸟，时蔽摘花人"，末二句写雾的浓淡。"不妨"甚好，鸟鸣树上，雾再怎么浓，也阻碍不了人闻其声，且因为不可见，事物获得了"额外"的听力。时浓时淡的雾，使摘花人或隐或现，此情此景，如梦似幻。

这首《咏雾诗》，没什么思想，但雾在诗中，不止于一个物象，而是经过了诗人的情感体察，以及想象力的创造，呈现出生命的特质，宛如神秘美丽的精灵。

命运是一场大雾

踏莎行·郴州旅舍

［宋］秦观

雾失楼台，月迷津渡。桃源望断无寻处。

可堪孤馆闭春寒，杜鹃声里斜阳暮。

驿寄梅花，鱼传尺素。砌成此恨无重数。

郴江幸自绕郴山，为谁流下潇湘去。

当一个人遭遇意外的挫折，感觉人生深陷困境，这时他就会失去方向感，如同身在大雾之中，不知该何去何从。秦观的这首词，写于类似的情境，当时他因坐党籍连遭贬谪而被流放到郴州。

如题，词的具体写作地点在郴州旅舍。"雾失楼台，月迷津渡。桃源望断无寻处"，雾、月、桃源，是他从旅舍望见的即景，更是抽象意义上的隐喻。比眼前的大雾更无法克服的，是命运无常的迷雾。"雾失"与"月迷"互文。楼台隐没于雾中，无法眺望远景，而通往桃花源的秘径——津渡，也迷失在月下。

哪里才能找到可供灵魂栖息的乐土？"桃源望断无寻处"。少游（秦观，字少游）应该知道，如果真有一个乌托邦，它也不在三维矩阵的世界上。

"驿寄梅花，鱼传尺素"，友人的问候和书信，并不能安慰他心中的茫茫之感，反而"砌成此恨无重数"。"郴江幸自绕郴山，为谁流下潇湘去"，这两句似乎若有所悟，安然自得如山水，亦难免别离。山不能留住水，山有山的宿命，水有水的路程，山水相依，就是不停地相遇和别离。

"少游词境，最为凄婉，至'可堪孤馆闭春寒，杜鹃声里斜阳暮'二句，则变而凄厉矣。"王国维先生在《人间词话》中激赏"可堪"二句，苏轼却以末二句为绝唱，且在少游殁后书之于扇面，悲叹："少游已矣，虽万人何赎！"少游生前与苏轼情笃可见一斑。

大雾弥漫于天涯羁旅，这首词以委婉曲折的笔法，抒写了失意人的凄苦和哀怨，大雾弥漫，似乎看不见希望和光明。三年后，秦观客死在更偏远的藤州（今广西藤县）。那场时代的大雾，封锁的不仅是少游的命运，更有他的老师苏轼。

若与时代无关，仅就个人而言，在命运的大雾中行走，虽看不清前途，却也因神秘而变得有趣。希腊诗人卡瓦菲斯在《伊萨卡岛》的开头说："当你启程前往伊萨卡，但愿你的旅途漫长，充满冒险，充满发现。"然而，人都希望掌控命运，很多人为了安稳而锚定自己，忘记了生命之船的意义在于航行。人生的不完满即在于人自身的悖论：既贪图日常的安稳，又渴望冒险的奇遇。

最后，特别分享一首自译的德语诗，黑塞的《雾中》：

> 在雾中漫步真是奇幻！
>
> 一木一石都很孤独。
>
> 没有一棵树看到别的树，
>
> 每一棵都很孤单。当生活明朗之时，
>
> 我在世上有很多相知；
>
> 如今，大雾弥漫，
>
> 再也看不见任何人。诚然，不懂黑暗的人，
>
> 不能算作智者，
>
> 必然的黑暗悄悄地
>
> 将他与一切隔离。
>
> 在雾中漫步真是奇幻！
>
> 活着多么孤独。
>
> 没有人了解别的人，
>
> 每个人都很孤单。

在雾中漫步，每棵树都很孤单。从这一具体经验，诗人沉思自己人生中的大雾，黑暗对他的隔绝，最后，进一步发现普世的孤独。活着就像在雾中，没有人了解别的人，每个人都很孤单。

其实黑塞是一个享受孤独的人，黑暗对于他，是隔离，也是自由。黑塞的德语诗语言韵律非常优美，这首诗采用"abab"式英雄双韵体，读起来就像在雾中漫步，左一步，右一步，有点摇晃的节奏。

孤独和孤单不同，通行的译本皆译作"孤独"，但德语用的是两个词。也许诗人想要暗示，雾中的树是孤单的，但它们的根系紧握在地下。人与人因为不能互相了解，而显得孤单，但是和树一样，人的命运也是深深联结在一起的。

人生如逆旅：草木人生

风动，幡动，仁者心动？

露水的世，露水的诗

人生：寂寞是一种常态

山中来信：山中无所有，又拥有一切

厉与西施，恢诡谲怪，道通为一

关于它，你却无话可说

雨中寥落月中愁：寂寞的颜色

在唐诗中看见农民

风动，幡动，仁者心动？

风吹幡动，是风动还是幡动？六祖慧能说，不是风动，不是幡动，仁者心动。

这段禅宗公案，作为一个哲学问题，历代诗哲皆有探讨。风吹幡动，是一个外境现象，由风幡因缘和合而成：没有风，幡就不会动；没有幡，就看不出风动。慧能当然也看到风吹幡动，但他却说是你的心在动。

问题来了：我心不动，风幡就不动了吗？显然还是在动，只是我不去理会罢了。六祖的奥义正在于此，即不论外境怎么动，你的心不要随它去动，这就是禅定。

十七世纪法国大哲学家笛卡尔就很理性地宣称："我思故我在。"他说的"我思"，不仅是翻译之后的字面意思，即思想或思考，其原意还包括人的主观感觉和意识活动。笛卡尔似乎在说，正是因为我感觉到风吹幡动，所以我才存在。

换句话说，如果对于外境没有任何感觉和意识，那我就不存在。问题又来了：人在深度睡眠时，连梦也不做，请问在睡眠的这段时间里，此人还存在吗？

还可以一直问下去……

我们来看看苏轼等古代诗人对风幡之案的思考，尝试思考他们的思考，并结合现代哲学对这些思考加以观照。

琴声从何而来？

琴 诗

[宋] 苏轼

若言琴上有琴声，放在匣中何不鸣？
若言声在指头上，何不于君指上听？

东坡咏琴，非咏琴也，实则借琴回应风幡之案。他并不作结论，只是抛出两个反问，供人自己去参悟。诗前有一段长序，大意是因某位朋友携沈君十二琴之说以示，东坡自言读其说乃得其义趣，如闻十二琴之声，又昔从高斋先生游，曾见其宝一琴，无铭无识，不知其何代物也，代请朋友以告二子，使求观之此十二琴者，待琴而后和之。序的落款时间是"元丰六年闰六月"，元丰六年即公元 1083 年。

题曰"琴诗"，然而并没有多少诗味，或可看作哲理诗，如果宋代这种说理的五、七言可称为诗的话。清代《纪评苏诗》中纪晓岚评苏轼《琴诗》曰："此随手写四句，本不是诗，搜辑者强收入集，千古诗集，有此体否？"

结合前面的序，这四句诗，准确而言，应属于"偈"之类，即佛经中的颂词。很明显，东坡在以诗参禅，两个问句，暗藏机锋，有如禅师以反问棒喝，使人顿悟。

先来看诗，字面意思一目了然。东坡问：如果说琴声在琴上，为什么琴放在匣中不响？如果说琴声在手指上，为什么不从手指上去听琴？这两个反问貌似无理（因为我们都知道，乐器当然是要弹奏才能发出声音），但他非要问个究竟：琴声是琴发出来的，还是你的手指发出来的？就像有人问你：究竟是你在吃饭，还是你这具身体在吃饭？相信你难免会有一瞬的茫然。其实所有我们习以为常的事，都应该跳出来自觉地加以观照，才有可能清醒地看见事物存在的真相，至少不会一辈子成为惯性思维的囚徒。

东坡的思考与风动幡动稍有不同，他问的不是动与不动，而是动时的声音从何而来。最方便的说法当然是因缘和合，非琴非指，亦琴亦指，琴与指单独都不能发声，二者相触和合而发声。还可再进一步分析，同一张琴，不同的人弹奏，同一个人在不同的时候弹奏，发出的声音都是不同的。声则千变万化，琴仍是那张琴。

《楞严经》卷四，佛告阿难："譬如琴瑟、箜篌、琵琶，虽有妙音，若无妙指，终不能发。"若将觉知真心比作宝琴，人人具足，但并非人人皆善弹奏，所以说"虽有妙音，若无妙指，终不能发"。不难想见，东坡此偈，便出自这段经文。

琴不能自己发声，指本无声，那么弹琴时，究竟是谁在发声？这是东坡对风幡之案的追问：风动也好，幡动也好，仁者心动也好，究竟是谁在动？这一切的背后，似乎还有一个看不见的幽灵。《庄子·齐物论》中，南郭子綦对颜成子游说："汝闻人籁而未闻地籁，汝闻地籁而未闻天籁。"接着他以汪洋幻怪之笔，摹难状难穷之风。子游听后，道："地籁则众窍是已，人籁则比竹是已，敢问天籁？"子綦这样回答："夫吹万不同，而使其自己也，咸其自取，怒者其谁邪？"

"怒者其谁"的那个"谁"，就是把风吹起来的幽灵，那就是天籁，吹万不同，万物所发之声，咸其自取。风吹之时，树各有声，皆缘于风，随己显现不同。琴声也是如此，缘于琴，弹者其谁不同，琴发出的声音便不同。

是风在弹琴吗？

清平乐

[唐] 韦庄

野花芳草，寂寞关山道。

柳吐金丝莺语早，惆怅香闺暗老。

罗带悔结同心，独凭朱栏思深。

梦觉半床斜月，小窗风触鸣琴。

这是《花间集》里的一首词，写春日闺思。野花芳草，开遍关山道，又寂寞又美好。万物如期而归，柳吐金丝，燕语莺啼，人在香闺惆怅暗老。"罗带悔结同心，独凭朱栏思深"，写女子心事，都是常规意象，不难体会。我们来聚焦末二句。

"梦觉半床斜月"，半夜梦醒，但见斜月半床，此情此境已近通灵。月光落在床上，乃醒后所见，不是梦，却比梦更像一个梦。斜月半床，较之明月空床，感觉又不一样，明月空床显得很空旷，斜月半床则更多惆怅。斜月半床的意象，有流连，也有离开，也暗含天快要亮了。

"小窗风触鸣琴"，窗隙透进来的风，触动琴弦而鸣响，想想可能有点诡异。明代诗人汤显祖评此词曰："坡老咏琴，已脱风幡之案。风触鸣琴，是风是琴，须更转一解。"东坡咏琴，问琴声自何出：是琴还是指？韦庄此词在前，他说"风触鸣琴"，并没有手指在弹，而是风触动琴弦发出声响，是风在弹琴吗？

诗人没有明说，他只是写下这个特别的瞬间。此时，词中人刚刚从梦中醒来，在此瞬间，她的意识活动暂时是空白的，那么应该不是她的心在动。是风是琴，更转一解，或在于此。

水激石上，雷响山惊

听嘉陵江水声寄深上人

［唐］韦应物

凿崖泄奔湍，称古神禹迹。

夜喧山门店，独宿不安席。

水性自云静，石中本无声。

如何两相激，雷转空山惊？

贻之道门旧，了此物我情。

此诗是韦应物（诗人韦庄系其四世孙）夜宿嘉陵江畔时，

听水声有感而作并寄给深上人的。唐代人尊称僧人为上人，即上德之人，指持戒严格并精于佛学的僧侣。唐宋诗人与僧人交往颇多，彼此之间喜欢以诗参禅。

是夜，韦应物独宿山门店，听湍流奔喧，心中震骇，久久不能安席。嘉陵江两岸山崖险峻，山门相传是大禹治水凿石所开，江水至此奔腾直下，巨响如雷，静夜听之，山惊欲崩。

听着水声，诗人不禁思维："水性自云静，石中本无声。"水性自静，石本无声，如何水石相激，声如雷转而空山惊？这与东坡《琴诗》中的问题类似。如果仔细想想，并不难觉察水性虽静，但水却常在流动，在动中得其生命，水激石作声也是因为水在流动。对此，诗人何尝不知？他之所以问上人，其实是想与上人共参禅趣，以了"物我情"。

他说"贻之道门旧，了此物我情"，即我把这个问题赠与道门旧友，请上人予以开示解答，以了此物我情。什么是"物我情"？物即外物，我即自我，物我之间的关系，世俗通常认为是二元对立的，也就是常说的客观与主观的关系。诗人夜听江水而有所悟，虽赠诗请上人解答，实则是与上人分享他的感悟，能提出问题就表明已经是明白了。

明白了什么？江水声和物我情有何关系？我们试想，水性自静，石本无声，因缘和合而声生，与风吹幡动、指弹琴响一样，都是佛法中所说的"缘起性空"。一切物理现象，以及我们的喜怒哀乐，都是缘起性空，无非是因缘和合而生，即生即灭，即灭即生。体悟到这一点，大约就可以了"物我情"。

心外无物与实体二元论

物与我、外与内、客观与主观，当我们这样表述时，便已经预设了二元对立。六祖慧能说的"心动"，也常被理解为心外无物，和王阳明的看花同样，都是心物一体。

心外无物，我们间或能够体会，然在日常生活中，却仍感觉到物我有别，这是为什么？笛卡尔提出"我思故我在"，或许也是出于同样的疑惑。我们每天所置身的外部世界，比如城市、街道、办公室、自家的公寓，以及家人和朋友的存在，这一切作为真实的客观存在，似乎没什么好怀疑的。但看过电影《楚门的世界》之后，你对外部世界的真实是否还会如此自信呢？对于楚门来说，一切都那么真实，包括他的家庭，他的爱情，他的生活……

我们的处境其实比楚门好不了多少。我们信以为真的，很可能也都是幻觉。如果所谓的"自我"，包括我们的长相、个性，乃至走路的姿势，全不过是遗传记忆的结果，那么我们所了解的世界怎么可能是客观真实的呢？《金刚经》曰："一切有为法，如梦幻泡影，如露亦如电，应作如是观。"

笛卡尔并不否认外部世界的真实，但他认为我们无法真正地了解外部世界，因为它超出了我们的认知，这与庄子的"吾生也有涯，而知也无涯"类似。他认为我们只能表述自己对外部世界的主观印象，这就是"我思故我在"。由此，他提出了实体二元论：存在两类不同的实体，即心灵实体与物质实体。他随后也发现两类实体之间存在因果关系。这是怎么发生的？天才哲学家、物理学家笛卡尔说通过松果体。松果体就是佛家所说的"识海"或"天眼"，在科学界也被称作"第三只眼"，据说如果唤醒了松果体，也就是所谓开了天眼，人就能真正看见物我为一，也才能真正理解心外无物吧。

以上只是粗浅的探讨。不论哲学还是宗教，对于我们思考自身，以及自身与宇宙万物的关系，都具有启示意义。思考本身就是对真理的渴望与探索，就是对生命意识的开拓和提升，比起答案，提出问题远为重要。

露水的世，露水的诗

> 露珠的世界是，
> 露珠的世界，
> 然而，然而……
> （陈黎、张芬龄译）

日本诗人小林一茶的这首俳句，另一个译本是：

> 露水的世
> 虽然是露水的世
> 虽然是如此
> （周作人译）

两个译本，各有千秋。两个"虽然"，两个"然而"都有无尽之意。"然而"后面省略的，更有渊默之声。

整首俳句或许还可凝练成："是的，然而，然而……"六个字括尽一生。

"然而"什么呢？又"然而"什么呢？

先来读露水的诗吧。

生命的挽歌

薤　露

[汉] 佚名

薤上露，何易晞。

露晞明朝更复落，

人死一去何时归？

　　文学中有几个古老的比喻，为人类所普遍使用，例如：把女人比作花朵，把眼睛比作星星，把时间比作河流，把月亮比作镜子，把死亡比作睡眠，把人世比作露水……

　　在两千多年前的汉代，人死发丧，送葬者牵扶灵柩，且哭且唱，唱的就是这首《薤露》。我们可以念出来，感受下歌词的节奏，"薤上露，何易晞。露晞明朝更复落，人死一去何时归？"前两句三言，像两个小波浪；后两句七言，像两个大波浪。波浪与波浪，大小不同，前后相继，或缓或急，在浪与浪之间，听得见情感的升腾与回响。

　　这首挽歌始自西汉，一直沿唱至唐代。歌词把人的一生比作倏忽而逝的露水，而且是比作比露水还渺小脆弱的薤露。薤是一种叶子细长的草，也称野葱或野韭，薤上的露水，那是更小更易蒸发的，所以这个比喻比泛言露水更有力。

薤上露，只一会儿工夫，就被太阳晒干了，不见了。人生也是如此，弹指一挥间，似水流年悄然而逝。这已足够令人怅惘，然而歌词一转，另起一浪，更为汹涌：露水干了，明天早上还将复生，可是人呢？人死一去何时归？

整首诗就是为最后一句而写。"人死一去何时归？"比朝露更可悲的是，人生如其短暂，却无法如其复来。这句不仅有生者对死者的哀悼，更有对生命的终极发问。这个问号就像死亡，留下一场惊骇，把生者全部包含在内。

逝者已去，生者唯有叹息，哀情像大海的波涛，回荡不已。

与《薤露》同行于世的挽歌，还有一首《蒿里》。宋代郭茂倩编撰的《乐府诗集》将二者收于"相和歌辞"。据称，二者原本就是一首诗，分两个乐章来唱，至汉武帝时，宫廷乐师李延年将其分为二曲，并以《薤露》作送别王公贵族之挽歌，以《蒿里》作送别庶民百姓之挽歌。

> 蒿里谁家地？聚敛魂魄无贤愚。鬼伯一何相催促？人命不得少踟蹰。

从歌词来看，《蒿里》抒情直接而粗朴，的确更像送葬庶民百姓时所唱。蒿里泛指墓地，除了死人的魂魄，谁还会住在这里？但这句诗的反问，更在于说：人死了，都是往野地里一埋，生前所谓的贤、愚、智、不肖，统统没了区别，统统归于冥漠。

不仅如此。生死有命，时辰一到，鬼伯催促，容不得你半点踟蹰。到那时，你不能说还有什么事没做完，能否宽限几天，或者请再等等，让我带上我的积蓄。这些全都毫无意义了，死期一到，就好像按下按键，游戏结束。

《蒿里》的歌词常让我想起儿时所见的送葬场景，尤其是下雪天，曙色微明，众亲友白衫白帽，扶着死者的灵柩，浩浩荡荡，如歌如泣，出了村口，逶迤往坟地行去。坟地就在村子东边不远处，不是野地，而是仍在耕种的田地。村里去世的人，全都埋在这里，如此倒不觉得死者一去不归，更像是他们组成了另一个版本的村子，活着时住在一起，死了还住在一起。

另外，虽说死者已矣，无所谓贫富新旧，然而他们的坟却有这些讲究。有钱人家给先人修的坟就更阔气，大而圆，周围砌着青砖，坟前有碑，碑上有字，两侧各植松柏，"先父""亡母"的遗容贤良端正，与素日形象大不同，若从前的邻居见了，怕也会觉得陌生。穷人家的坟和穷人家的住房一样，寒酸可怜，黄土一堆，荒草摇曳，没几年便认不出埋的是谁了。

对酒当歌，人生几何

短歌行二首（其一）

［汉］曹操

对酒当歌，人生几何！
譬如朝露，去日苦多。
慨当以慷，忧思难忘。

何以解忧？唯有杜康。

青青子衿，悠悠我心。

但为君故，沉吟至今。

呦呦鹿鸣，食野之苹。

我有嘉宾，鼓瑟吹笙。

明明如月，何时可掇？

忧从中来，不可断绝。

越陌度阡，枉用相存。

契阔谈䜩，心念旧恩。

月明星稀，乌鹊南飞。

绕树三匝，何枝可依？

山不厌高，海不厌深。

周公吐哺，天下归心。

　　关于这首诗的写作时间，学术界大致有五种说法，这里不一一列举，因为根本不重要。无论证据如何确凿，推论如何严密，那都只是一种说法，一个文字游戏。我们只需知道曹操当时已不再年轻，这个从诗中即可读出来，无须烦琐地研究论证。重要的不是具体写于何年何月，时间只是个幻觉，一首真正的好诗留存于永恒，当你用心读它，它就在此刻发生。

　　"对酒当歌，人生几何"，"当"作何解？一边饮酒，一边放歌。对着美酒，应当高歌。晏殊的《浣溪沙》不亦云乎："一曲新词酒一杯。"心情略同。为什么要对酒当歌？因为人生几何！

"人生几何"是说人生很短，且有不知寿将多久的意味。《诗经·小雅·頍弁》曰："如彼雨雪，先集维霰。死丧无日，无几相见。乐酒今夕，君子维宴。"最末的这一乐章，款款深情，令人动容，作者想必是一位智慧长者，洞悉了生命的飘忽无常，所以在酒宴上有珍惜不尽的祝辞。

《短歌行》是汉乐府旧题，属于《相和歌辞·平调曲》，与之相对，另有《长歌行》。乐曲唱法与古辞皆已失传，今天我们能见到的《短歌行》，最早的就是曹操这首拟乐府歌辞。长歌、短歌的"长"和"短"究竟是何立意？唐代吴兢在《乐府古题要解》中认为，旧说所谓"人寿命长短分定，不可妄求"，此说不合理，魏文帝曹丕《燕歌行》"短歌微吟不能长"和晋代傅玄《艳歌行》"咄来长歌续短歌"等句，认为长歌和短歌是指歌声有长短之分。

千古一叹之后，曹操接着说："譬如朝露，去日苦多。"人生就像早晨的露水，这个比喻已不新奇，但仍然经典。新奇的是他不说来日苦少，倒说去日苦多，意味尤妙。人生一下子就要到头了，少年人不会有这样的感觉，相反，他们会觉得长路漫漫。人生几何，正是由去日苦多而来。

想到这里，也只好道："慨当以慷，忧思难忘。何以解忧？唯有杜康。"回头看，几十年如一日，如一宿，如一瞬。人生不满百，常怀千岁忧。忧思的是什么？不外乎很多事做了却没做好，很多事想做却还没做。心中的忧愁难以忘却。靠什么来排解忧闷？只有豪饮美酒吧！

"青青子衿"以下八句，差不多是直接从《诗经》中搬过来的，但放在本诗中毫无违和感，可见曹操的笔力诗才。至此，我们才若有所悟：前面所叹的人生几何，其旨并非劝人及时行乐，而是感慨人生太短，恐来不及有所作为。这正是曹操的强者人格：老骥伏枥，志在千里；烈士暮年，壮心不已。

"明明如月，何时可掇"这两句与"但为君故，沉吟至今"，又是何等有情。英雄何尝不笃情，惨厉处惨厉，深情处深情，不相避讳，乃所以为英雄。且不去管"但为君故""为"的是谁，也不去追究明明如月者何人，只去体会他求贤的殷殷之心，以及此诗的如幻文字。

"月明星稀，乌鹊南飞。绕树三匝，何枝可依？山不厌高，海不厌深。周公吐哺，天下归心。"曹操的学养抱负，雄深雅健，诗品可见一斑。苏轼在《赤壁赋》中写道："方其破荆州，下江陵，顺流而东也，舳舻千里，旌旗蔽空，酾酒临江，横槊赋诗，固一世之雄也，而今安在哉？"一如文学家杨慎的词："滚滚长江东逝水，浪花淘尽英雄。是非成败转头空。青山依旧在，几度夕阳红。"

我想，读诗是为了体验诗的美，而非对历史事件或人物加以评判，逝者如斯，整个世界，也不过是一个剧场，人物只是其中的演员，各自扮演某个角色，演完就下场了。后世人评判历史事件，似乎振振有词，实则无异于盲人摸象，每个人摸到的，只是他正好或想要摸到的极小部分，而整个全局，我们根本无从知晓。

一滴珠露湛秋荷

荷叶杯

[唐] 温庭筠

一点露珠凝冷，

波影，满池塘。

绿茎红艳两相乱，

肠断，水风凉。

"露珠"这个词很美，把露水的晶湛说了出来。

荷叶上的露珠，尤美。即使是一滴水，洒到碧玉盘一般的荷叶上，亦莹然婉转，更勿论清夜坠于玄天的白露。

荷叶上的露珠，看了叫人起凉意。诗人说"一点露珠凝冷"，"凝冷"在感觉中更侵人肌肤。"波影，满池塘"，不写花叶，却写池塘波影，可知天方破晓，且有月光。月色溶溶，绿茎红艳，颜色看不分明，波光水影，杂然相乱。

以上皆写实，"肠断，水风凉"，末句入情，前景尽化为空灵。"露珠凝冷""波影""满池塘""相乱"，皆由"肠断"幻化而生。露珠也许是泪珠，也许有过人夜哭。

一封信打开，有人说，天已凉。《荷叶杯》就是这样的一封信。

以上的诗词，古典诗人们的喻意皆在于露水生命的短暂。

你可曾留意到露水的美？阳光蒸发了露水，露水也正是在阳光下，才晶莹剔透，闪耀出惊人的美。

最后，我们来回看小林一茶的俳句："露珠的世界是／露珠的世界／然而，然而……""然而"什么？又"然而"什么？我猜小林一茶想说的是，他知道这是露珠的世界，然而存在的时间是那么短暂，然而那么短暂的存在却是那么美。

当然，这不是标准答案。诗歌的美在于语言，在于用生命去体验，其深味需要自己去参。很多时候，没有答案就是答案。

《金刚经》曰："一切有为法，如梦幻泡影，如露亦如电，应作如是观。"小林一茶是净土宗信徒，所以他说"是露水的世"，世界如梦幻泡影，然而子女的相继夭折，使他终究未能作如是观，终不能忘情于婆娑人生。

一茶在俳句中经常写到露水，另有一首与此类似，可能是不同时期的稿本，他这样写："露水的世：然而在露水里——争吵。"这样的人世，更加悲哀了。

人生：寂寞是一种常态

> 灯光里我看见宇宙的衣裳，
> 于是我离开一幅面目不去认识他，
> 我认得是人类的寂寞，
> 犹之乎慈母手中线
> 游子身上衣，——
> 宇宙的衣裳，
> 你就做一盏灯罢，
> 做诞生的玩具送给一个小孩子，
> 且莫说这许多影子。
>
> ——废名《宇宙的衣裳》

　　面对黑夜的黑暗、宇宙的黑暗、世界的黑暗、内心的黑暗，被重重叠叠的黑暗包围，人类燃起篝火或点亮一盏灯，以寻求身心的温暖和庇护。

　　灯光犹如一件衣裳，谁看见灯光，谁就会认出人类的寂寞。诗歌也是篝火，是一盏灯，我们借此得渡茫茫黑暗。

薄暮时分的寂寞

野　望

[唐] 王绩

东皋薄暮望，徙倚欲何依。

树树皆秋色，山山唯落晖。

牧人驱犊返，猎马带禽归。

相顾无相识，长歌怀采薇。

　　东皋是王绩辞官后的隐居之地。这个地方是他的家乡，据说在山西河津，未必就叫东皋村，从王绩的诗来看，东皋应是村子东边临水的一块高地。

　　王绩的另一首诗《秋夜喜遇王处士》曰："北场芸藿罢，东皋刈黍归。相逢秋月满，更值夜萤飞。"由此诗可知，王绩在东皋种了一片田，这天锄豆刈黍归来，王处士不期造访，令他大喜。恰逢秋夜月圆，二人坐在屋外酣饮畅谈，流萤高高低低飘飞。也许读了这首诗，有人会说，王绩归隐后的生活是快乐的。

　　快乐，当然是有的，但不是长久的，长久的快乐，就不叫快乐了。再不快乐的人生，也有随时随地的快乐，正如再快乐的人生，也有如影随形的哀愁。短短一天之中，就有起伏不定的心情，所谓饮酒者忧，歌舞者哭。

　　《野望》写一个秋日，薄暮时分，王绩漫步东皋，野望之际，蓦地袭来一阵强烈的空虚。"徙倚欲何依"，这句诗所表达的心情，不是在仕与隐、出与处之间的徘徊，不是何去何从那么简单；当暮色降落在旷野，此时诗人内心的彷徨无依，乃是一个人在广漠天地间的大孤独。诗人面临一个终极的生命难题：哪里才是我的归宿？

"树树皆秋色，山山唯落晖"，这是诗人彷徨所见。树树秋色，山山落晖，并不使人觉得凋敝，相反，树和山一片光辉明艳，色调温暖柔和。所有的树，所有的山，都像约定好的，沐浴在秋色落晖之中。

人呢？"牧人驱犊返，猎马带禽归"。牧人驱赶着牛犊回家，猎夫带着猎物骑马归来，在诗人眼里，他们也是幸福的，他们有家可归，生活多么安宁，多么有目的、有意义。

目送牧人和猎马远去，诗人躬自悼矣："相顾无相识，长歌怀采薇。"东皋既是他的家乡，且归隐后已住了一段日子了，怎会"相顾无相识"？认识的人肯定是有的，但没有相知的人，没有像王处士那样可以倾谈的人。怅然四顾，诗人的寂寞，如同弥漫的暮色，苍茫无着。仕途固可弃之如鸡肋，然而一生就这样老于灌园吗？

他想到那些隐居的人，想到伯夷、叔齐，他们义不食周粟，在首阳山隐居，采薇而饿死。隐居的滋味，隐居的寂寞，只有真正隐居的人才能了解。若据此典故认为，王绩自隋入唐，他的辞官归隐亦属"不食周粟"，从而将此苦闷或对李唐的不平，隐忍地流露于诗中，这种看法未免太小看王绩，或曰太高估时代了。既"不食周粟"，为何还要接受做官的邀请？诗人岂时代之刍狗哉？其实所谓时代，也不过是一句漂亮的伤心话而已。

罗兰·巴特在一则笔记中说过，真正的诗人，可以说他们属于任何时代，他们比其他人更有能力感知和把握他们自身所处的时代，既不与之完全决裂，也不努力调整自己去适应。

至于读诗，以朴素的人性感受诗中的心情即可。诗的理想读者不是史学家，不是道学家，甚至不是文学学者，而是一个独立善感的人。当一首诗遇到它的读者，在此发生的只是审美行为。

类似王绩的寂寞，相信很多人都有过。我也曾喜欢在课余，漫步于校外的村野，看二三农人在田里，或拔草，或割稻。他们默默地劳作，用衣袖抹汗，夕阳西下，疲惫而满足地缓缓归村，手握一把沾泥的青菜。荷锄而过我，他们常笑问："你在这里做什么？"是啊，我在那里做什么？我在做我的田园梦，但又怎能说给朴实的农人听？

我想人人都留恋现有的生活，同时向往着另一种生活，自己梦想但没有尝试过的，或者曾经有过却失去了的生活。比弗罗斯特的林中路更现实的，不是该在两条路中选择哪一条，也许就像王绩，不管选择哪一条，结局都是要么同时走在几条路上，要么不在任何一条路上。

我在这里做什么？

沙丘城下寄杜甫

[唐] 李白

我来竟何事，高卧沙丘城。

城边有古树，日夕连秋声。

鲁酒不可醉，齐歌空复情。

思君若汶水，浩荡寄南征。

公元 745 年秋，李白与杜甫在鲁郡东石门分手，杜甫西去长安，李白不知道自己要去哪儿，想去哪儿，该去哪儿。此前一年，他被玄宗赐金放还，离开长安，都城的大门对其轰然关闭。与杜甫、高适同游梁宋时，趁着意气，他入名山访道求仙，并正式受了道箓，但这项仪式并没能使他的心灵完全皈依。游荡了一年多，意气渐渐冷却，现实摆在面前，人生该何去何从？

朋友各有各的人生，谁也不能一直作陪。杜甫走了，李白骤尔感到世界的空旷。他在沙丘城已住了一些日子，此前计划再度南游江东，只是个计划而已，并没有什么非去不可的理由。然而，久卧沙丘城又算什么？沙丘城终非男儿结果之场，再说他实在感到空虚厌腻，连酒也喝不出滋味了。

"我来竟何事，高卧沙丘城"，他自问：我在这里做什么？"高卧"在这两句中，有把自己闲置于此的意味。一个"竟"字，带着吃惊，他似乎想不起自己为什么会来这里，又为什么会滞留这么久。

城边的古树，没日没夜，在秋风中萧萧瑟瑟，听得人心起悲凉。"城边有古树，日夕连秋声"，在这两句诗里，其实能感觉到的更多，意识和潜意识的，直觉的和回忆的。诗句的丰富内涵，正如秋风吹古树那样引人遐想，发人幽思而不可尽说。

"鲁酒不可醉，齐歌空复情"，"鲁酒"应当是李白很喜欢喝的酒，比如兰陵美酒，早年漫游东鲁时，他写下《客中作》盛赞："兰陵美酒郁金香，玉碗盛来琥珀光。但使主人能醉客，不知何处是他乡。"此时什么酒都乏味了，齐歌唱得再好，也"空复情"，听了全无感觉。

杜甫要是还在就好了，李白这样想。这样一想，他便思念起杜甫来。"思君若汶水，浩荡寄南征"，汶水浩荡向西南流去，那正是长安所在的方向。这一刻，他的想念也随着流水，悠悠而奔赴杜甫。

也许因为刚刚分手，也因为自己实在太寂寞，诗中流露出思念杜甫的深情，在李白诗集中仅此一首。李白写给杜甫的诗总共就三首，其余一写于东鲁见面时，那是一首调侃的戏作；另一写于鲁郡东石门送别杜甫时，送别难免惜别伤感。唯独这首诗写于别后，倾诉对杜甫的想念。因为寂寞所以想念，因为想念所以更寂寞了。

遥想《广陵赠别》之时，"系马垂杨下，衔杯大道间。天边看绿水，海上见青山。兴罢各分袂，何须醉别颜"，何其龙马精神，何等洒脱襟怀！二十年后，在沙丘城的秋风中，李白的世界褪了色，万丈豪气变为接连的叹息。

到寂寞的深处去

夜归鹿门山歌

〔唐〕孟浩然

山寺钟鸣昼已昏，渔梁渡头争渡喧。

人随沙岸向江村，余亦乘舟归鹿门。
鹿门月照开烟树，忽到庞公栖隐处。
岩扉松径长寂寥，惟有幽人自来去。

　　孟浩然的家在襄阳城南的岘山，位于汉江西岸，鹿门山在汉江东岸，与岘山隔江相望。四十岁赴长安之前，浩然长期隐居于岘山，谋仕不遇之后，他赴吴越漫游数年归来，决意追寻汉末隐士庞德公的足迹，弃绝尘世，一心一意过隐居生活。为此，他特在鹿门山辟一住处，不时前往，《夜归鹿门山歌》即作于此时。

　　浩然的诗兴，随钟声舒徐荡开，从黄昏到月夜，他一路行歌。山寺的钟声敲响，暮色陡然降落，鱼梁渡头，一片争渡的喧闹声。诗人如梦般静观世景，他也在渡江的船上，却不在那片喧闹声中。

　　过了江，"人随沙岸向江村，余亦乘舟归鹿门"，庞德公隐居的地方在沔水中的鱼梁洲，人群沿着沙岸回他们的江村，浩然便乘舟飘然向鱼梁而去。诗的语调简淡亲切：人们结伴回家，我也回我的鹿门。"余亦"二字，多么悠然自得。两种归途，各谐其趣，我不羡慕人，人也不可怜我。

　　弃舟登岸，月亮已升上鹿门山。烟雾缭绕的树林，在月下别开生面，不觉来到庞德公栖隐处。庞德公也是襄阳人，荆州刺史刘表曾请他做官，不久，他便弃官而去，携妻入鹿门山采药，一去不返。浩然仰慕庞公的气节，曾在《登鹿门山怀古》中缅怀他："昔闻庞德公，采药遂不返。……隐迹今尚存，高风邈已远。"

"岩扉松径长寂寥"，山岩如扉相对，松林小径寂寥，隐迹犹如当年，庞德公或许成了仙，或许只是老死松石间，总之他不在了，世上再难有他那样的隐士了。怀念庞德公使浩然感到寂寞，亘古不朽的一种寂寞。

除了高尚其事的隐士，谁还会来这寂寥的地方呢？"惟有幽人自来去"，"幽人"有庞德公的身影，也是浩然的自况。"自来去"，人不知也，亦不欲人知也。行歌至此，浩然已如获天启，朝那寂寞的深深处行去。

月亮升得更高了，皎洁如一面时光之镜，月光照亮一条路，引领他离开，去往他渴望的另一个国度。

山中来信：山中无所有，又拥有一切

肩吾问于连叔曰："吾闻言于接舆，大而无当，往而不反。吾惊怖其言。犹河汉而无极也；大有径庭，不近人情焉。"连叔曰："其言谓何哉？"曰："藐姑射之山，有神人居焉。肌肤若冰雪，淖约若处子，不食五谷，吸风饮露，乘云气，御飞龙，而游乎四海之外；其神凝，使物不疵疠而年谷熟。吾以是狂而不信也。"连叔曰："然。瞽者无以与乎文章之观，聋者无以与乎钟鼓之声。岂唯形骸有聋盲哉？夫知亦有之！是其言也，犹时女也。之人也，之德也，将旁礴万物以为一，世蕲乎乱，孰弊弊焉以天下为事！之人也，物莫之伤：大浸稽天而不溺，大旱金石流，土山焦而不热。是其尘垢秕糠将犹陶铸尧舜者也，孰肯以物为事？"宋人资章甫而适诸越，越人断发文身，无所用之。尧治天下之民，平海内之政，往见四子藐姑射之山，汾水之阳，窅然丧其天下焉。

——《庄子·逍遥游》

山中何所有？

诏问山中何所有赋诗以答
［南北朝］陶弘景

山中何所有，岭上多白云。

只可自怡悦，不堪持赠君。

这是隐居在山里的陶弘景答齐高帝萧道成诏书的一首诗。齐高帝在诏书中问他"山中何所有"，有劝其出山之意，陶弘景以此诗婉言谢绝。

陶弘景出身士族，十岁读《神仙传》，有养生之志；十五岁作《寻山志》，遂慕林泉之隐；二十岁时，齐高帝很赏识他的才华，引以为诸王侍读，后拜左卫殿中将军；三十岁时，正式成为道士，受符图经法诰诀，遍游名山寻访仙药真经，后隐居于句容句曲山（今江苏茅山），开道教茅山宗。梁武帝即位后，多次派使者礼聘，但陶坚不出山。朝廷每有大事，即以书信咨询，时人称其为"山中宰相"。

陶弘景答齐高帝的诗耐人寻味。齐高帝诏问"山中何所有"，这是在反问山中有什么好的。在世俗人看来，山中什么也没有，意思是没有他们想要的。一个人隐居在山里，若非为了"终南捷径"，那便意味着抛弃世界，也被世界抛弃。

陶弘景没有答以山川之美，只写"岭上多白云"，他知道齐高帝自然会明白。白云首先比喻山中的自在、悠闲，而此境界非高流佳士不能领略。"只可自怡悦，不堪持赠君"，既回答了诏问，又明确谢绝了齐高帝的邀请。

古诗中的白云，往往是仙界的象征。《庄子·天地》曰："千岁厌世，去而上仙，乘彼白云，至于帝乡。""帝乡"就是仙界。"岭上多白云"，即这里是神仙居住的地方。对于世间人，白云毫无价值，没什么用；对于仙人，白云妙不可言，有无用之大用。

住在山里的不一定都是神仙。也常听住在山里的人说，"我们这儿什么也没有"。有人去某地旅游，也这样说，"没什么可看的"。有一年的四月，我想去个安静的地方支教。无关名利，当时只为自我疗伤。我给南方某县的教育局打电话，教育局的人说："那就来我们县城实验中学。"我说："我不去县城，有没有偏远的乡下学校？"他说："有是有，但那里什么都没有。""有山吗？""有。""有河吗？""有。"我就去了。

第一天去校长办公室报到，校长第一句话也是"我要提前跟你说，我们这儿什么都没有哦"，他摇头叹息，对我很不解的样子。那个"什么都没有"的地方，有恍若仙境的山，有一条碧绿的江，有很多农田果园，四月的清晨溢满橘子花香，还有学校美味的柴火饭，还有那些懂草药、玩四脚蛇的孩子，有些老师说他们"什么都不懂"。没课的时候，我就在江心桃花岛上读书，伴着我骄傲的孤独……

山中答俗人问

山中问答

[唐]李白

问余何意栖碧山，笑而不答心自闲。

桃花流水窅然去，别有天地非人间。

诗题的另一个版本是"山中答俗人问"，指明"俗人"，诗意更好理解。

"问余何意栖碧山"，问话的当然就是那个俗人。为什么你要住在山里？你到山里来做什么？俗人可能是当地的山民，习惯了也厌倦了山里单调乏味的生活，对一个外来人在此隐居怀有几分好奇。也可能不是山民，而是山外"人间"的一个俗人，不理解诗人为什么要隐居在山里。不论山民，还是"人间"人，总之是个俗人。

李白的回应很有意味。"笑而不答"的姿态，颇似世尊拈花微笑，以不答答之。如果你是迦叶，自然会懂；如果不是，说了你也不懂。所以栖碧山之意，不可说，亦不必说。如诗题所示，问者是个俗人，那更不必说了。

"心自闲"，境界又高一层，不仅不答，更不在乎对方怎么想。三、四句由"闲"而来，"桃花流水窅然去，别有天地非人间"，问话的俗人已从他眼前淡去，诗人进入自己内心的天地。

这两句若是答语，太白便在不答之后，又尝试答之。此语境下，问者很可能是来自"人间"的俗人。"桃花流水窅然去"，也许在暗示桃花源，也许只是因地制宜，因为那时李白就隐居在安陆白兆山桃花岩。

李白早年曾先后两次隐居白兆山，但并非决意远离喧闹繁华的世界，他的隐居只是出处之间的一个过渡，他至死都没有放下对功名的欲望。栖山原非本怀，个中心情，难为俗人道也。

自古以来，有不少人为此诗倾倒，甚至有评曰：非谪仙人何得此不食烟火语！诗语确飘出仙气，然而作为读者，我们不要忘了，诗中的抒情"我"，并不总是等于诗人。如果不加分辨地将二者混为一谈，那就很容易为诗所骗。

清代王闿运在《湘绮楼说诗》中，评此诗曰："太白诗'问余何事栖碧山'一首，世所谓仙才者，与此相比（指所评的另一首诗），觉李诗有意作态，不免村气……而俗者反雅，雅者反俗，何耶？"批太白诗有意作态，似雅实俗，这样的评语是刻薄，还是犀利？读者自己定夺。

在山中，没有姓名和年龄

答　人

[唐] 太上隐者

偶来松树下，高枕石头眠。

山中无历日，寒尽不知年。

这首诗所记也是山中问答，与上面两首不同，这首诗中只有回答，不能确定问的是什么。从后二句看，问的似乎是时间——山中没有日历，只有寒来暑往，不知道现在是哪一年。

"不知年"，不是不知道，是不想知道，不必知道。山中隐居，远离社会，不知有汉，无论魏晋，那是不受人类定义和约束的时间。仅此，诗意已足。

如果再了解下作者，我们对此诗或有更多发现。太上隐者，这个名字好极致，隐者中的隐者。不像有些隐士言行不一，太上隐者说到做到，关于他的生平，世人唯一知道的就是他隐居在终南山。

据《古今诗话》记载，曾有好事者当面打听太上隐者的姓名，他没有回答，而是写下了这首诗："偶来松树下，高枕石头眠。山中无历日，寒尽不知年。"对于一个隐士而言，再没有比"你是谁"更难回答的问题了吧。

本诗前两句可视为太上隐者的回答，即"我谁也不是"。"偶来"，自在随意，没有我执。"高枕"，无欲无求，淡泊无忧。松树，石头，深山，一个谁也不是的人。如果我们以诗句反观自身，又有谁不是偶然来到世上，偶然经过一些地方，我们的经历又何尝不是我们做过的一场大梦？我且是梦，遑论姓名。

忽略姓名后，太上隐者接着谈到时间。"山中无历日，寒尽不知年"，这是一个本真的人体验到的原初时间。如果没有日历和钟表，我们如何计算时间？寒暑，昼夜，星月，日影，鸡鸣，我们将回到古老的事物中去感知时间，并将重建与自然紧密相连的关系。

太上隐者对寒暑更替也不在怀，好事者大概还问了他的年龄，一个人在自己的梦中又怎会有年龄？没有姓名，没有年龄，时间自我放牧，太上隐者获得了绝对的自由。

山中何太冷

山中何太冷

［唐］寒山

山中何太冷，自古非今年。

沓嶂恒凝雪，幽林每吐烟。

草生芒种后，叶落立秋前。

此有沉迷客，窥窥不见天。

唐代诗僧寒山，也叫寒山子，据说生于官宦之家，屡试不第，后出家为僧，在山中隐居七十多年。寒山喜欢写诗，但不是寄给朋友或与人问答，而是随时随地题于树上，写在地上，刻在壁上。他在给山林写诗，也在给有缘人写信。

散落在树木上、石壁上、地上的诗，经风吹雨淋，自然多有散佚，经喜欢他的人搜集并保存至今的，有三百多首，都没有题目，编者均以首句为题。寒山隐于天台山寒岩，自号"寒山"。他常在诗中写到"寒山"，比如："欲得安身处，寒山可长保""人问寒山道，寒山路不通""杳杳寒山道""寒山月华白""一住寒山万事休"，等等。

且看寒山在诗中的自画像："寒山有裸虫，身白而头黑。手把两卷书，一道将一德。"在时人眼中，他是一个疯癫的诗僧，他也说他和那些人无法沟通，即"我语他不会，他语我不言"。

这首《山中何太冷》，字面很简单，寒山的诗以口语见称，但味之亦有奥义。"山中何太冷，自古非今年"，这两句貌似简单直白，其实说出了人在寒山的原始体验，它就像纯洁的部落语言，展示了一种古老的观看体验。

也许就是这样的质朴体验，以及诗中的禅意，使得寒山诗很容易在别的文化中引起共鸣。自 20 世纪以来，寒山诗在东亚和欧美等地流行，并在美国成为"垮掉的一代"诗歌运动的朝圣对象，诗人加里·斯奈德（Gary Snyder）就翻译过不少寒山诗。

前两句传达的是一个寒冷统治的世界。习惯了暖气和空调的现代人，听到"自古非今年"，大概要冷得休克了。"沓嶂恒凝雪，幽林每吐烟。草生芒种后，叶落立秋前"，在那个寒冷的世界里，万物另有其姿态和节奏。

"此有沉迷客，窥窥不见天"，最后两句有点儿矛盾修辞，沓嶂幽林隐天蔽日，他却沉迷其中。对于"此有沉迷客"，加里·斯奈德翻译为"here I am, high on mountains"，有青出于蓝之效果。"high"不仅是地理位置上的高，还有精神状态的"嗨"，二者一起仍窥天不见，比原文更有表现力。

20 世纪 90 年代以来，美国还出现了"寒山诗"创作热潮，比如拥有医学博士和文学硕士学位的诗人查尔斯·罗希特，他设想假如寒山生活在当代美国的城市，会写出什么样的诗，于是有了诗集《城市里的寒山》。集中第二首就是他对《山中何太冷》的城市版译写："这里很阴冷／一直都很阴冷。阴暗的楼房快要被风吹倒，黑影重重能把圣人吓倒。"

那么，如果寒山生活在当今国内某个城市，他会写出怎样的诗？这个富有创意的想法同样值得我们在汉语诗歌中去尝试。

厉与西施，恢诡谲怪，道通为一

从来没有不爱美的时代。历代好尚或有不同，爱美之心古今无异。

君不见"楚王好细腰，宫中多饿死"。君不闻长安语曰："城中好高髻，四方高一尺；城中好广眉，四方且半额；城中好大袖，四方全匹帛。"

未曾听说古希腊的海伦除了美貌，又有何德何能值得一场十年之久的特洛伊战争？此足以表明"倾城倾国"一词并非夸张而是写实。君不亦闻《佳人歌》唱曰："北方有佳人，绝世而独立。一顾倾人城，再顾倾人国。"汉武帝听后，怅然叹曰："天下岂有此佳人乎？"乃得歌者李延年的妹妹李夫人是也。

李夫人长相究竟如何，歌中、书中只字未提。红颜薄命的她死后，汉武帝伤心不已并写诗悼念，诗中亦未涉及容貌半字，只留下一个绰约而缥缈的背影。这便更增添了她的神秘，更勾起人们的想象，所以，也就更美。

美在神不在貌

让我们先来欣赏几位上古诗文中的先秦美人。

第一位是《诗经·卫风·硕人》中的庄姜，她是齐国的公主，姜姓，嫁给了卫庄公，故称"庄姜"。作为当时的天下第一大美人（据宋代朱熹先生推测，庄姜也是个大诗人），她的长相在诗中被细致描画："手如柔荑，肤如凝脂，领如蝤蛴，齿如瓠犀，螓首蛾眉。"这一连串比喻很形象，但组合在一起却是"死"的，使美人"活"过来的在于后面两句："巧笑倩兮，美目盼兮。"

第二位是《诗经·鄘风·君子偕老》中的宣姜，也是齐国的公主，同时还是庄姜的亲侄女、卫宣公夫人，故称"宣姜"。关于宣姜的绯闻甚多，《鄘风》中一半以上的诗与此有关。乱麻般的历史不必再谈，且看她从诗中走来的样子："君子偕老，副笄六珈。委委佗佗，如山如河""扬且之皙也。胡然而天也？胡然而帝也"。没有描写五官，没有交代身材，只着意于她的举止雍容洒落，以及她的光彩照人、恍若神仙。以天地山河比之，实在至高无上了。当然，对她的仪容如此盛赞，也为更有力地反衬她的品行不淑。

再看战国时期楚国宋玉在《登徒子好色赋》中盛称的邻家女："东家之子，增之一分则太长，减之一分则太短，著粉则太白，施朱则太赤，眉如翠羽，肌如白雪，腰如束素，齿如含贝。"如此"恰到好处"的美人，如石膏模特般标准，仍是"死"的，画龙点睛的仍在后面这句"嫣然一笑，惑阳城，迷下蔡"。

到了汉代，《西京杂记》中记载卓文君美色的，也只有寥寥两句："脸际常若芙蓉，眉色如望远山。"至于肌肤柔滑如脂，为人放诞风流，都还是侧面描写。后世多以"芙蓉面""远山眉"形容女子之色，即出于此。

先秦美女中美成后世传说的，不是贵族出身的庄姜或宣姜，却是来自民间的西施。关于西施的身世，后世通认为，她是春秋末期越国句无苎萝村采樵人的女儿，本名施夷光，自幼常在江边浣纱，被越国的谋臣发现，教以歌舞礼仪，经过数年悉心栽培，而作为美人计献于吴王，使吴王荒于政事，终而亡国。

西施其人其事并未见于《春秋》《左传》《史记》等正史，战国诸子偶有提及，也只是将"西施"作为美女的代名词。作为美女而献于吴王应当属实，其他种种韵事秘史盖为好事者附会。历代颇多咏西施之作，或赞其美，或叹其事，或抒己怀，或兼而有之，诗人们各有各的西施。

太白的西施：以肉眼观

西 施

[唐]李白

西施越溪女，出自苎萝山。

秀色掩今古，荷花羞玉颜。

浣纱弄碧水，自与清波闲。

皓齿信难开，沉吟碧云间。

勾践徵绝艳，扬蛾入吴关。

提携馆娃宫，杳渺讵可攀？

一破夫差国，千秋竟不还。

在"诗仙"李白的想象中，西施俨然美如神了。虽然他并没有见过西施，想必连画像也不曾目睹，但在诗中他却看见了栩栩如生的她。

前两句交代西施的出身，即普通人家的女孩，没有任何背景，也有美玉在山的意思。接着"秀色掩今古"，这是传闻，也都当真。"荷花羞玉颜"，此处写荷花，与越溪浣纱情景相呼应，荷花也更衬西施之美。因为生在江南水乡，荷花便成了西施的化身，咏西施者总不免提到荷花。不是早有人以四花配古代四大美人吗？西施乃荷花，貂蝉为月季，昭君似菊花，玉环是牡丹。

夸过容貌之美，太白接着想象西施的神态："浣纱弄碧水，自与清波闲。"似乎娴静而淡雅。忽而又捕捉到"皓齿信难开，沉吟碧云间"，她似乎多有矜持，有时又满怀心事。"碧云"即碧天之云，在古典诗歌中，多以"碧云"比兴天外或远方，暗示一种离别情绪，例如江淹的"日暮碧云合，佳人殊未来"，温庭筠的"山月不知心里事，水风空落眼前花，摇曳碧云斜"。

正在浣纱的少女西施，她的心事是什么呢？我们不得而知。太白似乎还暗示，西施对自己的美貌是自觉的，因为这"皓齿"与"碧云"二句，颇有"天生丽质难自弃"的味道。

被越王勾践选中之后，西施"扬蛾入吴关"，太白在此显然把她塑造成了救国英雄。而吴王宠爱西施，为其建馆娃宫，他又叹"杳渺讵可攀"，此句可用问号，更可用叹号。太白在反问什么，又在赞叹什么？是叹馆娃宫见证了西施的美，还是感慨西施因美而赋予馆娃宫高不可攀的权力？或许都有。

最后的"一破夫差国，千秋竟不还"，这是西施故事结局的一个通行版本。爱浪漫的人都愿意相信这个说法，即西施与"旧情人"范蠡乘一叶扁舟消失于五湖烟波浩渺之中。太白也认为是这样，尤其一个"竟"字，似为西施的不知所终深感惋惜。

也许这只是太白一时之诗兴，替世人更替他自己表示惋惜而已。其实又有什么好惋惜的呢？"千秋竟不还"，还了又如何，不还，西施才成为传说。如果破吴而还，西施将命运如何，真不好说。贵族女神庄姜和宣姜，都未能逃出悲惨的命运，何况一个平民出身的浣纱女，以色事他人，能得几时好？还是"不还"为好，一个活在传说中的女子将永远保持神秘，永远都是最美的。

摩诘的西施：以法眼观

西施咏

[唐] 王维

艳色天下重，西施宁久微。

朝为越溪女，暮作吴宫妃。

贱日岂殊众，贵来方悟稀。

邀人傅脂粉，不自著罗衣。

君宠益娇态，君怜无是非。

当时浣纱伴，莫得同车归。

持谢邻家子，效颦安可希。

王维看西施的眼光大不一样。李白虽号称"谪仙""诗仙"，然而他写的西施仍是凡夫俗子想见。摩诘作为在家修行的居士，却是以法眼观西施，乃将世人凭想象渲染之"魅"悉数祛尽。

起始一声悟叹："艳色天下重，西施宁久微。"天下皆重色，西施又怎会久处微贱呢？她有人所不及的美色，必然迟早会被发现。

"朝为越溪女，暮作吴宫妃"，朝暮之间，西施由社会底层的浣纱女，一跃而为权力顶端的吴宫妃。此处"朝""暮"二字自是诗歌的夸张。事实上西施被选中后，经过数年严格的才艺及礼仪教习，才被作为礼物献给了吴王。诗歌表达的是一种感觉，不是报道也不是叙述历史，因此不必拘泥于事实。不论被训练了多久，西施人生际遇的陡变是真实的。

由此而来，又一个醒人心目的反思："贱日岂殊众，贵来方悟稀。"试想当年西施和同村的女伴们一起浣纱，不过是一个普通的村女，未被发现之前，与别的女孩子又能有多大不同呢？但是被选中成为王妃之后，连她也仿佛才刚刚认识了自己。

"邀人傅脂粉，不自著罗衣。君宠益娇态，君怜无是非"，正是从这些荣宠中，西施"悟"出了自己的与众不同。她首先悟到的肯定是自己的美。一个单纯的孩子，一个山村少女，此前不大知晓自己的美。无所谓美，无所谓不美，天然而已。美之为美正在于浑然不知。可以想象，如果西施没有被选中，她大概一生也不会觉得自己是个稀有的美人，大概村里人也不会这么看她。即使被选中之初，恐怕她还是不解或者以为侥幸，而等到成为吴王妃而渥宠备至，她终于从中悟出了自身的美，并发现了美的价值。

《庄子·齐物论》中有一个平民女子叫丽姬，晋国国君选中她时，她很伤心（应该是舍不得家人吧），待到嫁过去之后与王同筐床、食刍豢，这时方才后悔自己当初竟然哭泣。庄子的寓意在于，生死也不过如此，不过是一个梦衔接另一个梦，人在此梦而不知彼梦，所以每每流下可悲又可笑的"丽姬的眼泪"。西施被吴王宠幸而过上极富贵的生活，不知她所悟的除了美，是否也有关于人生的梦？

除了王维，不知还有谁会想到"当时浣纱伴"？世人往往只看到舞台上聚光灯下的骄子，有谁关心暗淡观众席上的芸芸众生？一起浣纱的女孩子们，忽然与西施有了天壤之别。"莫得同车归"，西施的好运并没有分给她们（当然，噩运也不会波及她们）。

"持谢邻家子，效颦安可希"，最后为世人一叹，典故毋庸说是东施。东施效颦，世人都笑东施无西施之美而捧心颦眉，然而笑东施的世人中，又有几人不是东施呢？知其美而不知其所以美，况且美之外更有命运的玄机。摩诘在此唤醒世人：颦不可效，亦不必效也。

厉与西施，道通为一

关于美色，看得最透彻的还是老庄。《庄子·齐物论》曰："厉与西施，恢诡谲怪，道通为一。"厉是史上以奇丑著称的女子，丑到半夜生子遽取火而观之，生怕孩子和自己一样丑。但庄子说，以道观之，厉与西施并无差别，皆为道之所在。

美与丑都是人的分别念，或曰妄见。比如现今时尚所标榜之美，如风一般变幻不定，而美本身并无标准，也拒绝被定义。老子早就说过，"天下皆知美之为美，斯恶矣"。

人不仅对自身作诸多戏论，且将动植物亦纳入评判。古代比喻美人之极致所谓"沉鱼落雁"，庄子在《齐物论》中也毫不留情地祛魅："毛嫱、丽姬，人之所美也，鱼见之深入，鸟见之高飞，麋鹿见之决骤，四者孰知天下之正色哉。""四者"，即人、鱼、鸟、麋鹿，四类生物各有习性，人以为美的，其他三类见了都要吓得逃跑。

虽然庄子是对的，然而对于人类社会，美貌确乎是一种先验的、几乎不可抗拒的力量。王昭君如果不美，她远嫁匈奴谁会在意？诗人们更不会写诗哀叹她的遭遇了。可见美还是可以作为任何故事的前提。

在《荷马史诗》中，女先知卡桑德拉看见海伦的第一眼，便预言海伦将为特洛伊城带来灭顶之灾，然而没有人相信她，因为她没有过人的美，这使她显得可疑，她的预言被视为对海伦的嫉妒。卡桑德拉穿着一身黑衣终日游走，处处遭人侮辱，悲痛万分，最后被阿伽门农俘虏。临死，她对杀害她的人说："疯狂也将找上你。"

关于它，你却无话可说

　　我在房间里抹灰尘，抹了一圈之后走到沙发前，记不起我是否抹过沙发。由于这些动作是无意识的，我不能、而且也觉得不可能把这回忆起来。所以，如果我抹了灰，但又忘记了，也就是说作了无意识的行动，那么就等于根本没有过这回事。如果哪个有心人看见了，则可以恢复。如果没人看见，或是看见了也是无意识地；如果许多人一辈子的生活都是在无意识中度过，那么这种生活如同没有过一样。

——列夫·托尔斯泰

　　如果我们每天的生活不是出于自觉，而仅仅是按部就班地度过，那么这样生活的意义值得深思。长久以来，我们习惯于对熟悉的一切装作视而不见，比如，上班路上的一棵树，你每天经过它，但关于它，你却无话可说。

屈原的橘颂

所谓"咏物"，就是看见物，并说出它。看见不一定仅指眼见，也可能是心之所见，而后去真正感受物的存在。

汉语文学史中最早的咏物诗是屈原的《橘颂》，在此节选前十二句：

> 后皇嘉树，橘徕服兮。
> 受命不迁，生南国兮。
> 深固难徙，更壹志兮。
> 绿叶素荣，纷其可喜兮。
> 曾枝剡棘，圆果抟兮。
> 青黄杂糅，文章烂兮。

全诗总共三十六句，其余二十四句以抒情为主，借橘表达自己秉德无私矢志不渝的志向。节选的这几行，描写橘树的花果容色，单纯来看是很可爱的。

但屈原的用意并不在于写橘树，他的目的是表达自己，所谓"托物言志"。物只是个假托，所咏的不是物，而是诗人内在的精神。不论描写还是抒情，物本身仅是一个意象。《橘颂》所取的"受命不迁，生南国兮。深固难徙，更壹志兮"，此所谓"拟人"手法，以今天的常识判断，也属于诗人的一厢情愿。如果非要将"橘生淮南则为橘，生于淮北则为枳"的特性，上升为某种高洁的品质，那么具此特性的树木岂唯橘而已矣？

《诗经》中几乎每篇必以草木鸟兽起兴，但歌唱的对象实际并非这些物类，物的作用在于比兴。物与人的生活场景融为一体，在诗的言说中尚未获得独立。屈原所咏之橘，尽管是被借用，但较之诗三百，至少算是独立了出来。诗题《橘颂》，即歌咏、赞美橘子，《橘颂》也因此被称为千古咏物之祖。

荀子的针

第一个真正将物作为物本身来关注的，是荀子的《赋》。赋篇共咏五物，分别是礼、知、云、蚕、箴。每篇以猜谜的形式，从首句的"有物于此"开始描述，到最后一句揭开谜底。

节选《箴赋》为例。

> 有物于此：
>
> 生于山阜，处于室堂。
>
> 无知无巧，善治衣裳。
>
> 不盗不窃，穿窬而行。
>
> 日夜合离，以成文章。
>
> 以能合从，又善连衡。
>
> 下覆百姓，上饰帝王。
>
> 功业甚博，不见贤良。
>
> 时用则存，不用则亡
>
> ……

簪以为父，管以为母。

既以逢表，又以连里。

——夫是之谓箴理。

箴，即缝衣服用的针。因为针用铁制成，而铁矿在山中，故说"生于山阜"。全篇不到两百字，细致地描述了针的特性和功用，以及作为日常生活中的微小之物，针在世上的重要位置。

如末句所言，"夫是之谓箴理"，所赋的不只是针，更要赋出"箴理"。此理即针之为物的道理，针作为事物存在的理由，或许还包括了一些启示。这一类的赋，带着格物致知的性质。

较之屈原的《橘颂》，荀子在赋中所咏之针有了更大的独立性。虽然物仍为人而存在，仍被赋予人的情感和意志，但被观照的视角和距离已很不同。屈原将自己安顿在橘树里面，而荀子则站立在针的旁边。

梁武帝的烛

根据逯钦立辑校的《先秦汉魏晋南北朝诗》统计，直到刘宋时期，存留下来的咏物诗约六十首，而在齐梁时期的八十多年间，咏物诗勃然大兴，共计存世三百三十余首。当时的文人无不写咏物诗，题材从动植物及自然物态，到日用起居的各种器物，可谓无物不咏也。

例如植物中的梅、兰、松、竹、菊、梧桐、女萝、栀子、蔷薇、萍、柳、桂、青苔、荷花、香茅、石榴、甘蔗、荔枝等；

动物中的鸾鸟、老马、啄木鸟、蝉、萤、蝶、鹤、雁、鹊、鸥、鱼等；自然物态中的浮云、夜雪、喜雨、秋风、苦雨、苦暑、霜、露等；器物中的镜台、团扇、画屏、香炉、灯烛、帘幔、胡床、竹几、席、剑、金钗、春幡等。

南朝以前，在"诗言志"的重压下，物没有独立的地位，不能作为它自身而被看见，诗人假托物而言己志。从晋宋山水诗开始，山水及自然之大物，开始获得独立的审美价值，不再被强行加以拟人。至齐梁时期，日常生活中的细微之物，也因诗人的观看而焕发出奇迹般的光彩。

我们来感受一下梁武帝萧衍看到的蜡烛。

咏　烛

[南北朝] 萧衍

堂中绮罗人，席上歌舞儿。

待我光泛滟，为君照参差。

一支蜡烛，一盏灯，除了能照明，它们有怎样别致的美感呢？白蜡烛和红蜡烛，日光灯和台灯，种种发出不同光亮的光源，在感觉上又有怎样细微的差别呢？

古诗写蜡烛，多取蜡泪、灯花作为本体，梁武帝此诗不咏这些，他把烛光营造的空间感写意出来。

画堂燃着蜡烛，堂上有绮罗美人、歌儿舞女。烛光与电灯光不同，电灯光是静的、硬的甚至死的，烛光却是动的、柔的、活生生的。在朦胧的烛光下，如同在月光下，美人即使不够美也显得很美了。

"待我光泛滟"，这里的"我"指的是烛，人在看烛，烛也在观人。"为君照参差"，此句的"君"指谁？似乎是隐藏的诗人。烛仿佛在说：你不是要咏我吗，等我的光泛滟，就为你照见"参差"。"泛滟"，浮光闪耀的意思。即使在室内，烛光亦随气流而颤动，浮光闪耀时，诸物的远近深浅，便被明暗参差地烘托出来。这时，空间不再单一静止，而是呈现出复杂和变幻的感觉。

更迷人的地方还在于，当烛光泛滟时，物投在墙上的硕大影子，摇曳忽闪。烛光，影，物，微风，厅堂……这一切都在呼吸，都是活的。

也可进一步说，这些都是梁武帝的慧心。我们看世界，就像烛光观照室内诸物，浅深明暗随心显现，而动念就是起风，即使难以察觉的细微一念，也能使周围的景观随之摇曳。世界在我们的观照下，如同点着蜡烛的厅堂，无时无刻不在随心而参差变幻。

白居易的竹

咏物诗至唐代已成一个诗歌门类。据统计，《全唐诗》共存留咏物诗六千二百六十二首，自初唐至晚唐，数量呈递增趋势。从题材上看，咏器物的诗较少，咏草木禽鸟及风云雨露的诗占大多数。其中的名篇诸如贺知章的《咏柳》、虞世南的《蝉》、骆宾王的《咏鹅》、白居易的《草》、杜甫的《孤雁》、李商隐的

《落花》，等等。

我们取唐代诗人白居易的《题李次云窗竹》一读。

题李次云窗竹
［唐］白居易

不用裁为鸣凤管，不须截作钓鱼竿。

千花百草凋零后，留向纷纷雪里看。

自魏晋南北朝始，竹子成为文人最喜欢吟咏的物象之一。南朝谢朓的《咏竹诗》曰："窗前一丛竹，青翠独言奇。南条交北叶，新笋杂故枝。月光疏已密，风来起复垂。青扈飞不碍，黄口得相窥。但恨从风蘀，根株长别离。"

谢朓所咏的是长在窗前的一丛竹子：竹子的青翠宁静，柯叶如何交错，新笋如何杂故枝，还有竹子在风中月下的姿态，以及鸟儿如何在竹丛穿梭飞鸣等。细致的描摹使丛竹宛然可见。但关键的一点是，在这首诗中，竹子仍然是竹子。

再往后来，竹子渐渐不是竹子，至少不只是竹子了。竹因具有挺修不凋、外直中通的特性，而被文人们用作君子人格的象征。古今画竹、咏竹之作颇多，然所画所咏，无非画家文人自我精神的化身。

白居易很爱竹子，他种竹、赏竹、食竹、用竹，也咏竹。仅"竹"这个字在他的诗集中就出现了三百多次。此处所选这首《题李次云窗竹》可作代表。

诗意很简单，符合诗人标榜的"老妪能解"。前二句"不用裁为鸣凤管，不须截作钓鱼竿"，即竹子不必用作这些实际的功能，单是长在那里就很"有用"。有什么用？一是好看，"千花百草凋零后"，到了冬天，尤其下雪时，绿竹青青，纷纷白雪飘落竹林，是不是很好看？当然好看。但不仅是养眼，还可以净心，可以励志，这一层深意，恐怕老妪就不太好懂了。

李清照的梅

孤雁儿

［宋］李清照

藤床纸帐朝眠起，说不尽、无佳思。

沉香断续玉炉寒，伴我情怀如水。

笛声三弄，梅心惊破，多少春情意。

小风疏雨萧萧地，又催下、千行泪。

吹箫人去玉楼空，肠断与谁同倚？

一枝折得，人间天上，没个人堪寄。

到了南宋，咏物词更是空前繁荣。物不仅是物，也不仅是象征，更是典故中的典故。典故是一把双刃剑，用得少而精，词的表现力将如虎添翼；用得多而芜，词则沦为典故的堆砌而乏情致。

词家李清照堪称用典高手，这首咏梅词天衣无缝地化用了折梅的典故。南朝陆凯《赠范晔》诗曰："折花逢驿使，寄与陇头人。江南无所有，聊赠一枝春。"陆凯折梅寄友这个典故，从一千多年前一直浪漫到今天。

此词咏梅，但无一语正面写梅。上片以"笛声三弄，梅心惊破，多少春情意"，写时令流转而引发的惆怅。笛声在此也是化用汉乐府名曲《梅花落》的典故，不一定真的有人在吹笛。"藤床纸帐"的沉闷日子里，梅花开预告着春天又要到来。然而触目所及尽是"萧萧地"，不仅所居孤寂，且纵使折得一枝梅，人间天上，也没个人堪寄……

清照在词前的几句小序颇有意思："世人作梅词，下笔便俗。予试作一篇，乃知前言不妄耳。"可见咏梅词在当时就已被作滥了，写的人太多，很难出新意，因此"下笔便俗"。虽认识到这个问题，可当她作完梅词之后，发现自己亦未能幸免。这是谦虚，更是真诚。

今人广为称道的咏梅词是南宋姜夔的《暗香》《疏影》。可摘佳句不少，比如："旧时月色，算几番照我，梅边吹笛？""等恁时、重觅幽香，已入小窗横幅。"然耐心读完整首词，除了文字给人以清丽的印象之外，兴味意趣却很索然。难怪王国维先生很不客气地评这两首名作"格调虽高，然无一语道著"，即没有一句说到点子上，并揶揄白石（姜夔，号白石道人）视古人"江边一树垂垂发"等句何如，此处的"古人"指杜甫。写得这么有格调，为什么没有说到点子上？原因很简单，就是典故太多，表达上太"隔"。

清照的咏梅词虽然没有直接写梅，虽然也用了两个典故，但没有雾里看花，也不给人以用典的感觉。她咏的是梅如何微妙地触发了她的乡愁以及孤凄之感，貌似无一语写梅，却无不在梅的映照之下。

在路中间有块石头

巴西诗人安德拉德有一首著名的"废话诗"，题为《在路中间》，以下是中国诗人胡续冬的翻译：

> 在路中间有块石头
> 有块石头在路中间
> 有块石头
> 在路中间有块石头
>
> 我永远也忘不了这件事
> 在我视网膜的脆弱的一生中
> 我永远也忘不了在路中间
> 有块石头
> 有块石头在路中间
> 在路中间有块石头

有的译本将题目另行译作《作为事件的一块石头》，这样翻译凸显了诗的言说，但原题的留白和方位感更引人深思。之所以叫"废话诗"，并不是诗人故意在说废话，而是基于一个深刻的诗歌理念，即诗开始于语言结束的地方。那么"废话"的意思就是废掉了说出的那些话。

诗人翻来覆去地说"在路中间有块石头"，你看见了吗？在视网膜被掠夺、被轰炸的今天，我们还能看见一块石头吗，即使它就在路的中间？在五色令人目盲的时代，我们还能看见"物"吗，还能歌咏出物的存在吗？人和物除了消费关系，或是没有关系的关系，还有别的关系吗？

但愿诗歌能够恢复我们正常的"视力"，重新激活我们对事物的感受，使石头成为石头。让我们不是说"我知道那里有棵树"，而是真正看见并能描述出上班路上的那棵树。

雨中寥落月中愁：寂寞的颜色

为什么诗往往是悲伤的？

因为诗是一种沉思的语言。而人在沉思时，必将面对自己，必将靠近未知，也必将不得不面对"死亡"。

也许正因如此，很多人主动回避诗歌，他们害怕沉思，懒于沉思，以致丧失了沉思的能力。现代科技为人提供了无数逃避的途径，失落时不去沉思失落，悲伤时不去体验悲伤，而是投入各种娱乐活动以掩盖"负面情绪"。

娱乐真的就能让人快乐吗，能一直快乐吗？所有非沉思性的娱乐，就像使用止痛剂，药效过了，痛楚会加剧。而所谓"负面情绪"，也许是生命在敞开自己，呼吁我们去倾听和沉思。也许这时，你可以读诗或尝试写诗。

诗，尤其是抒情诗，可以帮助我们安顿自己。即使是悲伤的吟唱，也可以为心灵注入能量。

寂寞也可以很美

日 射

[唐]李商隐

日射纱窗风撼扉，香罗拭手春事违。

回廊四合掩寂寞，碧鹦鹉对红蔷薇。

　　任何一个天才诗人，声音犹如指纹，都是独一无二的。作品仍被我们今天大量阅读的古典诗人，他们都有其独特的声音，而那些若非特殊需要，作品基本不再被阅读的诗人，因缺乏可以辨认的声音，而正在失去诗人的身份。

　　读李商隐的诗，在听到内容之前，我总是先被他的声音迷醉，像一种中毒反应，令我无法自拔地沉浸其中。不论文学史教材如何评价他的地位，如果你信奉诗人写作是寻找母语中的母语，那么李商隐无疑是汉语诗歌史上极重要的一位诗人。他的作品释放出汉语神秘典雅的气息，让你即使不懂也会对他的诗欲罢不能。也许读不懂才是诗最迷人的地方。

　　有人说《日射》并不难懂，无非就是写寂寞闺思。也有人认为李商隐这首诗写于居母丧期间，借闺思以表达他的仕途失意。第一种看法尚可，只是过于简单。第二种看法貌似有理有据，实则索然无趣，且不说"香罗拭手"的美感被变味，更严重的是，这样的读者似乎不知道人为什么要读诗。

　　读诗不是为了验证一个表象的世界，不是为了从外部去解释一首诗，而是从内部去体验它的丰富，跟随那些如露水或匕首的词，开启我们自身灵魂的历险和漫游。在此意义上，最好不要去解释或总结，最好不要去"懂"，至少不要那么快去"懂"一首诗。

是写寂寞，但，是什么滋味的寂寞呢？我们从《日射》的语言中来品味一二。"日射纱窗风撼扉"，有没有感到这间屋子像是空的，但又不是空的？里面坐着一个像是空了的女子，"日射纱窗""风撼扉"，都是她的感觉，她在室内又不在室内。

"射"和"撼"这两个动词，带有强烈的入侵感，春天已不可阻挡。也可以说，是她内心的寂寞，加剧了日射和风的摇撼。另有一种心理现象，即人即使在悲痛中，也本能地被美的事物吸引，日光还是射进了她的心里，春风也摇动了她的情思。

"香罗拭手春事违"，"拭手"就是手拈罗帕，这个细节流露出她的心事。什么心事呢？不得而知。我们可以去想象，也许她回忆起一个遥远的上午，也许香罗帕子有什么故事。

无论她的心事是什么，眼前的春光都被辜负，和春天一样美好、一样短暂的韶华，也在白白溜走。为什么古代女子对青春易逝如此焦虑？《牡丹亭》中的杜丽娘不过十六岁，春日游园，见姹紫嫣红开遍，她便由衷而叹："吾生于宦族，长在名门。年已及笄，不得早成佳配，诚为虚度青春，光阴如过隙耳。"以容貌取悦他人的青春向来都短，对于古代女子而言，更短。

"回廊四合掩寂寞，碧鹦鹉对红蔷薇"，三、四句愈觉寂寞。

不仅人寂寞，回廊也寂寞了，"掩"字更把寂寞凝固在空气中。鹦鹉和蔷薇，本来都是活泼生动之物，碧和红又是鲜艳醒目的色彩，而此时花鸟相对无言，"碧鹦鹉对红蔷薇"，"对"出了多少无聊赖。她寂寞了，她的全世界都寂寞了。

结句很干脆，戛然而止，以不结结之，方有无尽之意。更可圈点的是，诗人没有使用拟人手法，比如鹦鹉唤人或蔷薇泣露什么的，没有给它们强加人的情感，只是单纯地呈现，彼此空对，似乎很无情，然而正因无情，才更使人伤情。

只有空床敌素秋

端 居

[唐] 李商隐

远书归梦两悠悠，只有空床敌素秋。

阶下青苔与红树，雨中寥落月中愁。

同写寂寞，《端居》的色调更滞暗，声音也更沉重，毕竟季节不同，天气不同，人物也不同。

《日射》取前二字为题，其实是无题诗。《端居》却是诗题，但什么叫"端居"？"端"在《说文解字》中释为"直也"，后引申为"开头""边际""征兆""正直""种类"等诸多义项。遍查所有，仍找不到能够解释"端居"的具体义项，不如先依托本义，再从诗中细细体会。

"远书归梦两悠悠"，诗里的时间，从首句来看，不是某夜梦醒时分，而是已持续了好些天。"远书"不来，"归梦"难成，究竟期盼了多少天？诗人没说，也不必说，因为他内心体验的时间，要比那个数字漫长很多，这就是"两悠悠"。

第二句的"空床"叫人寒栗，若得远书或有归梦，亦可聊慰凄清客愁，但是没有，身边没有一样可以取暖的东西。床应该给人以收容和安慰，但床本身也单薄，且孤零零躺在那里，使他愈觉空荡荡。然而大部分时间，他大概仍躺在床上，也只有这张空床能帮他对抗秋天。

这句很有张力，我们可以对比《日射》，"碧鹦鹉对红蔷薇"也是物物相对，但"碧鹦鹉"和"红蔷薇"之间暗含一种默契，而"空床敌素秋"则是紧张的对峙。若把"敌"换成"对"，"只有空床对素秋"，诗句的力量就大大削弱了。

"阶下青苔与红树"，李商隐总留意到红绿相对。一般红配绿颇为刺目，如果衣服如此穿搭，会显得十分俗气。然而大红配大绿，倒也很喜感。《周礼·考工记》曰："青与赤谓之文，赤与白谓之章，白与黑谓之黼，黑与青谓之黻"，青红相次就是"文"，即有了错画之感。暮秋青苔的青是暗沉的，让人感到堆积的死寂。红树的红也不同于春花的红，那是生命的凋零。同样是红绿相对，《日射》是被春天入侵，《端居》则被秋天包围。

不论什么天气，门外阶前都凄清寥落。青苔与红树，"雨中寥落月中愁"，修辞上的互文错举，更形如诗人无法排遣的郁闷，也放大了空床的空，好像他正被这张空床吞噬。

换一种眼光看月亮

月

[唐] 李商隐

过水穿楼触处明，藏人带树远含清。

初生欲缺虚惆怅，未必圆时即有情。

月亮是座富矿，已被古典诗人们开采殆尽。看见月亮，说起月亮，我们马上就会想到李白或是苏轼。怎样才能看见属于自己的月亮？这不仅是新诗的发问，也是李白之后的很多古典诗人的找寻。

对世界有自己的看法，看事物有独到的眼光，可能是作家，特别是诗人所应具备的最重要的才能。李商隐看很多事物，包括司空见惯的月亮，总有他独到的眼光。

《月》有两个独到之处。

一是"藏人带树远含清"，这句诗很朦胧，不仅我读不懂，民国诗人废名说他也读不懂。废名曾就此诗，专门给朋友写了一纸题笺，内容大意如下。

李义山（李商隐，字义山）咏月有一绝句："过水穿楼触处明，藏人带树远含清。初生欲缺虚惆怅，未必圆时即有情。"其第二句意甚晦涩，似指月中有一女子并有树，如小孩捉迷藏一样，藏在月里头不给世人看见，所以我们只见明月。诗人想象美丽，感情溢露，莫此为甚。

这段美丽的想象是废名的。正因诗句的晦涩朦胧，才使读者在想象和寻找的过程中，为文本赋予了更多的生命。世叹"诗家总爱西昆好，独恨无人作郑笺"，幸好无人作，假如有人作了"郑笺"，学究式地逐字逐句索隐解释，义山诗之美将被杀尽。

独到之二在于三、四句。常人喜看月圆，以缺月为憾，苏轼的《水调歌头》也说："人有悲欢离合，月有阴晴圆缺，此事古难全。"李商隐却说，初月虽缺但无须惆怅，月圆之时未必就有情。这句感悟，或能将常人从执念中唤醒。难道悲欢离合不正是这样吗？

时光消逝了，我没有移动

谒　山

［唐］李商隐

从来系日乏长绳，水去云回恨不胜。

欲就麻姑买沧海，一杯春露冷如冰。

义山诗难懂还在于他的用典。他不是简单地将典故移植入诗，而是对其有所改造，使之具有他的个性。

"谒山"是《山海经》中的一座山，叫谒戾之山，其上多松柏，有金玉。诗题即有神话色彩，再看诗句。起句突然，"从来系日乏长绳"，似仰天对时间无法停留发出千古浩叹。

第二句伤逝。"水去云回恨不胜"，时间流逝了，无心而出岫的云，也回到山里去了，没有什么会停留。为谁停留？慧心的读者已经听出来了，当然是为浩叹者停留。一切都消逝了，只有他还在那里，所以说"恨不胜"。

这句让我想起法国诗人阿波利奈尔的《蜜腊波桥》，诗中反复回旋的两行，如桥下塞纳河的波浪，"让黑夜降临让钟声吟诵／时光消逝了我没有移动"（闻家驷译）。"时光消逝了我没有移动"与"水去云回恨不胜"，是同样的心情。

不论时间还是爱情，逝去了就不再回头。李商隐想到了古代神话中的麻姑。据《神仙传》记载，仙女麻姑对王方平说："接待以来，已见东海三为桑田。向到蓬莱，水又浅于往者会时略半也，岂将复还为陵陆乎？"

原典中麻姑的这段话，是从神仙的视角来看人世间的。在那个维度，沧海桑田不过是很短的时间，因为她说就在他们说话那会儿，东海已三次化为桑田。也因此，李商隐说"欲就麻姑买沧海"，"买沧海"就是把时间买回来，仿佛时间是由麻姑掌管的。

事实上，他得到的是"一杯春露冷如冰"。麻姑亦无回天之力，沧海只剩下一杯春露，且冷如冰。为什么是春露？曾经沧海难为水，他得到的也许是从夜梦中凝结出来的春露，作为回忆，它已经变冷。

长绳系日，鲁阳挥戈，这些欲使时间停留的狂想，首先基于人类对时间的认知，即以太阳作为参照。我们不妨开开脑洞：如果没有太阳，时间就不存在了吗？如果真的有一个叫"时间"的存在，它又怎么会消失？反过来说，如果没有一个叫"时间"的存在，那消失的就只是我们的感觉，因为我们习惯了对日光的依赖。这种依赖定义了我们，或许也限制了我们。

在唐诗中看见农民

20世纪70年代是一个饥饿的年代，为了找口饭吃，父亲去秦岭当伐木工人，那时他才十六岁。从住的地方到秦岭里的伐木场，步行至少三天，他只身上路了，没有任何行李，连干粮也没有。

第一天，他赶了几十里路，日暮来到一个山村。又累又饿，他想在村里投宿，却不敢上前询问。一个坐在门口的老婆婆看见了他，就问他要去哪儿，他说去伐木。独居的老婆婆收留了他，睡前，他吃了顿饱饭：三张煎饼、两碗米粥。

翌日清晨，等他醒来，老婆婆已做好早饭。吃罢饭，父亲临走前，老婆婆递给他一个布口袋，里面装了两个锅盔，叫他在路上吃。纯核桃面烙的锅盔，这得多少核桃、多少时间才能烙好啊。

多年以后，父亲仍不时说起这件事，他忘不了老婆婆舀面粉时瓷碗刮擦瓮底的声音，并说他再没吃过那么好吃的锅盔。

矿工陈年喜在诗中写道：

有谁读过我的诗歌

有谁听见我的饿

人间是一片雪地

我们是其中的落雀

它的白　使我们黑

它的浩盛　使我们落寞

……

我听见了你的饿，我认得这片雪地，认得人间的浩盛和落寞。

五松山下荀媪家

宿五松山下荀媪家

[唐]李白

我宿五松下，寂寥无所欢。

田家秋作苦，邻女夜春寒。

跪进雕胡饭，月光明素盘。

令人惭漂母，三谢不能餐。

大约在公元 761 年，李白往来于宣城、历阳间，某日天色已晚，他便投宿在五松山下的荀媪家。五松山在今安徽省铜陵市南，山上有大松，一本五枝，苍鳞老干，翠色参天，故得名"五松山"。

时值秋天，山村暮晚，李白枯坐室内，意颇寂寥，夜长无以为欢。村里悄悄冥冥，我们可以想象，田家劳作的声音，在黑暗的静寂中更觉凄凉。而邻女的舂米声，更加深了秋夜的寒意。"舂"就是将谷物倒进器具中，然后用杵捣碎破壳。舂米声和捣衣声，节奏单调，在秋凉的夜晚，别有一种季节的紧迫感。"田家秋作苦，邻女夜舂寒"，都是那天晚上太白在山村农家的所见所闻。

从前的农人大多质朴，尚礼好客，即便家贫，也都尽心待客。五松山下这位荀媪，"跪进雕胡饭"，可见她对李白的热情与敬重。古人用餐时，席地坐在足跟上，"跪进"就是直起上身呈送。"雕胡"是"菰"的别名，俗称茭白，秋天结小圆柱形的果实，籽曰"菰米"，菰米饭香甜，在当时可是美餐。

是因为李白名气大，所以才会有如此待遇吗？李白早年就扬名天下，上自皇帝下至农夫，几乎无人不知他是个大诗人。荀媪也许听说过李白，但这份待客的真挚心意，却未必完全出于仰慕。就像我父亲遇到的那位老婆婆，还有韩信少年时遇到的漂母，她们的款待和帮助，只是出于善心而已。

《史记·淮阴侯列传》中记载：韩信少时穷困，某日，他在淮阴城下钓鱼，面有饥色。在水边漂洗丝絮的几位大娘（即漂母），其中一位见韩信可怜，便给他饭吃，一连几十天，天天如此。韩信备受感动，对大娘说日后必将重谢，大娘很生气地说："大丈夫不能自食，我是哀王孙才施舍你，岂图你的报答？！"

月光照在白净的盘子上，这一刻，李白心里感动又惭愧，他想起了韩信。"令人惭漂母，三谢不能餐"，他将荀媪比作漂母，感叹自己何德何能，且已年过六旬，更将无以为报。几番推让，依然难却，愧不敢当此盛情。

很寻常的人生经验，很不寻常的人间温暖。

拾遗穗的贫妇人

观刈麦

［唐］白居易

田家少闲月，五月人倍忙。

夜来南风起，小麦覆陇黄。

妇姑荷箪食，童稚携壶浆，

相随饷田去，丁壮在南冈。

足蒸暑土气，背灼炎天光，

力尽不知热，但惜夏日长。

复有贫妇人，抱子在其旁，

右手秉遗穗，左臂悬敝筐。

听其相顾言，闻者为悲伤。

家田输税尽，拾此充饥肠。

今我何功德，曾不事农桑。

吏禄三百石，岁晏有余粮。

念此私自愧，尽日不能忘。

白居易在诗题下注曰："时任盩厔县尉。"盩厔县在长安县西，南倚终南山，北面渭河，"山曲曰盩，水曲曰厔"，故名。因"盩厔"二字生僻，今称周至县。诗中所写夏忙情景，在本世纪初仍很常见。

正如乐天所言，"田家少闲月，五月人倍忙"，农历五月是麦黄季节，两三天时间，南风一吹，日头一晒，小麦说黄就黄了。仲夏多雷雨，天气说变就变，因此夏忙很紧张，人称抢收为"打仗"。此诗伊始就是这个节奏。

下面的"妇姑荷箪食，童稚携壶浆，相随饷田去，丁壮在南冈"，想必很多在农村长大的读者，都有类似的记忆。家里的男人们在地里割麦，妇女儿童给他们送水送饭，如今看来好似一幅风俗画：广袤金黄的麦田上，一些壮年男子在弯腰刈麦，阡陌上妇孺络绎，提着水壶饭篮行走，男子中有的正站在地头擦汗，有的坐在树下吃饭。

我小时候，一到夏忙便负责送饭送水，父亲和母亲割麦。某天天气预报说即将有雨，父亲便从县城火车站广场请来四个麦客，那里是外省麦客的集散地。麦客们一天之内得割完我们家两大片地的麦子，天气炎热，我和母亲用桶抬着水，一趟一趟往地里送。

"足蒸暑土气，背灼炎天光，力尽不知热，但惜夏日长"，这几句是夏忙时割麦农民的真实写照，更是麦客们的真实写照，他们裸着脊背，挥汗如雨，很少停下来休息。那时的麦客们如候鸟般，每年从中国的东南一路割到西北。如今，割麦、麦客、麦场、打麦，这些都是正在消失的记忆了。

接下来的四句，乐天的目光聚焦在一位贫妇人身上，她抱着孩子，手挎破篮，在拾遗穗。"复有贫妇人，抱子在其旁，右手秉遗穗，左臂悬敝筐"，这个特写镜头直击人心。拾遗穗在夏忙期间很常见，烈日暴晒下，熟透的麦穗一碰即断，所以割过的田里会有遗穗，老妪小孩多挎篮拾之。这有多么累，而收获又是多么少啊！

"听其相顾言，闻者为悲伤。家田输税尽，拾此充饥肠"，问者可能是乐天本人，可能不是。一问才知，原来家里有田，但输税太重，田产都交作了税，只得拾些遗穗，聊以充饥。

乐天听了，不禁心悲："今我何功德，曾不事农桑。吏禄三百石，岁晏有余粮。念此私自愧，尽日不能忘。"虽有素餐之愧，然而受禄者能如此反思，亦不失慈悲。

唐代诗人白居易、元稹、张籍、李绅等倡导新乐府运动，主张诗歌缘事而发，起到补察时政、泄导民情的作用，尤多以自创的新乐府题咏写时事。《观刈麦》和《卖炭翁》《上阳白发人》等，都是揭露社会现实、针砭时弊之名作。

读《观刈麦》，个人并不觉得它是诗，而是把它当作古代笔记散文来读。另外，关于诗歌要不要承担针砭时弊的社会功能，今天我们的答案如果不是否定的，至少也不是必须的。然而这些新乐府诗依然很有价值，因其生动地为后人呈现了唐代普通农民的生存状况，在传统的历史叙事中，普通百姓的个人体验往往被边缘化和模糊化。

稼穑之艰难，非亲历者莫知

悯农二首

〔唐〕李绅

春种一粒粟，秋收万颗子。
四海无闲田，农夫犹饿死。

锄禾日当午，汗滴禾下土。
谁知盘中餐，粒粒皆辛苦。

《悯农二首》，我们从幼儿园读到大学，甚至可以读到老。那些可以被不同年龄的人阅读，可以被不同程度地阅读的诗，那些经得起反复阅读的诗，我认为就是经典。这样的诗中包含了世界无法否定的真理。

如今在城市长大的孩子，恐怕很难真正感知万物的生长，大米面粉从超市里买来，水果蔬菜也都摆在那里，似乎一切都可以买来，似乎什么都是被制造出来而非大地上生长出来的。我们可以告诉孩子或从书上读给孩子，让孩子了解食物是怎么得来的，果蔬是怎么种植、怎么采摘收获的，但纸上得来终觉浅，孩子缺乏切身体验，也只能是"知道"而已。如今生活水平提高，孩子少而金贵，即使在农村长大的孩子对春种秋收也未必有所体会。

李绅是新乐府运动的倡导者之一，与白居易、元稹等人交往密切，且早在白、元倡导新乐府之前，他已创作了二十首作品，今已失传。李绅是一位心怀苍生的仁者，曾因触怒权贵而下狱。这两首《悯农》，饱含他对农民的同情，以及对荒淫统治者的谴责。

我们先说说大家从幼儿园就会背的"锄禾日当午"。诗的言语再简单不过，然其滋味非亲历者莫能知。我们每天吃饭，有几个人真正感觉到每一粒米、每一口菜，都凝聚着他人的付出，食物经过许多昼夜的生长，经受过各种天气的考验，又经历了很多人的加工运输，才最终来到我们口中？更不用说阳光、土地和水的馈赠。但我们却时常看到餐厅里的挥霍浪费，听到终日饱食者抱怨什么都不好吃。

我记得麦子和玉米如何生长，从出苗、锄草、施肥、灌溉，到吐穗、成熟、收获，每一步都牵动着我的心。有时麦子眼看黄了，遭遇大风立刻伏倒，减产大半。寄身城市之后，对农业的切肤记忆日渐消退，商品的包围给了我一种错觉，即吃饭不再靠天。有一年，夏忙前回老家，父亲和表哥去机场接我，我们往停车场走的时候，我问父亲地里麦子长势怎样，他抬头不无忧虑地望望天，说就看老天给不给好天气。表哥是现代农场主，辞了公务员，回家种樱桃，上千亩的果园，雇了不少人。大家辛苦一年，五月是樱桃的成熟期，就怕下雨，一下雨果子就会烂。听着他们在车上聊着天气，看着车窗外掠过的大片麦地，我意识到城市已让我变得无知。

如果说"锄禾日当午，汗滴禾下土"是农民的天命，那么"四海无闲田，农夫犹饿死"便是人祸。刘永济先生在《唐人绝句精华》中评价曰："此二诗说尽农民遭剥削之苦，与剥削阶级不知稼穑艰难之事。"若知稼穑之艰难，如白居易、李绅等诗人，必不忍心浪费粮食，更不会荒淫无度，徒耗民脂民膏。

日用饮食，民之质矣。无论社会发展到什么阶段，只要人还得吃饭，就不能不以农为本，就不能不敬畏天地。敬畏天地，就不能不惜福，就不会以"食色，性也"作为借口，变着花样暴殄天物。

冰肌玉骨清无汗：醉生梦死

李贺鬼诗：沉迷死亡意象的古典诗人

先讲一个鬼故事。

南阳宋定伯年少时，夜行逢鬼。他问鬼是谁，鬼说我是鬼。鬼问那你是谁，宋定伯谎称自己也是鬼。鬼问他要去哪儿，定伯说去宛市。鬼正好也要去宛市，于是他们就一起走了数里。

鬼说走得好累，不如我们轮流相背。定伯说好主意。鬼先背定伯，走了数里，说你这么重，莫非不是鬼？定伯说我是刚死的新鬼，所以身子重。轮到定伯背鬼，他感觉鬼轻飘飘的没有重量。如此又轮流背了几次。

定伯对鬼说我是新鬼，不知做鬼有何畏忌，鬼说最怕人的唾液。他们来到一条河边，定伯叫鬼先过。鬼忽地过去了，没起一点水声。定伯过河却漕漼作声。鬼又问他为何过河这么大声，他说我是新鬼嘛，还不习惯渡河，勿惊勿惊。

到了宛市，定伯将鬼置于肩上，两手紧紧抓住鬼。鬼失声大叫，声咋咋然，求定伯放自己下来。定伯不理，径直走到市场，鬼被摔到地上，化为一只羊。定伯卖了羊，得钱一千五百文，临走，还朝羊身上吐了几口唾沫。

宋定伯捉鬼的故事，在被东晋干宝编入《搜神记》之前，已在民间流传了很久，流传至今已近两千年。这个故事的生命力何在？

当然不在恐怖，好的鬼故事从来意不在吓人，自从鬼相信了定伯是新鬼，我们已预知故事的走向；也不在所谓"人类以勇敢机智战胜了鬼"，再说故事中也看不出鬼要加害定伯啊。

我喜欢这个故事，因为它的情节新颖有趣，更因为这个鬼很老实，比人更有人情味。

"诗鬼"李贺

李贺诗奇，长相也奇。诗人李商隐在《李贺小传》中这样描述他："长吉细瘦，通眉，长指爪，能苦吟疾书。"

李贺自幼才思聪颖，深得韩愈与皇甫湜激赏，二十一岁获隽河南府试。然而就在他赴长安应进士举时，妒者流言他考进士是犯讳，因为他父亲名叫"晋肃"，"晋"与"进"同音即犯"嫌名"。纯属毁谤的无稽之谈，竟被不加辨别地听取了，李贺因此未能参加科举考试，悲愤之余，他返回家乡昌谷。为此，韩愈专门写了一篇《讳辩》，为李贺鸣不平，文中反诘："父名晋肃，子不得举进士；若父名仁，子不得为人乎？"

翌年，李贺返回长安，经李唐宗人与韩愈推荐，终以父荫得了个名为"奉礼郎"的九品官职。之后数年漂流转徙，"九州人事皆如此"令他身心疲惫，意欲归卧又途中蹉跎，二十六岁时走投无路，回到昌谷不久便病逝了。

李贺写诗的方式也奇。据《李贺小传》记载，李贺从不先得诗题然后思量牵合为诗，即不落那种"天对地、雨对风、大陆对长空"的俗套。他白天骑驴出门，背一破锦囊，意有所遇，随即写下片言只语，投入囊中，暮归上灯，研墨叠纸以足成之，再投入另一囊中。除非大醉或吊丧日，天天如此。

少年丧父、身体羸弱的李贺，为了觅句写诗，日夜焦思苦吟，这令他的母亲非常担心。母亲每见侍女从锦囊中掏出许多纸片，便不由哀叹："是儿要当呕出心乃已尔。"

李贺之死更奇。传说他弥留之际，忽昼见一绯衣人，驾赤虬，持一板，书若太古篆或霹雳石文者，云当召长吉。他下床叩头，说母亲老病，恳求放过。绯衣人笑曰："帝成白玉楼，立召君为记，天上差乐，不苦也。"李贺遂气绝，窗中勃勃有烟气，且闻行车嘒管之声，他母亲急止人哭，并以礼送之。

李商隐在小传中将此作为实事引述，并说这是李贺的姐姐亲口所讲，而他姐姐不是那种喜欢胡编故事的人。李贺的姐姐嫁与王氏，李商隐娶的是王茂元的女儿，应系亲耳所闻。

一首凄美的鬼诗

苏小小墓

[唐] 李贺

幽兰露，如啼眼。

无物结同心，烟花不堪剪。

草如茵，松如盖。

风为裳，水为珮。

油壁车，夕相待。

冷翠烛，劳光彩。

西陵下，风吹雨。

被称为"诗鬼"的李贺，存诗两百多首，其中直接写鬼的，实际上总共只有十几首，但在中国诗史上，再无第二个人像他那样沉迷于死亡意象。即使没有直接写鬼，他的诗笔也常在鬼魂的世界游荡。在他笔下，鬼虽为异类，情犹人也。

我们来读《苏小小墓》，凭借文字的微光，一瞥诗中的幽冥幻想。"幽兰露，如啼眼"，幽兰上的露水，如苏小小的泪眼。他写的不是"眼泪"，是"泪眼"。露水如眼泪，那是常见的比喻，但李贺说是泪眼，一下子就鬼气逼人了。

苏小小是六朝南齐时钱塘（今浙江杭州）的著名歌妓，容颜秀丽，聪慧有才思，一时公卿权贵争奔其门。苏小小仅活了二十岁，死后葬于钱塘江畔西陵之下，传说每逢风雨之夕，她的墓前便可听见歌吹之音。李贺此诗据这一传说而生发出美丽的想象。

"无物结同心，烟花不堪剪"，这两句诗似有故事。古乐府《苏小小歌》辞曰："我乘油壁车，郎乘青骢马。何处结同心，西陵松柏下。"亦是替她的红颜薄命惋惜。李贺或在想象苏小小，或在想象他自己及其他仰慕者于苏小小墓前，欲结同心而满目冥漠，野草萋迷，草花如烟，剪即萎靡。

"草如茵，松如盖。风为裳，水为珮"，以四个比喻铺开想象，把墓地由一个死寂凄冷的物理空间，幻化成空灵如生的情感空间。苏小小虽死，但她似乎仍活在芊芊绿草、亭亭青松、阵阵清风和泉水叮咚之中，她仍活在一切美好的事物之中。

"油壁车，夕相待。冷翠烛，劳光彩"，从前的油壁车仍在等候她，却不见她来，墓地上飘着点点鬼火，如冷翠烛，阴阳相隔，徒费光彩。

"西陵下，风吹雨"，西陵风雨，仿佛仍听得见渺茫的歌吹。《九歌·山鬼》与之颇类，其末二句"风飒飒兮木萧萧，思公子兮徒离忧"，亦凄恻荒凉，似鬼魂离场，消隐于一片风雨声中。

亦仙亦鬼的神女

巫山高

[唐] 李贺

碧丛丛，高插天，大江翻澜神曳烟。
楚魂寻梦风飔然，晓风飞雨生苔钱。
瑶姬一去一千年，丁香筇竹啼老猿。
古祠近月蟾桂寒，椒花坠红湿云间。

《苏小小墓》语言凄美，毕竟是惋惜苏小小香消玉殒。《巫山高》语言奇峭，正如巫山的鬼斧神工。

《巫山高》原为汉代鼓吹铙歌十八曲之一，后成为乐府旧题。自南北朝以来，以《巫山高》命题的诗作颇多，情旨或伤天涯行旅，或咏楚怀王梦遇神女之事。李贺此诗亦咏神女故事，但辞与意都更为奇诡。

起句写巫山高峻，气势之险扑面而来："碧丛丛，高插天，大江翻澜神曳烟。"李贺一生从未到过巫山，但没关系，他在前人的诗中已想象过巫山。写《巫山高》时，他以天纵奇才，把心中的巫山创造了出来。仅"插""翻""曳"三个动词，就比很多到过巫山的人，更准确地传递出了巫山的精神。

且看梁元帝萧绎的《巫山高》："巫山高不穷，迥出荆门中。滩声下溅石，猿鸣上逐风。树杂山如画，林暗涧疑空。无因谢神女，一为出房栊。"未免太风景如画了吧？

再看唐代张九龄的《巫山高》："巫山与天近，烟景长青荧。此中楚王梦，梦得神女灵。神女去已久，云雨空冥冥。唯有巴猿啸，哀音不可听。"亦是静态，诗句未免有些平庸？

到过巫山的人，不论山行还是乘船，见两岸连山隐天蔽日，江水深不见底，往往不喜而惧。与很多诗人的《巫山高》相比，只有李贺这几句写出了巫山的可怖，且又添了一层神秘气息。

"楚魂寻梦风飔然，晓风飞雨生苔钱"，凉风吹来，这是楚王的鬼魂在巫山寻梦。游魂多是乘着风的，随风东西，四处飘荡。晓风飞雨，自然是神女显灵，宋玉在《高唐赋》中写神女临别时曾说："妾在巫山之阳，高丘之阻，旦为朝云，暮为行雨。朝朝暮暮，阳台之下。"

李贺在此别出一境，神女不但化作朝云暮雨，且"生苔钱"。苔钱就是石上圆圆的苔藓，也许是幽冥世界留下的一些证据，也许只是时间腐蚀的斑痕而已。

"瑶姬一去一千年，丁香筇竹啼老猿"，瑶姬就是巫山神女的名字，相传为赤帝之女，死后葬于巫山之阳，楚怀王与之梦遇。梦中一别，一去一千年，何时再见？猿声一代代衰老，山上长满实心的筇竹，紫丁香寂寥着如梦的哀愁，何处是那牡丹亭上三生路？

神女从梦中辞别后，楚怀王旦朝视之，诚如神女所言，故为立祠庙，号曰"朝云"。神女祠立在极高的山峰上，所以李贺说"古祠近月蟾桂寒"，"近月"在这里并不浪漫，却是十足的荒寒。

"椒花坠红湿云间"，紫红的花椒子实坠于湿云间。如果花椒的芳香暗寓招魂，那么最后一句的凄冷意象，似乎在说寻梦幻想破灭，唯有死亡。当然，整首诗也只是李贺自己的幻想。

幻想与诗情

盖系天性使然，李贺写诗句法怪异，意象幽森，用字奇僻，诗集中"冷、湿、寒、残、鬼、瘦、老、哭、坠"等字随处可见。晚唐诗人杜牧在《李贺歌诗集序》中评李贺诗曰："盖《骚》之苗裔，理虽不及，辞或过之。""辞"即文字修辞，"理"指思想感情。杜牧的评价可谓中肯。

李贺诗确有《楚辞》遗风，富于奇丽幻想，文字修辞更加诡异。然而如果对比《巫山高》与《山鬼》，不得不说，二者境界大小高下立判。屈原的幻想虽奇，但给人以极美的印象，又有飘逸高远之致，而李贺的幻想给人的感觉不是美，而是怪且晦涩。究其原因，应如杜牧所言，李贺诗的短处在于理之不及，即缺乏人情味。李贺诗或可在文字上给人以新鲜的刺激，但没有人情味的奇异幻想，无法真正感动人的内心，因此不耐寻味，只可偶尔读读。

顾随先生在《中国古典诗词感发》中说李贺只是怪，"没有诗情，若不变作风，纵使寿长亦不能成功好诗。诗一怪便不近人情，诗人不但要写小我的情，且要写他人的及一切事物的一切情，同情。花有花情，马有马情。人缺乏诗情即缺乏同情。诗人固须有大的天才，同时亦须有大的同情"，深以为然。

一场雨、一个湖、一个村庄及一场艳遇

　　扬州清明日，城中男女毕出，家家展墓。虽家有数墓，日必展之。故轻车骏马，箫鼓画船，转折再三，不辞往复。监门小户亦携肴核纸钱，走至墓所、祭毕，则席地饮胙……是日，四方流离及徽商西贾、曲中名妓，一切好事之徒，无不咸集。长塘丰草，走马放鹰；高阜平冈，斗鸡蹴鞠；茂林清樾，劈阮弹筝。浪子相扑，童稚纸鸢，老僧因果，瞽者说书，立者林林，蹲者蛰蛰。日暮霞生，车马纷沓……

　　此明末张岱在《陶庵梦忆》中追摹的扬州清明盛况。轻车骏马，箫鼓画船，扫墓饮胙，袨服靓妆，路旁野市，商人名妓，茂林弹筝，儿童纸鸢，老僧因果……鱼贯雁比之景观，如一幅三十余里的画卷，尽现目前。

　　张岱的梦忆，在生活方式迥然不同的今天，于我们更是梦中之梦。这个古老的诗意栖居之梦，仍活在汉语中，活在我们心里。

　　以下几首清明诗词，关于一场雨、一个湖、一个村庄和一场艳遇，让我们借文字去想象，召唤并复活那些梦里的时光。

做行人或做雨，随你的意

清 明

[唐] 杜牧

清明时节雨纷纷，路上行人欲断魂。

借问酒家何处有？牧童遥指杏花村。

虽然诗题叫《清明》，但谁才是这首诗的主角呢？清明节，行人，牧童？抑或雨，杏花村？或许读者各有答案，我的答案是雨。如果要选择做行人、牧童或杏花村，我选择做雨。

在这首诗里，最自在、最安静的是雨，最幸福的也是雨。你在路上行走，雨从天空飘落，落进泥土，落上草木，万物都在雨中呼吸。雨纷纷落下，不是霏霏，也不是绵绵，你从中听到轻盈，几乎像一个神圣的梦。

为什么我不愿做诗中的"行人"？因为他困在自己的念想中。他想着自己羁旅他乡，愁苦着人生，所以走得十分疲惫，他不在这场雨的梦中。也许他本可以如东坡的"一蓑烟雨任平生"，那就不会"欲断魂"，当然也就不会有这首诗了。

如果按照正常的逻辑，"路上行人"指的就是诗人自己。但诗歌可以反常，往往不讲逻辑，"路上行人"会不会指上坟扫墓的人呢？仅此一想，诗中风景陡然一变。如果走在路上的是扫墓之人，他们对逝者的追思，与清明时节雨纷纷，便形成一个整体的哀悼氛围。

不论是诗人自己因羁旅而愁苦，还是在路上看见扫墓人的哀思，他都感到了郁悒。"借问酒家何处有"，也许出于偶然，恰好他问路的人是一个牧童，也许是他写诗时的创造，我要说的是，牧童在诗意中画龙点睛。

想想"牧童骑黄牛，歌声振林樾"，以及也许是受此启发而创作出的歌词"走在乡间的小路上，牧童的歌声在荡漾"，"牧童"一词本身就象征着乡村生活的淳朴宁静，对于漂泊困顿的旅人来说更具有乌托邦色彩。

牧童的回答很有意味，"遥指杏花村"。"杏花村"一定不是真的村名。如果牧童所指的村子就叫杏花村，所以诗人才说杏花村，那么诗意便荡然无存。牧童遥指的，是一片杏花盛开的地方，这样的结句才更开阔，也更能让诗人和我们去想象。

行人或作为行人的诗人延颈张望，他的目光也许惆怅，也许被杏花照亮。最后，朝着那片花开的方向，他踽踽独行，消隐于烟雨迷蒙之中。

清明上巳西湖好

采桑子

[宋] 欧阳修

清明上巳西湖好，满目繁华。
争道谁家，绿柳朱轮走钿车。

游人日暮相将去，醒醉喧哗。

路转堤斜，直到城头总是花。

　　这是欧阳修晚年咏颍州西湖四时的组词《采桑子》之一，此为清明上巳游人往来西湖踏青的情景。

　　上巳为农历三月上旬巳日，自上古即有水滨踏青禊除不祥之习俗。此时亦值清明前后，若不下雨，则风和景明，百花盛开。晋时贵族文人又有曲水流觞等雅事，如《兰亭集序》所载。唐代更有朝廷赐宴曲江，倾都禊饮踏青之风尚。宋代清明上巳的游春盛况，可见于孟元老在《东京梦华录》中所记："四野如市，往往就芳树之下，或园圃之间，罗列杯盘，互相劝酬。都城之歌儿舞女，遍满园亭，抵暮而归。"

　　欧阳修此词，不及笔记所载翔实，然而这也正是诗与散文之差别。笔记的详细罗列更具史料价值，而诗则写意传神，把心灵的原始体验传达出来。

　　颍州人的踏青，看来亦不逊于都城汴梁。欧阳修仅用几句歌词，便点染出清明上巳游人的热情。前两句总括，"满目繁华"，繁华的既有繁花，更有人事。只一句"争道谁家"，便可见游人如何熙攘。路人与车马争道，足见游人众多车马喧阗，热闹异常。"谁家"不是发问，而是诗的语气，王公贵族、监门小户倾城尽出，平日从未见过这么多人，所以喧嚷中不认得是谁家的车马。

　　"绿柳朱轮走钿车"，"钿车"就是镶嵌着金丝花纹的车子，轮子是朱红的，这些华贵的车子从柳树下走过。这句用现代汉语写就是"朱轮的钿车从绿柳下走过"，但我们再读一下欧阳修的句子："绿柳朱轮走钿车"，经过文字排列后的诗句是不是更有味道？

首先他把"绿柳"和"朱轮"放在一起，并峙交错，更加贴近视觉冲击的缤纷感。其次，诗的语言不说"钿车走"，而说"走钿车"，有被"朱轮"带动的行进之感。我们知道，汉语的词序很灵活，词序重组之后，句子的感觉和意思就会改变。

上片写了游人车马争道出游，下片直接跳至日暮归途情景。至于游人是如何在西湖边踏青行乐一整天的，完全略过，仅写往返途中的盛景，其余皆留给我们去想象。

暮色苍茫，游人或醉或醒，相携相随，说笑喧哗，走在回家的路上。"路转堤斜"，渐行渐远，多么美好的一天。"直到城头总是花"，路上到处都是花，不仅有路上开的花，也有游人头上簪的花。采花簪发是唐宋时的风俗，不论男女，踏青游春都会在头上簪花。这又是多么可爱啊！

乘兴走过一个村庄

行香子·树绕村庄

[宋] 秦观

树绕村庄，水满陂塘。倚东风，豪兴徜徉。
小园几许，收尽春光。有桃花红，李花白，菜花黄。

远远围墙，隐隐茅堂。飏青旗，流水桥旁。
偶然乘兴，步过东冈。正莺儿啼，燕儿舞，蝶儿忙。

这样的村庄并不陌生，也许现在还有，只不过不大会有原生态的茅屋了。时令当在春分前后，清明节前，而南北气候不同，我们不妨在此一并游赏。

不必管这个村庄叫什么，在什么地方，它叫任何名字，在任何地方，对于这首词来说都是一样的。有了这首词，经过词人的创造，它可以在阅读中被我们还原为自己知道或想象中的任何一个村庄。

"树绕村庄，水满陂塘"，对于生活在都市中的现代人，这两句实在清新，令人向往，几个朴素的字带我们走进一个意境。也许这是很多人记忆中的村庄，或者也是回不去的村庄。树木和水塘，这些古老事物的存在，就像大地上的亲人，给我们家园般的守护和陪伴。

"倚东风，豪兴徜徉"，春日熏风令人沉醉，"倚"字摹写出诗人微醺的醉态。趁着豪兴，诗人在村里村外徜徉。"小园几许，收尽春光"，这是对春天的惊叹，也是对万物的赞美。"桃花红，李花白，菜花黄"，小小菜园，春意闹嚷嚷。

来到一个喜欢的地方，我们总会看看近处，再望望远处；看看这边，再望望那边。诗人看过菜园，接着就写望远所见："远远围墙，隐隐茅堂。飏青旗，流水桥旁。"看样子是一处酒家，茅屋在绿荫间闪现。流水桥旁，青旗飘扬，天气与诗人的心情，都被激荡得更加晴朗。

乘兴步过东冈，好一个"莺儿啼，燕儿舞，蝶儿忙"。奇怪的是，在这个村庄，花鸟们如此闹忙，却不见一个人影。在村里村外一定会逢人，却不把人写进去，也许在人身上，他没看到那么多、那么好的春天吧。如此一念，诗人的豪兴忽然被掩去了，我们最好不去问他，任他走过东冈，行向远处的茅堂吧。

唐朝的盯梢

浣溪沙

[唐] 张泌

晚逐香车入凤城，东风斜揭绣帘轻，慢回娇眼笑盈盈。
消息未通何计是？便须伴醉且随行，依稀闻道太狂生。

和元宵节观灯一样，清明踏青也是极易发生爱情的场合。毕竟平日男女防嫌甚严，而在这些狂欢节日，车马纷沓，男女混杂，目成艳遇自然频发。这首词如同一幕小喜剧，曾被鲁迅先生戏称为"唐朝的盯梢"。

先来看看"剧情"。词中盯梢的男子，我们将他想象为诗人本人也可，但其实那只是诗中虚构的一个抒情"我"。天色向晚，他骑在马上，游宴了一天，大概有些倦，也有些醉了。走在他前面的，是一辆香车，香车宝马，乍看剧情似乎有点俗套。

接着往下看。香车里坐的肯定是美人，闻香即知。他故意放缓马速，不疾不徐地跟在香车后面，想看一看里面那位美人。已经进了长安城，他还在跟着。

"东风斜揭绣帘轻"，善解人意的东风，把场面调度得恰到好处。绣帘不是莽撞地一下掀开，而是斜斜地揭开，风和绣帘都很轻。这样的氛围够浪漫，更耐人寻味，美人也显得更神秘。

就在风将绣帘揭开的瞬间，美人回头一看，"慢回娇眼笑盈盈"。这个画面太美，足以让盯梢的男子回味一生。"慢回"就是"漫回"，若不经意地回看。绣帘只是斜揭了一下，她正好回头，可见他们心有灵犀，况且她还"笑盈盈"。

"笑盈盈"无疑是个信号，但"慢回"又是什么意思呢？这大概是爱情中让人最煎熬也最心动的一刻。想通消息，可古时候不能随便搭讪，和坐在香车里的女子搭讪更是难上加难，怎么办？

"便须伴醉且随行"，一筹莫展的他，只好装作喝醉了酒，继续跟着香车走。一边随行，一边潜听车里的动静。

"依稀闻道太狂生"，许是街市喧哗，许是太紧张，他听不真切，依稀听见那美人说"太狂生"。"太狂生"就是"太狂"，"生"是唐宋口语中常见的语尾助词，就像李白曾开玩笑说杜甫"太瘦生"。美人说他"太狂生"，那是在骂他，还是在和他调情？

词中这些旖旎的剧情，在人人都是"低头党"的今天，还有没有可能在现实中发生？

纳凉特辑：晚风、繁星和鬼故事

小时候，我听过一个鬼故事。

某村人赴亲戚家吊丧，归时天已尽黑。半路口渴，看见不远处有一片瓜田，他便走进去，猫着腰在田里摸瓜。看瓜老汉刚好睡醒，从草庵里出来解手，猛见瓜田那边一个白影，忽高忽低，老汉以为是鬼，急奔回家，自此得病卧床不起。吊丧人听说后，心知是自己穿白孝衫惹的祸，却不敢前去讲明。老汉竟一命呜呼。

夏夜纳凉，对门高大爷常讲这个鬼故事。高大爷不信鬼，故事中也没有鬼。记得他每次讲完，都会摇着蒲扇，发出一声长叹。明月在天，树影珊珊，风在树间也发出阵阵长叹。

从前的夏天，没有空调和电扇，晚上屋里太热，人们都到外面纳凉。三五邻居，坐在矮凳或凉席上，谈天说地，讲着鬼故事。凉风习习，斗转星移。那时的纳凉，如今回望，不只是纳凉而已……

一个人的纳凉夜

夏 夜

[唐] 韦庄

傍水迁书榻，开襟纳夜凉。

星繁愁昼热，露重觉荷香。

蛙吹鸣还息，蛛罗灭又光。

正吟秋兴赋，桐景下西墙。

　　古人当然也纳凉，很多故事就是在纳凉的夜晚，被一遍遍讲述，从而流传下来被我们熟知的。诗人纳凉，不仅讲故事，还要写诗。纳凉是一种生活方式，本身就很有诗意。

　　我们来走近唐代诗人韦庄的一个纳凉夜。"傍水迁书榻"，因为太热，他将书榻迁移到水边，以延清凉。"开襟纳夜凉"，敞开衣襟，以纳夜凉。溽暑蒸腾，入夜才渐渐凉下来。树下，风口，水边，都是纳凉的好去处。而"凉"，像是一个活物，看得见摸得着，可乘，可追，可纳。

　　安坐之后，仰望夜空，繁星点点，"星繁愁昼热"。诗人没有歌唱星空，也没有形而上的思想，而是很切实地发愁昼热，繁星预示着明天将是个大热天。这样的诗句，看上去并不"诗意"，但实则是好诗。修辞立其诚，真诚是表达的前提。热得头晕眼花，哪还有闲情去赞美繁星？

　　夜深之后，露水渐重，荷花的香气更浓。"露重觉荷香"，没有说凉，凉意在"露重"与"荷香"。读到这里，不能不想起孟浩然的《夏夜南亭怀辛大》："山光忽西落，池月渐东上。散发乘夕凉，开轩卧闲敞。荷风送香气，竹露滴清响。欲取鸣琴弹，恨无知音赏。感此怀故人，中宵劳梦想。"也是在水边，也是散发开襟，也有露与荷，相似的夜晚，相似的经验。

与孟浩然不同的是，韦庄在这个纳凉夜，并没有寂寞，也没有怀念谁，而是冥潜于万物中。"蛙吹鸣还息"，既在水边，必有蛙鸣，"蛙吹"一词甚好，众蛙皆鸣，可当一部鼓吹。蛙吹时鸣时息，可以感觉到夜晚在流逝，而鸣息的间隙，世界好像在消失。

"蛛罗灭又光"，"蛛罗"就是蛛网，这句使人费解，"灭又光"是说蛛网在风中飘动，月光照映而明灭不定吗？若与"蛙吹鸣还息"相应，诗人感觉到的，也可能是月光在蛛网上的流动。当然，蛙鸣和蛛网，还可以有隐喻义的联想，一首诗传世，解读的权利属于读者自己。

"正吟秋兴赋"，夏夜纳凉，吟《秋兴赋》，是为了在辞中觅一份清凉吗？或是盛夏已至，秋天还会远吗？整首诗中，只有这句涉及所感所思，但诗人含糊其词，诗句的丰富内涵正在其含糊处。作为读者，我们也是通过反复想象和体验，从而沉浸到诗的幽微氛围里。

"桐景下西墙"，最后仍是一个物象，桐树的影子走下西墙，意思是说，月亮已经升高了。但诗句不为表述这个事实，而是为了传递感觉并引发遐想。月下桐影硕大清晰，刻画出夏夜的静谧之美，仿佛静止的桐影，忽见下了西墙，像是对《秋兴赋》

的惊心回应。

孟浩然的夏夜南亭诗，美则美矣，最后四句直接抒情，其美感仍属传统的范畴。韦庄的《夏夜》则更现代，全诗不与读者直接沟通，而是仅仅描写一群物象，即象征主义诗学所谓的"客观对应物"，我们读到这些物象，便可以自己的生活经验去感受、去生发诗情。

冰肌玉骨清无汗

洞仙歌

［宋］苏轼

冰肌玉骨，自清凉无汗。

水殿风来暗香满。

绣帘开，一点明月窥人，

人未寝，欹枕钗横鬓乱。

起来携素手，庭户无声，

时见疏星渡河汉。

试问夜如何？

夜已三更，金波淡，玉绳低转。

但屈指西风几时来，

又不道、流年暗中偷换。

多么空灵的夏夜，不像人寰，倒像在天上。词中的花蕊夫人，宛然邈姑射山下凡的仙子，冰肌玉骨，一尘不染。

关于这首词的来源，有些争议。苏轼在词前有小序，如下：

> 仆七岁时，见眉州老尼，姓朱，忘其名，年九十岁。自言尝随其师入蜀主孟昶宫中，一日大热，蜀主与花蕊夫人夜纳凉摩诃池上，作一词，朱具能记之。今四十年，朱已死久矣，人无知此词者，但记其首两句，暇日寻味，岂洞仙歌令乎？乃为足之云。

据此，词本五代时蜀主孟昶所作，苏轼七岁时听眉州老尼说起，然而四十年后他只记得前两句，其余乃自己寻味补作。而清代词学家朱彝尊在《词综》卷二评孟昶《玉楼春》词时，称苏子瞻《洞仙歌》本隐括此词，并说苏词未免反有点金之憾。

下面便是孟昶的《玉楼春》，也有称为诗的，题曰《避暑摩诃池上作》：

> 冰肌玉骨清无汗，水殿风来暗香暖。
> 帘开明月独窥人，欹枕钗横云鬓乱。
> 起来琼户寂无声，时见疏星渡河汉。
> 屈指西风几时来，只恐流年暗中换。

在此无意考辨，但举以示，不论原作在谁，总之，我们有这首《洞仙歌》。词中的良夜，属于蜀主和花蕊夫人，属于苏轼，也属于读者。

让我们像明月那般，透过绣帘，一窥花蕊夫人。"冰肌玉骨，自清凉无汗"，真有这样的美人吗？《庄子·逍遥游》中的姑射仙子，是神话，是寓言，而词中这位花蕊夫人，乃是孟昶的妃子。此二句乃蜀主所作，在他眼里，她就是冰清玉洁的仙子吧。再说，谁曾在诗中见过一个流汗的美人？诗词中的美人无不脱尽烟火气。

"水殿风来暗香满"，自此以下是苏轼的遐想，摩诃池纳凉，宫殿在水上，吹过水殿的风都是香的。美人岂能无香？"暗香满"，有美人的香，居室的香，也有夜晚的香，更多的香，来自文字激发的想象。

"绣帘开，一点明月窥人"，风将绣帘掀开一道缝，明月透了进来。"一点"妙绝，为明月点睛，"窥"字传其神情。其实与风月无关，全不过是诗人借明月在看。

所见若何？"人未寝，欹枕钗横鬓乱"，美人还没睡，若已入睡，那就是睡美人了。此时美人斜靠在枕上，钗横鬓乱，好不慵懒，好不耐看。

要知道，水殿、风月、慵懒这些美，以及下片的出户纳凉，都是诗人对美的创造。"起来携素手"，诗词中美人皆素手，如"纤纤出素手""素手青条上"。"携素手"，多么温存。《诗经》中表达恩爱，"执子之手，与子偕老"，写夫妇燕乐，也只"琴瑟在御，莫不静好"，这才是骨子里的高贵。

二人携手步于庭户，万籁俱寂，"时见疏星渡河汉"。在这个敞开的时刻，幸福触手可及。天空像神秘的花园，他们走进去，星光闪烁，河汉无声。夜如何其？夜已三更。

"金波淡，玉绳低转"，"金波"指月光，"玉绳"是北斗第五星玉衡北边两星，"玉绳低转"，时为夜深或近黎明。算算什么时候暑尽秋来，这一屈指，"又不道、流年暗中偷换"。才盼秋天，又悲徂年，奈何！

夏夜，走在乡间小路上

西江月·夜行黄沙道中

[宋] 辛弃疾

明月别枝惊鹊，清风半夜鸣蝉。

稻花香里说丰年，听取蛙声一片。

七八个星天外，两三点雨山前。

旧时茅店社林边，路转溪桥忽见。

辛弃疾所写的夏夜，词中的"黄沙道"，虽可确指为江西上饶黄沙岭的一段乡道，然而不妨碍我们将其对应到自己的经验，更可以想象加以扩充。何处无夏夜，何处无乡道呢？

设想此刻是夜晚，你正走在乡间小路上，四野寂静，有没有感觉古老大地，仍像一个陌生的居所？天宇空旷，明月孤悬，黑夜仍是一个传说，比我们知道的要深邃得多。

月光划过，镜子似的，惊飞了树上的乌鹊，留下斜枝晃动不已。"明月别枝惊鹊"，一读这句，就会想起王维的"月出惊山鸟"，还有苏轼的"月明惊鹊未安枝"。这些似曾相识的诗句，

冰肌玉骨清无汗：醉生梦死

·一五九·

正好贴合辛弃疾此时此境。就诗歌语言的连续性而言，没有一个诗人是孤立的，诗歌语言正是被其语言中最好的诗定义的。

"清风半夜鸣蝉"，"清风""半夜""鸣蝉"，时间和事物，被我们同时感受到，不仅是说半夜的蝉鸣。风吹在身上，半夜凉寂，与烈日下的嘶鸣不同，这时的蝉鸣变得清幽。

让人倍感亲切的是"稻花香里说丰年，听取蛙声一片"，浅近直白，味之颇有深意。试问：谁在说丰年？有人说是乡民。大半夜的，路上哪来的乡民？也许是纳凉的人吧。还有人说是蛙声，"蛙声一片"，好像在争说丰年，且称先出说的内容，再补声之来源。此说貌似有理，然以理读诗，岂不把诗读死了？当我们问"谁在说丰年"，此非问也，实为不知，不知之知也。蛙声可以说丰年，但不一定，诗人并不想指明。说丰年的，也可以是在路上乘凉的乡民，还可以是诗人和他的同伴，更可以是稻花香。稻花香本身不就在说丰年吗？

"七八个星天外，两三点雨山前"，这两句很可爱，家常言语，散淡道来。汉语诗的量词和数字很有趣，有松门寺诗云："两三条电欲为雨，七八个星犹在天。"曰条曰个，曰两三曰七八。疏星寥落天外，微雨似无山前，走着走着，仿佛走进了另一个时空。

仿佛可以一直走下去，走下去……旧时茅店忽然出现在眼前。按正常的逻辑，最后两句应是"路转溪桥社林边，旧时茅店忽见"，但诗人把词序颠倒过来，先说"旧时茅店"，再说"路转溪桥"。当代阿根廷大诗人博尔赫斯谈诗歌语言的创造之美时，曾举奥古斯都时代的古罗马诗人维吉尔的诗句为例："在一个孤零零的夜晚，两个人走在幽黑之间。"如果是平庸的诗句，很可能就写成"在一个幽黑的夜晚，两个人孤零零地走着"，显而易见，挪动词的位置，就可以重新创造诗的意境。

"旧时茅店社林边，路转溪桥忽见"也是通过变换词的位置，而使表达更有力、更准确。此前行在途中，极目天外，倾耳山前，恍惚之际，忘路之远近，不意旧时茅店忽现眼前，这才惊讶路转溪桥，已经到了。

周年祭：韦庄的未了情

农历四月十七，并非某圣贤的诞辰或祭日，亦非法定或俗成的假期。这一天只是个因普通而安静，因无为而端丽的日子。它之所以被晚唐诗人韦庄铭记，是因为在四月十七这一天，他曾与爱人生离死别。

去年今日，别君时

女冠子（其一）

[唐] 韦庄

四月十七，正是去年今日，别君时。
忍泪佯低面，含羞半敛眉。

不知魂已断，空有梦相随。
除却天边月，没人知。

离别，就是死去一点点，是往昔所爱的一种死去。离别不仅是与他人作别，而且也意味着，将自己生命的一部分割舍。而那被割舍的，仿佛已拥有了独立的生命，虽被割舍，却不会立刻死去。它会在断处呐喊，在风中哭泣，无所归依。它疼痛的回声可以传得很远、很远。

而就在你觉得过去已经过去时，一个梦、一个声音、一种气味、一个数字或一个词，往往猝不及防地将你抓获。像一个时间的逃犯，你立刻被带回事发现场。你听见誓言的哀鸣，你再次看见，所谓过去从未过去。

"四月十七，正是去年今日，别君时"，这个日期被提起，被写下，因为正是去年今日与君别。这个日期满载记忆而来，像被打了一耳光。"正是"一词，饱含痛感。

"四月十七"这种直接明快的表述，与"正是"这类恳切鲜活的语气，可称韦庄词最能击中读者的要点所在。第一部文人词集《花间集》收录的十八位词人中，温庭筠、韦庄列于卷首。温词富丽含蓄，深于韵味；韦词清丽明快，直抵肺腑。韦庄写词，与人推心置腹，倾谈之感因此而来。风格即人格，他首先是那样一个真诚而多情的人。

例如《菩萨蛮》五首组词中的"人人尽说江南好，游人只合江南老""如今却忆江南乐"，这些"尽说""只合""却忆"，都是很韦庄式的表达，明快率真，读起来清爽过瘾。如果说艺术就是光明磊落，那韦庄极个人化的表达风格正是：明月直入，无心可猜！

韦庄的真率并未伤害词味的蕴藉。细品之，"人人尽说江南好，游人只合江南老"，"尽说"与"只合"之间，有多少曲折难言的心情啊。而这首《女冠子》的开头"四月十七，正是去年今日，别君时"，虽明白如话，然而多少心情、多少回忆由此决堤，汹涌而来。韦庄的明快，不同于苏轼的"大江东去，浪淘尽、千古风流人物"。东坡的《念奴娇》虽豪迈，而所咏不过是对历史的感慨，表达的形式和内容也都是散文式的，并没有多少诗意。李清照在《词论》中说词"别是一家"，并对东坡词颇有微词，除了批评其词不谐音律之外，亦因东坡词豪放发论缺少蕴藉，从而失却了词之为词的本色。

韦庄接着说："忍泪佯低面，含羞半敛眉。"别时情景，宛在目前。"佯低面""半敛眉"已可人怜，被看在眼里，记在心里，则更为可怜，化成一种美。一个女子在词人的笔下，永远不会老去。

据说羞色是爱情中最美的色。据说作为一项天赋，爱情业已失传。

昨夜我梦见了你

女冠子（其二）

[唐]韦庄

昨夜夜半，枕上分明梦见，语多时。

依旧桃花面，频低柳叶眉。

半羞还半喜，欲去又依依。

觉来知是梦，不胜悲。

梦见她，不止一次了。上首《女冠子》词中说"不知魂已断，空有梦相随"，岂非倩女离魂？"除却天边月，没人知"，只有月亮作证。月亮将他的孤独嵌在无用的多情中。

这首词的写作时间应当就在四月十七前后，写于夜里梦见她的翌日。"昨夜夜半""分明"，又是韦庄句式。为何昨夜我梦见了你？梦中愈分明，醒后愈失落。"语多时"，梦中体验的时间，远非钟表所能指认，正所谓"枕上片时春梦中，行尽江南数千里"。更有黄粱一梦、南柯一梦等，片时梦中，历尽一生。

古典文学写梦颇多。作为神秘的意识活动，梦既能与现实人生形相对照，更能将有限时空对人的囚禁，延伸到不可知的无限时空。而人通过对梦的思考，也可触及对人生本质的觉悟。人生如梦，梦如人生。庄周梦蝶，梦醒之际，不知庄周之为蝴蝶，抑或蝴蝶之为庄周，其间深藏生命的奥秘。

"依旧桃花面，频低柳叶眉"，人于梦中所见，多数时候影影绰绰。韦庄此梦，却异常分明。所爱之人眉目笑语，一如平生。她的神态亦活灵活现，"半羞还半喜，欲去又依依"，如此真实，几乎触手可及。如果这个梦不醒来，那会不会变成另一种现实，如唐传奇中倩女离魂的故事？

然而，梦总有醒的时候。或许所谓现实也不过如庄子的猜测，有大觉而后知此其大梦也。人在梦中大多不觉是梦，梦中所历无异醒时，不过常常更突兀或模糊些，然而即便如此，梦时依然不知是梦，只有醒来才发觉方才是在梦中。如果将此体验推之生死，所谓活着不也很可能是一场自以为不是梦的大梦吗？比起"现实"，《庄子·齐物论》所论则更为真实："梦饮酒者，且而哭泣；梦哭泣者，且而田猎。"梦不知醒，醒不知梦，今不知后，此不知彼。无常，或许才是人更为本质的现实。

"觉来知是梦，不胜悲"，原来只是个梦。梦的真切再次拉远了人与现实的距离。昔日所爱到了分明入梦的地步，大概在现实中已绝无相见的可能。

一启始就完结了的爱情

荷叶杯

[唐] 韦庄

记得那年花下，深夜，初识谢娘时。
水堂西面画帘垂，携手暗相期。

惆怅晓莺残月，相别，从此隔音尘。
如今俱是异乡人，相见更无因。

顺着词中的闪回，我们隐约看出一个爱情故事的轮廓。若非亲历，孰能写得如此简洁而真挚？

韦庄另有一首《荷叶杯》："绝代佳人难得，倾国，花下见无期。一双愁黛远山眉，不忍更思惟。　　闲掩翠屏金凤，残梦，罗幕画堂空。碧天无路信难通，惆怅旧房栊。"两首《荷叶杯》与两首《女冠子》，作为文学作品，虽不必确指，然可大致认定其所咏乃同一段感情。

虽只寥寥数句，这段情事却很完整。如何开始，如何结束，都交代得清清楚楚。上阕写如何开始，下阕写如何结束。中间的情节呢？没有中间，也没有情节。爱情的种类纷繁，一启始就完结了的爱情最多。这样的爱情是绝望的，因此愈加美丽。一开始就看见了结局，却仍然要开始，不顾、不信自己已被一个结局套中，所以说爱情是一种英雄行为。

或许有些人不会看见那等着他们的结局，比如词中这对信誓旦旦的恋人。"谢娘"者，美人也。夜半无人，垂帘私语，携手相期，指星誓水要在一起。然而随着天亮，世界在晨光中显得粗糙而真实，昨夜之事变得虚幻。"晓莺残月"，多么像一个惨淡的结局。相携的手不得不分开，因为天亮了。天亮之后，人得回去做人，回到命运的齿轮。或许的确因为地球在转动，人和人才会相遇又分开。

爱情很短，遗忘很长。"记得那年花下，深夜，初识谢娘时"，初识情景历历在目，但"那年"是哪年？"记得"又是一个多么遥远的词。昨天一旦过去，一旦没有明天，昨天便已是一百年前。

"相别，从此隔音尘"，此句沉痛之至！从此一别，后会无期。"隔音尘"，隔的不仅是音讯，还隔着尘世，隔着生死。

"如今俱是异乡人，相见更无因"，从那年到如今，彼此已历多少轮回。已成异乡人的他们之间，不仅有时间的距离，有空间的距离，更有距离外的距离。正是"刘郎已恨蓬山远，更隔蓬山一万重"。

这个故事耐人寻味之处，还在于当初抱着别后重逢的希望，没有结果的结果是后来才意识到的。或许各自为生活所迫，终成陌路，终于相见再无因。如同一场持续的滑坡矿难，待到察觉已成废墟。不是没想过你，而是忙于生活，更多时候想着自己。也不是没想过改变，而是妥协于现实和习惯，于是，最终适应了没有彼此的人生。

那天折的爱情，变成一个洞，以悲哀的目光凝视你，讽刺你。什么也不能挽救，挽救了或也无处安放，唯一能做的就是写点儿什么。比如写诗，以此悼念，以此寻求些许安慰。

填词，我是"认真"的

文人填词之风始于唐中叶，至晚唐五代而盛。西蜀、南唐作为当时两大文艺中心，涌现出一批优秀的"文人词客"。由此称谓即可看出，"客"者，意即填词并非文人的主业，主业仍是写诗，填词仅为业余爱好，涉猎客串而已。写诗才是正经事，文人的真实人生都写进了诗里。词专为女乐演唱而填，所以那时文人填的词被称作"诗客曲子词"。

遍览五代乃至北宋苏轼以前的文人集子，我们会看到，即使以词名世的作家，他们写诗的数量也远远超过词，且在内容上更有质的区别。文人写诗都是认真的，他们把自己的人生经历、所思所感全部写进诗里。而填词则大可不必，读这些词无法感知作者其人，作者在词中几乎是隐身的。由于词并不带作者的个人印记，因此对于记载有出入的词，其作者究竟系谁已不得而知。

王国维先生在《人间词话》中说："词至后主而眼界始大，

感慨遂深，遂变伶工之词而为士大夫之词。"此乃确论。南唐后主李煜的词，写故国之思与人生无常，他的确将词的题材和境界扩大到更深刻的范畴和更普遍的体验中了。词已不再专为女乐而作，词也可以写诗之所写。

韦庄词不同于花间诸词人之处，除了极具个人风格的表达方式，还在于他把自己的真实人生写入词中。当时别的文人填词基本上都属于"伶工之词"，即为了交给女乐歌者演唱而写，故多拟女子口吻写其闺情愁思，《花间集序》中所谓"不无清绝之词，用助妖娆之态"是也。以此之故，五代词文辞固然清绝，配曲演唱想必亦很销魂，然而内容却因太题材化而不够真诚。

韦庄词在美学风格上仍不出花间范畴，但因为他以词写自己真实的人生体验，措辞明快，语气诚恳，情感真挚，因此可以说他是第一个"认真"填词的诗人。别的花间词写情美则美矣，然而多数面目不清。即使后来的柳永写"针线闲拈伴伊坐"，或是"烟花巷陌，依约丹青屏障。幸有意中人、堪寻访"之类，也始终流于肤泛，而没有韦庄词中如此刻骨铭心的爱情。

听蟋蟀：我们都是哑孩子

孩子在找寻他的声音。
（把它带走的是蟋蟀的王。）

在一滴水中，
孩子在找寻他的声音。

我不是要用它来说话，
我要把它做个指环，
让我的缄默，
戴在他纤小的指头上。

在一滴水中，
孩子在找寻他的声音。

（被俘在远处的声音，
穿上了蟋蟀的衣裳。）

———［西班牙］F.G.洛尔迦《哑孩子》（戴望舒译）

蟋蟀入我床下

促　织

[唐] 杜甫

促织甚微细，哀音何动人。

草根吟不稳，床下夜相亲。

久客得无泪，放妻难及晨。

悲丝与急管，感激异天真。

我们都听过蟋蟀的叫声，或在野，或在宇，或在户。随着蟋蟀鸣声渐近，夏天便渐远，秋意则渐浓了。当蟋蟀入我床下，夜间寒气更将一片肃杀。

蟋蟀也叫蛐蛐，在古代又叫促织，另有很多名称，比如吟蛩、寒蛩、斗蛩、趣织等。古时俚语曰："促织鸣，懒妇惊。"听见蟋蟀叫，懒妇才惊觉天已凉，要加紧织布备冬衣了。

上面这首《促织》，写于公元 759 年秋天，当时杜甫携家眷避难，客居秦州。据说，在甘肃天水一带，蟋蟀还有一个俗名，叫"黑羊"，不知何故，也许形似吧。

蟋蟀鸣声该怎样描写？杜甫在诗中这样说："促织甚微细，哀音何动人。草根吟不稳，床下夜相亲。"不愧是诗中圣手，五言四句，刻画细入毫发，精准微妙，比我们听到的还要真切。

"促织甚微细"，此一"微细"，既指促织之为物，亦言蟋蟀之鸣声。促织不过是天地间之微物，其鸣声也微细，而那哀音却能深深触动人。草根间露寒霜冷，蟋蟀鸣声断续不畅，故曰"草根吟不稳"。"不稳"一词，传递出诗人的心疼，我们读这句诗，也能感觉到蟋蟀的楚楚可怜。

"床下夜相亲"，似乎两个孤单无助的人，寒夜漫漫，相偎取暖。并不是身体相偎，蟋蟀与诗人，一个在床下，一个在床上，是心与心相依。诗人聆听蟋蟀的时候，蟋蟀也在聆听诗人的聆听。

怎么知道？只要用心听过，你就会知道。几年前我住在山里，很原生态，宿舍开门见山，每天都有不速之客：蜜蜂、蝴蝶、蜻蜓、七星瓢虫，还有各种不知名的惊艳生灵，也有蟋蟀。秋天的傍晚，阳台洗衣机背后唧唧几声，夜深人静，鸣声又从床底下传来，异常清晰，几乎看得见。屏息潜听，也不算潜听，蟋蟀觉察到我在听时，会突然停下，我们之间便有瞬间的静止，瞬间的合一。于是我移开注意力，假装睡去，它又开始细细地叫。很快，我们之间变得默契，仿佛我在以它的鸣声寂静，而它在用我的寂静发声。

与蟋蟀"夜相亲"，对于闲居的我，是生之乐趣，对于逃难的杜甫，则是生之伤心。"久客得无泪，放妻难及晨"，战乱以来，流离失所，久客天涯，虽一介人身，朝不保夕，与蟋蟀何异！不仅诗人，他的老妻亦难稳睡，夜半醒来，二人垂泪相对。

"悲丝与急管，感激异天真"，结句洒然而叹，世间乐器如丝管者，虽亦哀切激昂，然终不如促织的天籁更为真切动人。风萧萧兮秋意深，无告、无望的诗人，也只得与促织相亲了。

此诗咏物还是写情？这个问题不必回答，咏物和写情，对于杜甫，从来都是一回事。

夜坐听秋虫

禁中闻蛩

[唐] 白居易

悄悄禁门闭，夜深无月明。
西窗独暗坐，满耳新蛩声。

秋夜凉寂，虫鸣唧唧，此时独坐听之，能不若有所思？白居易缘此写过许多诗。

《禁中闻蛩》，诗题点明地点是在禁中，即禁卫森严的皇家宫苑。地点的特殊对于我们感受这首诗很重要，绝非诗人可有可无的交代。

"悄悄禁门闭"，禁门当然威严，在夜色笼罩下，是沉寂的，默然无声，似乎夜色抹去了人为的边界，但一个"闭"字，又暗中倍感沉重，禁门并没有消失。

夜深无寐，此时若有明月，诗人的心情或可飞扬，然而"无月明"，禁中一片死寂。西窗独坐，唯有凄凉。

最后一句，不知乐天本人如何，深井般沉闷之际，我感觉被新蛩声忽然点亮。视觉暗淡隐匿后，"满耳新蛩声"，让听觉骤然苏醒，就像夜间黑暗的球场突然开灯，璨若白昼。

乐天还有一首《秋虫》："切切暗窗下，唧唧深草里。秋天思妇心，雨夜愁人耳。"秋虫就是秋夜鸣声凄切的昆虫，蟋蟀、络纬（亦称"莎鸡"）、蚂蚱均在其列。它们在暗窗下、深草里，切切喓喓，如泣如诉。"秋天思妇心，雨夜愁人耳"，思妇感秋，闻秋虫而心起彷徨，雨夜多愁，切切偏入愁人耳。

另有《村夜》："霜草苍苍虫切切，村南村北行人绝。独出前门望野田，月明荞麦花如雪。"据说白居易当时在渭北的一个村子，村外野田里种了大片的荞麦。霜草苍苍，秋虫切切，村里人家皆闭门高卧，行人断绝，意颇凄恻。诗人睡不着，遂独出门前看野田。前三句平铺直叙，点亮感觉的，也是最后一句"月明荞麦花如雪"。美幻！

为蟋蟀填一首词

齐天乐·蟋蟀

[宋] 姜夔

庾郎先自吟愁赋，凄凄更闻私语。

露湿铜铺，苔侵石井，都是曾听伊处。

哀音似诉，正思妇无眠，起寻机杼。

曲曲屏山，夜凉独自甚情绪？

西窗又吹暗雨，为谁频断续，相和砧杵？

候馆迎秋，离宫吊月，别有伤心无数。

豳诗漫与，笑篱落呼灯，世间儿女。

写入琴丝，一声声更苦。

姜夔在词前有一段可与词相媲美的序，如下：

> 丙辰岁，与张功甫会饮张达可之堂。闻屋壁间蟋蟀有声，功甫约余同赋，以授歌者。功甫先成，词甚美。余徘徊茉莉花间，仰见秋月，顿起幽思，寻亦得此。蟋蟀，中都呼为促织，善斗，好事者或以三二十万钱致一枚，镂象齿为楼观以仁之。

由序可知，这首词是一篇命题之作。1196 年，姜夔与张镃（字功甫）在张达可家会饮时，听见屋壁间蟋蟀有声，功甫起意各赋词一首，并当场交给歌者演唱。功甫词先成，甚美，姜夔一时思滞，徘徊茉莉花间，仰见秋月，遂有灵感，很快也写了出来。

功甫词调寄《满庭芳》，词曰："月洗高梧，露溥幽草，宝钗楼外秋深。土花沿翠，萤火坠墙阴。静听寒声断续，微韵转、凄咽悲沉。争求侣，殷勤劝织，促破晓机心。 儿时，曾记得，呼灯灌穴，敛步随音。任满身花影，犹自追寻。携向华堂戏斗，亭台小、笼巧妆金。今休说，从渠床下，凉夜伴孤吟。"

若是唱出来，不知谁的词更好听，读之但觉功甫词更胜一筹，难怪姜夔当下叹服，差点儿搁笔。姜词用典颇多，虽寄托遥深，终不如张词之清美。我们不妨稍作对比。

"月洗高梧，露溥幽草，宝钗楼外秋深"，张词起句清隽幽美。姜词则一上来就是典故，气脉不振："庾郎先自吟愁赋，凄凄更闻私语。"好在紧接两句有所及物。

纵观姜词，诸如思妇、屏山、砧杵、候馆、离宫，等等，无不隔着一层两层的典故，并非真景物，亦非真感情。"笑篱落呼灯，世间儿女"，可圈可点的只有这句，然与个人体验仍无甚关系。

读功甫词，满满的感性细节。上片写听蟋蟀，循以青苔，照以萤火，多么可爱，下片回忆儿时捉蟋蟀的情景，"呼灯灌穴，敛步随音。任满身花影，犹自追寻"，全是性情，不见文字，所以不隔，所以动人。最后，平实一语作结。

二人词中都提到斗蟋蟀，足见此风之盛，历代不衰。蟋蟀本微细虫豸，天生好斗不知为了什么，但人却斗其斗，由此滋生事端，徒耗财命，妄生喜怒，酿成不少人间悲剧。

蟋蟀的故事

《聊斋志异》里有个故事，就叫"促织"，讲的是斗蟋蟀引发的悲剧，梗概如下。

明宣德年间，皇宫中流行斗蟋蟀，故每年向民间大量征收蟋蟀。蟋蟀本非西秦特产，偶因华阴县令欲媚上官，供奉了一头，上官于是责令华阴县每年例供。混账县令将此差事交给里正，县里有个叫"成"的人，是个童生，尚未考中秀才，因老实憨厚而被选中。不到一年，家财尽倾，他又不愿勒索百姓，限期将至，愁闷欲死。他自己勉力去捉，也没捉到，无以交差，而遭县令毒打。后来其妻求神问卜，成按图索骥，费尽心力，终得一俊健蟋蟀，大喜而归，举家庆贺，置之盆中，护养以待期限。然而，成九岁的儿子却因好奇而弄死了蟋蟀，悔惧之下，成子投井，被救活之后，气息奄奄，魂魄化为一头蟋蟀，轻捷善斗，连鸡都不是它的对手。这头蟋蟀被层层供奉，直至以金笼盛之献给了皇上，皇上十分欢喜，于是赏赐供者，从巡抚到县令到成，人人有份，"诏赐抚臣名马衣缎。抚军不忘所自，无何，宰以'卓异'闻。宰悦，免成役，又嘱学使，俾入邑庠。"

故事给了个大团圆的结局：岁余，成子精神恢复，又数年，成"田百顷，楼阁万椽，牛羊蹄躈各千计，一出门，裘马过世家焉"，如此美好的画面，真叫人感慨万分。

最后，我们再回味下洛尔迦的《哑孩子》。"孩子在找寻他的声音"，诗人用画外音说："把它带走的是蟋蟀的王。"为什么是蟋蟀的王？题为《哑孩子》，为什么诗中只说"孩子"？

想想一个孩子长大成人，所谓"成长"，不就是逐渐失去孩子的声音吗？我们长成了大人，内心深处仍是个孩子，只是那孩子变成了哑巴。然而，我们渴望回到真我，想要找回那个声音，在一滴水中。诗人说"我不是要用它来说话，我要把它做个指环，让我的缄默，戴在他纤小的指头上"。或许诗人想以缄默来守护那声音。

我们都是哑孩子，其实那声音并没有丢失，正如诗人说的，它只是被俘去了远方，穿上了蟋蟀的衣裳。

日本作家太宰治写过一个短篇，叫《蟋蟀》，整个故事似乎与蟋蟀无关：女人嫁给了一个落魄艺术家，婚后艺术家时来运转，成了名人，但他也显露出庸俗势利的本性，其丑陋行径以世俗眼光观之并无不妥，但女人却为他感到可耻。"或许在这个世界上，你是对的，而我是错的"，故事的最后，女人说她感觉仿佛脊椎里住着一只蟋蟀，吵得她灵魂不得安宁，但她毅然决定离开，决定把这只蟋蟀的叫声存放进脊椎里，"一生不忘地活下去"。

天不老，情难绝：情不自禁

七夕：金风玉露，胜却朝朝暮暮？

巫山一段云：神话与爱情

红豆与相思：给朋友的情诗

琴声中的诗：你在爱了，我怎会不知？

写首诗给你：想念那些美丽的人

伤行色：离别，就是死去一点点

秋雨梧桐叶落时：落叶情

坐在月下，和月亮说一会儿话

七夕：金风玉露，胜却朝朝暮暮？

每当傍晚，华灯初上，对面公寓的那些玻璃窗，便成为一面一面的屏幕，同时上演着一部电影，片名不妨就叫《人生》。一至五楼，有白发苍苍的老两口，有独居的老妇，有年轻的三口之家，有单身男女。

数月前，三楼的单身女士有了男友。隔空十几米，很难判断女士的具体年龄，她身材纤小，看穿着举止，当在三十多岁。我注意到他们喜欢一起吃晚饭，二人安坐桌前，在那盏苹果绿罩灯下，围桌吃饭而后长谈，常常一直聊到夜半。

爱一个人，就和他有说不完的话？我不相信话会说不完，而连月以来，却暗暗羡慕他们。尤其在周围的窗内之灯都熄灭之后，那间厨房仍亮着灯，被无边夜色静谧地簇拥，他们的爱情，就像楼顶上方疏朗的星空。

七夕，你想家了吗？

他乡七夕

〔唐〕孟浩然

他乡逢七夕，旅馆益羁愁。

不见穿针妇，空怀故国楼。

绪风初减热，新月始临秋。

谁忍窥河汉，迢迢问斗牛。

若不看日历，我不会想到七夕，想到七夕，我也不会想到爱情。七夕，爱情，神话，都是故事中的故事，遥不可及。和别的传统节日一样，七夕首先让我想家，想起从前那种家的氛围。

浩然此诗，于我心有戚戚。《他乡七夕》，一读诗题，已不禁潜然。"身在异乡为异客，每逢佳节倍思亲"，逢佳节而身处异乡，这在古人是一个事件，一次特殊的经历，在我们已是常态，如今在哪里都可以安顿，却也在哪里都找不着家。

羁旅他乡的游子，此时客馆独坐，倍添凄凉。回忆的潮水漫过，卷起的浪花上，洒落妇人的笑语。穿针乞巧、喜蛛应巧、为牛庆生等七夕风俗，在民间历史悠久，各地形式稍有不同。在我的童年时代，每逢七夕月上，女孩子们就坐在桂花树下梳头发，没有桂花树，就坐在别的树下，总之为了美丽的缘故。大些的女孩子，还要穿针乞巧。朱夏涉秋，凤仙花正是时候，女孩子们这时候也会染指甲。七夕似乎是女子的节日，男子很少参与，但同样置身其中。

浩然记起七夕的氛围，回忆的潮水退去，眼前却没有穿针的妇人，更不见故国的房屋。风，已换了一个吹法，绪绪的，有些凉。"绪风初减热，新月始临秋"，日月密移，流年似水，才过大暑，立秋已至。他乡游子，听见时节流转，听见盗梦人的马蹄声，不觉心惊。

"谁忍窥河汉"，不忍窥河汉，为什么不忍？是"河汉虽同路绝"吗？抑或"河汉清且浅，相去复几许"吗？或是"牵牛织女遥相望，尔独何辜限河梁"？个中滋味，我们可以自己去体会，也可以同浩然一起，"迢迢问斗牛"，问问遥远的牵牛星，问问它天上人间为什么这么多的别离。

恐是仙家好别离

辛未七夕

［唐］李商隐

恐是仙家好别离，故教迢递作佳期。
由来碧落银河畔，可要金风玉露时。
清漏渐移相望久，微云未接过来迟。
岂能无意酬乌鹊，惟与蜘蛛乞巧丝。

古典诗人中，李商隐的声音总是不同，有点另类，相当前卫。当其他诗人还在惯性思维里为牛女凄凄切切时，义山却喊出一句："恐是仙家好别离，故教迢递作佳期。"也就是说，不要老是站在人的立场，要换个角度，试着站在仙家的立场去看别离，凡人喜聚不喜散，仙家也许相反，喜散不喜聚呢。在《红楼梦》里，超凡脱俗之人，如林黛玉、贾宝玉、甄士隐等，皆有仙缘，所以最终都撒手而去，不在红尘缠缚牵连。

牛郎织女一年一见，义山说"故教迢递作佳期"，没有迢递的别离，哪来相聚的佳期？从这个意义上，义山不是古人，而是我们的同时代人。别离与相聚，并非简单的物理位移，更是个心理感觉问题。你不在时，我和你说话；你在时，我和自己说话。那么，你我究竟什么时候是在一起的呢？

"由来碧落银河畔，可要金风玉露时"，从来都在天河畔，何曾别离？何必非要金风玉露时，难道那样的相见才叫相见？义山这两句有点痛心，或正出于不得相见之故。

此诗的写作时间是辛未年七夕，大概他当时也离居在外，孤身一人望空有感。清夜寂静，漏声渐移，牛女二星隔河相望，义山望着他们的相望，就像望着自己与恋人的相望。夜已深，天将曙，微云却还在迟迟，几乎所有的佳期都叫人着急。

相传农历七月七日，乌鹊搭桥渡牛郎织女相会，义山此时虽未看见他们团圆，但仍暗自感激乌鹊援手相助。"岂能无意酬乌鹊，惟与蜘蛛乞巧丝"，最后他想到民间风俗。据《荆楚岁时记》记录，是夕，妇人女子结彩缕，穿七孔针，陈瓜果于庭中向织女星乞巧，有嬉子（即蜘蛛）网于瓜上者，则以为符应。义山似乎另有所指，也许是对令狐绹失望又感激的复杂心情，所以才说别光想着为自己乞巧，也要想着如何酬谢乌鹊的搭桥。

正人间天上愁浓

行香子·七夕
[宋]李清照

草际鸣蛩，惊落梧桐。

正人间天上愁浓。

云阶月地，关锁千重。

纵浮槎来，浮槎去，不相逢。

星桥鹊驾，经年才见，

想离情别恨难穷。

牵牛织女，莫是离中。

甚霎儿晴，霎儿雨，霎儿风。

　　一叶落而知天下秋。立秋后，两个明显的物候便是蛩鸣与梧桐叶落。蛩鸣就是蟋蟀的叫声。《诗经·七月》曰："七月在野，八月在宇，九月在户，十月蟋蟀入我床下。"立秋之后，夜凉追着蛩鸣，步步逼近。北方的梧桐干粗叶阔，不能耐寒，刚刚立秋，梧桐受气之先，开始黄落。阔大的桐叶，坠地时"啪"的一声，使人闻之心惊。

　　"草际鸣蛩，惊落梧桐"，说的就是这两个物候。诗意来自事物本身，也来自作者的自觉心，有诗意的人很多，但真正的诗人很少。诗人不仅能敏感到诗意，更要将之加工成艺术。怎么加工？这得靠语言的"炼金术"，即怎样在词语内部、词语之间发生裂变。蛩鸣和梧桐叶落，本来都是感应到秋气，而自然生发的物候，但易安在它们之间用了"惊落"，立刻就有了震动的效果。草际鸣蛩细细一声，倏然惊落了高处的梧桐之叶，两个貌似不相关的物象，因此建立了联系。诗人不明说她心惊，而是将自己的情绪隐藏于物象中。

"正人间天上愁浓"，为何这样说？因为人间在动荡和别离，天上的星辰也一样难聚难期。据说李清照作此词时，是她和赵明诚最后一次因战乱被迫分离那年的七夕，她独自暂住池阳，举目无亲，忧时伤离，倍感凄凉。"云阶月地，关锁千重"，易安仰天而叹，叹的实则是命运的阻隔。

"云阶月地一相过，未抵经年别恨多"，杜牧的诗句固苦，易安更连"一相过"也渺茫了。她的处境是，纵使乘着浮槎，上通天河，也难与其夫团聚了。据西晋张华的《博物志》记载，天河与海可通，每年八月有浮槎往来，从不失期，有人就曾乘槎而往，航行十数天而到达天河，且看见牛郎在河边饮牛，织女则在遥远的天宫里。乘槎之事是否真实，易安已不在意，她预感到这次的分离，将是比天河更无法逾越的生死之别。

词的下片，她还在仰望天穹，既久，她似乎忘了自己，来到牵牛织女的梦里。"星桥鹊驾，经年才见，想离情别恨难穷"，"星桥鹊驾"的浪漫传说背后，是人对不可能之事的幻想和愿望。即使真有鹊桥会，那滋味想必也是悲喜交集，悲是底色，片时相聚，怎抵经年别离。

当天晚上，天气阴晴不定。"牵牛织女，莫是离中"，易安自问，莫非他们已在离别之中，否则为什么"霎儿晴，霎儿雨，霎儿风"？叠用三个"霎儿"，突出了词人的关切，天亦如人，忧心忡忡。

李清照凭天才的直觉，多以寻常语填词，度入音律，即便不歌咏，读之亦清新自然，颇能曲尽人意。不仅两宋，在整个词史上，她的语言都是独一无二的。

又岂在朝朝暮暮？

鹊桥仙
[宋] 秦观

纤云弄巧，飞星传恨，银汉迢迢暗度。
金风玉露一相逢，便胜却人间无数。

柔情似水，佳期如梦，忍顾鹊桥归路。
两情若是久长时，又岂在朝朝暮暮。

若论最经典的七夕诗词，当属这首《鹊桥仙》。据说，此词背后是少游的一段凄美恋情，即他与一位长沙歌妓的故事：歌妓慕少游之才，少游爱歌妓之貌，且酬其德，但数日后他不得不南行，虽盟约再来，却很快客死广西。《鹊桥仙》大约就作于别离后的七夕，不论有没有这个背景故事，都不影响我们喜欢这首词，因为几乎所有人，都可以毫不费力地把自己代入词里。

有一个问题经常被问起：你怎么看异地恋？其实不必问，

别人怎么看异地恋，与你何干？异地恋的滋味，如人饮水，冷暖自知，没有什么参考答案。然而，少游却在词中大声说出了他的意见："两情若是久长时，又岂在朝朝暮暮。"这两句真是洒脱，也许因此，我们都更喜欢这首词。

然而，凡事都经不起一个"然而"，摇摆不定的人心岂能那么容易安抚，岂是一个正确意见就能轻松降服的？再说如果只是发表意见，又怎能算作诗呢？我们还是真切地体察一下词中的幽微吧。

"纤云弄巧，飞星传恨，银汉迢迢暗度"，民谚有"七月七，看巧云"之说，即每年农历七月初七，夕阳西下时，大家都会走出家门去看火烧云，据说那是织女的巧手织出来的。《古诗十九首》所谓的"盈盈一水间"，在少游这里成了"银汉迢迢"，字面相反，其意却同。盈盈一水间而不得相见，是一种遥远；因为无法相见，盈盈一水即成银汉迢迢，更是一种遥远。"暗度"甚好，与"弄巧""传恨"，浸透相思的况味。

"金风玉露一相逢"，如风露般短暂，如金玉般珍贵，如此一相逢，便胜却人间无数。少游那段长沙恋情，不就是这样的吗？这样的相逢不就是仙缘吗？虽然不知那样的相逢，是不是真的胜却人间无数，但我也相信有那样的人，你和他（她）度过一天，胜过你和其他人度过很多年。

"柔情似水，佳期如梦"，一年一度鹊桥会，可不就是一个梦吗？当他们回顾，哪里还有鹊桥。人生如梦，七夕，爱情，诗歌，艺术，无非都是梦中之梦，较为自主的美梦。既然是梦，金风玉露与朝朝暮暮，也没有什么不同了。

巫山一段云：神话与爱情

会稽鄮县东野有女子，姓吴，字望子，年十六，姿容可爱。其乡里有解鼓舞神者，要之，便往。缘塘行，半路，忽见一贵人，端正非常。贵人乘船，挺力十余，皆整顿。令人问望子欲何之，具以事对。贵人云："今正欲往彼，便可入船共去。"望子辞不敢。忽然不见。望子既拜神座，见向船中贵人，俨然端坐，即蒋侯像也。问望子来何迟，因掷两橘与之。数数形见，遂隆情好。心有所欲，辄空中下之。尝思啖鲤，一双鲜鲤随心而至。望子芳香，流闻数里，颇有神验。一邑共事奉。经三年，望子忽生外意，神便绝往来。

——［晋］干宝《搜神记》

《搜神记》中的这则故事，我认为很美，不在于人神恋，在其结局洒然。所有初见无不很美，然而结局往往不堪，要么乞怜哀号，要么任性胡闹……蒋侯与望子，相爱则心正意挚，爱迁则相忘如捐，光明磊落，不蔓不枝，莫说三年，即使三天，亦可谓现世之福祉。

巫山一段云

巫山一段云（其一）

［五代］李珣

有客经巫峡，停桡向水湄。

楚王曾此梦瑶姬，一梦杳无期。

尘暗珠帘卷，香销翠幄垂。

西风回首不胜悲，暮雨洒空祠。

《巫山一段云》，唐教坊曲，盛唐时流行于世。乐府旧题有《巫山高》，其词大略言江淮水深，无梁可渡，临水远望，思归而已。至南朝时，《巫山高》杂以阳台神女事，无复远望思归之意。《巫山一段云》，当为南朝旧曲而入燕乐者，调名本咏楚王与神女相会之事。五代李珣作《巫山一段云》二首，词下注曰，唐词多缘题，大概不失本题之义，尔后渐变，去题远矣。如珣所言，此二首《巫山一段云》，保留了早期词的特色，缘题发挥，叙写巫山神女及舟行巫峡之思。

楚王梦遇神女的故事，自战国时期宋玉的《高唐赋》《神女赋》之后，便成为巫山流传最久的美丽传说。一段梦中之情，令楚王终生不能忘怀，正因为是梦，故而遗恨，故而惘然。楚王死后，后人又在楚王的梦中寻梦，为他的遗恨而惘然，很多诗篇，即在于梦的惘然。

　　"有客经巫峡，停桡向水湄"，"有客"之"客"，可以是词人自称，也可以泛指任何途经巫峡之人。客过巫峡，怎能不想起巫山神女，怎能不向水湄停下船桨，朝古老的神话而致一怅望？

　　"楚王曾此梦瑶姬"，楚王就是在这里梦遇瑶姬的，瑶姬是神女的名字，意思就是美丽的仙女。传说她是炎帝的小女儿，未到出嫁的年龄便夭亡了，帝乃封她为巫山云雨之神，其精魄化为香草，结实为灵芝。"曾此"，这个曾经，已经远在千年以前。

　　"一梦杳无期"，片时一梦，醒即杳然，再无相会之期。梦中之人，去哪里寻觅？明代汤显祖作《牡丹亭》，无乃痛心于此，而欲以艺术挽回之乎？天下女子有情如杜丽娘者，或因梦而病，病即弥连，生而可与死，但是，倘若死而无法复生，纵使世上真有一个柳梦梅，阴阳相隔，又该如何？

　　神女在梦中辞别之际，曾对楚王说："妾在巫山之阳，高丘之阻，旦为朝云，暮为行雨。朝朝暮暮，阳台之下。"楚王旦朝视之，如其言，故为神女立庙，号曰"朝云"。传说的美丽，也在于这样的结局，仙缘虽只有一面，但神女并没有消失，她的情意化为云、雨，朝朝暮暮，徘徊缥缈，绵绵而无尽期。

　　楚王所立之旧庙早已倾圮，后人又不断为瑶姬修祠庙，当地百姓尊其为"妙用真人"，名其庙为"凝真观"。宋代陆游在《入蜀记》卷六写道："过巫山凝真观，谒妙用真人祠。真人即世所谓巫山神女也。祠正对巫山，峰峦上入霄汉，山脚直插江中。……十二峰者不可悉见。所见八九峰，惟神女峰最为纤丽奇峭。"至今在巫山一带，仍流传着神女峰乃瑶姬所化的故事。

　　遐想中，词人舣舟登岸，一访神女祠。祠中所见："尘暗珠帘卷，香销翠幄垂。"珠帘、翠幄，皆昔日殿内的华丽陈设，如今珠帘空卷，蒙尘而暗淡，翠幄虚张，香消而低垂。这些触目惊心的细节，像闪光的玻璃碎片，带着痛感，被诗人收集在诗句里，激发我们对故事以及时间的想象。

出了祠，天蓦然已黑，西风萧瑟，冷雨凄迷。"西风回首不胜悲，暮雨洒空祠"，舟中回望，空寂的神女祠，隐没于凄风苦雨的暮色里。

水声山色思悠悠

巫山一段云（其二）
[五代] 李珣

古庙依青嶂，行宫枕碧流。
水声山色锁妆楼，往事思悠悠。

云雨朝还暮，烟花春复秋。
啼猿何必近孤舟，行客自多愁。

《巫山一段云》二首，大约写于同时。上一首多纪行，这一首多感兴，且词人的视角只在舟中。

"古庙依青嶂，行宫枕碧流"，古庙即巫山神女庙，从舟中眺望，草木丛生的高峰，犹如一道青色的屏障，古庙依偎其上。行宫是古代天子出行时所住的宫室（也包含天子各临时寓居之处），此处特指楚王的细腰宫。古庙依着青障，行宫枕着碧流，两句之间存在微妙的对比。古庙所倚之青峰，永久而坚固；行宫所枕之碧流，临时而不居。

楚王燕游及神女之事，早就湮灭殆尽，现场已寻不到任何形迹。水声山色像是遗忘，像是怀想，紧锁着后人重建的妆楼。思及往事，悠悠如梦，古庙与行宫，近在眼前，但是看上去，却使那个梦更为邈远。

假若神女没有离去，如她所说，且为朝云，暮为行雨，那么千年以来，朝朝暮暮，她一直都在这里。但楚王寻她不得，神女亦寻楚王而不得也，作为凡人，楚王早已化为朽土。"云雨朝还暮，烟花春复秋"，朝云暮雨，日复一日，烟花春秋，年复一年，岂非南唐后主所叹之"春花秋月何时了，往事知多少"！

"啼猿何必近孤舟，行客自多愁"，此是舟中所感。巫山多猿，其啼甚悲，闻之使人下泪。见古庙寂寞，云雨荒凉，行客已自多愁，复闻猿啼，情何以堪？山高水深，所与伴者，一叶孤舟而已。

远风吹散又相连

巫山一段云
[五代] 毛文锡

雨霁巫山上，云轻映碧天。
远风吹散又相连，十二晚峰前。

暗湿啼猿树，高笼过客船。
朝朝暮暮楚江边，几度降神仙？

《巫山一段云》，唐末五代词人多作之，皆咏本题巫山神女情事，兼以舟行过客之感。五代词人毛文锡所作，与李珣的两首大同小异，一并读之，细味小异，亦将于揣摩词心有所助益。

"雨霁巫山上，云轻映碧天"，起始两句，清风拂面，雨霁，云轻，碧天如水。雨过之初，山更清晰，也更近了些，好像刚从混沌的梦境中走出，凸显在眼前。浓云消散，碧天之上，轻轻地，飘着几缕薄云。

"远风吹散又相连，十二晚峰前"，远风吹过，云散，复又相连。巫山的云也许真是神女所化，云有了感觉，有了某种意识，风吹不散，缭绕于十二晚峰前。

"暗湿啼猿树，高笼过客船"，云悄悄打湿啼猿树，高高笼住过客的船只，这时词人在感觉云的意识。雨霁之后，云仍携带雨意，云与雨本来就是一体，我们无法得知：云者为雨，抑或雨者为云？猿啼声悲，云亦有悲心，"暗湿啼猿树"，似乎云感猿啼而悲。云虽然轻，云投下的影子却很重，笼住行客的孤舟，笼在行客的心头。

关于巫峡的猿啼，北魏郦道元在《水经注·三峡》中如此描述："每至晴初霜旦，林寒涧肃，常有高猿长啸，属引凄异，空谷传响，哀转久绝。"可见，雨霁初晴，猿啼尤响。不知现在的三峡，尚闻猿啼否？

"朝朝暮暮楚江边，几度降神仙"，是感慨，也是无奈。自楚王梦断，神女再无化现人身，唯有云雨，朝朝暮暮，游弋于楚江边。

人间无路相逢

临江仙

[五代] 牛希济

峭碧参差十二峰，冷烟寒树重重。
瑶姬宫殿是仙踪。金炉珠帐，香霭昼偏浓。

一自楚王惊梦断，人间无路相逢。
至今云雨带愁容，月斜江上，征棹动晨钟。

同咏巫山神女事，这首词更有凭吊的意味。

"峭碧参差十二峰"，"峭碧参差"四字，画出巫山的高险与连绵，与李贺的"碧丛丛，高插天"，笔力相当。十二座山峰，参差高耸，见者无不惊其鬼斧神工。"冷烟寒树重重"，"冷烟寒树"，非怡人之景，且又"重重"，使人但觉满目凄怆。

"瑶姬宫殿是仙踪"，所谓仙踪，也不过是为了纪念。或许能被记起，就还未真正消失。然而，宫殿是有形之物，凡有形者，皆物之粗也。除了变幻莫测的云雨，再华丽的宫殿，怕也配不上巫山神女。

宫殿内的陈设，"金炉珠帐"，这两个词当然有夸张的成分在，香炉未必是金的，帐子也未必是珠玉的。纵非夸张，现实中见了，也将依然觉得寒碜。金炉中燃起的香霭，昼间更浓，而楚王遇神女，不在夜梦里，正在昼寝之时。

　　"一自楚王惊梦断，人间无路相逢"，惊梦一断，人神永隔，对于楚王来说，人间无路再相逢。"至今云雨带愁容"，云雨的愁容，是神女的怅惘，也是故事留下的千古表情，投射到民族的集体记忆深处。

　　最后两句，"月斜江上，征棹动晨钟"，非常空灵，化实为虚，使人遥想无穷。词人行将离去，月光斜照江上，举棹的一瞬，俄闻晨钟初动，天将曙矣。读到这里，巫山、神女祠、香霭、惊梦、云雨、月光、流水、晨钟……神话与现实、过去与未来，交织成时空的迷宫。我们每天都在这样的迷宫之中。

　　关于巫山神女，或相传她是炎帝的女儿，或曰她是西王母之女，总之是天上的仙女。楚王梦遇神女的故事，也许纯属宋玉的文学虚构，然而经过千古流传，并经一代代诗人的吟咏，想象已占据了现实，乃至成为比现实更强大的现实。

　　人对神话的想象，反映出人对生活最美好的祈望。祈望就像果实，那些说过的话和发生过的事，就像凋谢的花叶，果实承载着种子，走向无尽的未来。虽然种子落进泥土，遗忘的草同时开始滋生，然而种子很有耐心，种子一代代繁衍，它的保质期可以很长，很长。

红豆与相思：给朋友的情诗

　　每年从农历二月开始，北方农村各地庙会渐多，二月二、二月初六、三月三、三月十六、四月十八……古已有之的庙会，源于星象及佛道信仰，后演变为春季物资交易会。开春后，农事渐兴，庙门内外，村巷左右，沿路设摊，迤逦铺开。自村外始，有卖树苗的，卖猪娃、羊娃的，卖锄头、铲子、镰刀的，卖篓筐、畚箕的，到了村口有卖麻花、卖甘蔗的，进村有卖布、卖衣裳、卖耍货的，等等，至庙门口的打谷场上，则是各样吃货摊子，香气缭绕，烟火升腾。此时春暖，绿树莺啼，桃柳明媚，四方乡民络绎而至，熙来攘往，如沸如撼，日暮方散。

开春采山来买斧

长安遇冯著
［唐］韦应物

客从东方来，衣上灞陵雨。

问客何为来，采山因买斧。

冥冥花正开，飏飏燕新乳。

昨别今已春，鬓丝生几缕。

　　这首诗的情景和气息，总是再现我对庙会的回忆。从二月到四月，很多村都有庙会，日子相互错开，所以整个春天都有得逛。若去别村上会，便早早地吃过饭，喂好鸡喂好猪，换上干净衣裳，全家笑逐颜开地出门。但凡本村或邻村有庙会，若不逢周末，学校就放假一天，老师们也都去上会。

　　麦田已起了深，陌上尽是上会的人。"上会！"从后面过来骑车人，不及答话，彼已自说自笑去远。对面走来的乡邻，或掮着树苗，或拎着锄头，彼此遇见，就问问价钱，谈几句闲天。

　　《长安遇冯著》中所写，虽然发生在千年前的长安，但冯著春来买斧，他和诗人的相遇交谈，与如今村人去庙会却有几分神似。时间仿佛在云游，千年如一日，一日即千年。

　　即便在今天，我们读这首诗，所有字句依然新鲜。长安遇冯著，仿佛就是发生在昨天的事。冯著被春雨打湿的衣衫，如果你伸手去摸，或许还是湿的。

　　韦应物是京兆长安人，出身官宦世家，早年横行乡里，以门荫入仕，少年时为玄宗近侍，出入宫闱扈从游幸。安史之乱起，玄宗奔蜀，应物失职流落，从此浪子回头，一改往日骄纵，立志读书，清心寡欲，终日扫地焚香，安然坐卧。后复起外任，间回长安故园闲居或短暂任官，遇冯著当在此期间。

　　冯著早年隐居家乡，后来客游长安，颇擅文名，但谋仕不成，后应征赴幕去了广州。十年之后，冯著再游长安，依旧仕途无着，空有一身疲倦。"客从东方来，衣上灞陵雨"，两句诗，十个字，却说了千言万语。

应物称冯著为"客"，寄予着他对朋友流离人生的同情。从东方来，那是广州的方向，也是冯著隐居的地方，长安作为当时的"世界中心"，冯著始终是个边缘的客人。

"东方"也是春的方向，所以"客从东方来"，给人以春天的想象。这个句式本身也很有古意之美，与汉乐府常见的"客从远方来"一样，给人以新鲜的感受，如同千里之外吹来的风。

如果说第一句比较遥远抽象，那么"衣上灞陵雨"，立刻就变得切近具体。冯著不一定住在灞陵，但既然从东边来到长安，途中必然会经过灞陵。东边有那么多地方，为什么偏偏写灞陵？对词语和意象的选择，正是诗人创造力的体现。

灞陵，即《史记·项羽本纪》中"沛公军霸上"的"霸上"，后因汉文帝葬于此，而改名"灞陵"。虽然确有这个地方，但诗句中的"灞陵"并非实指，原因也很简单，若仅仅指一个地理上的所在，灞陵下雨，长安和东边很多地方也在下雨，何必非要说灞陵呢。自汉代起，灞陵山就是长安附近的隐逸胜地，东汉梁鸿、卖药的韩康都曾隐居于此。

以隐逸的眼光，再来看"衣上灞陵雨"这句很具体的诗，又别具一层意味。在长安遇见时，冯著身上的衣衫也许是湿的，也许淋过雨但已经干了，总之肯定下过一场雨。但诗不必如实报告，诗是对现实的重构，以呈现出更多隐秘的现实。"衣上灞陵雨"，不仅有春雨的湿润，还折射出冯著在诗人眼中的隐士形象。

　　三、四句的问答朴实无华，但仍需要好好回味。"问客何为来，采山因买斧"，按字面理解亦好，与"灞陵雨"亦相照应。然而如此，冯著就是个本色的山民了。若细究"采山"是做什么，"买斧"也就有了别的意思。"煮海为盐，采山铸钱"，左思《吴都赋》中，采山是为了铸铜钱。而"买斧"典出《易经·旅卦》："旅于处，得其资斧，我心不快。"结合典故中的这些意思，"采山因买斧"便不是真的买斧以斫木，而是暗指冯著的处境坎坷。

　　我们可以照字面读，也可以结合典故来读。我个人更偏爱朴素的春雨和斧头，而不去管那些典故。对此，想必诗人也不会反对，他在写诗时一定知道自己使用的词，在上下文中有多种可能性，而这不正是诗的魔力所在吗？

　　"冥冥花正开，飏飏燕新乳。昨别今已春，鬓丝生几缕"，花儿默默地开，新燕稚嫩地飞，眼前又是一个春天。春天永远是年轻的，人却在年年衰老，一去不返。

不是情诗的情诗

相　思

[唐] 王维

红豆生南国，春来发几枝？

愿君多采撷，此物最相思。

　　这首名作尽人皆知，但可能有些人不知道，诗中所谓的"相思"，不是男女之间的情思，而是朋友之间的怀念。这首诗还有一个写实的题目，叫《江上赠李龟年》。

古代诗人写给朋友的诗，往往都很像情诗。例如杜甫怀念李白的诗句"醉眠秋共被，携手日同行"，这种举动在今天很难被接受，在古代不过是亲如手足的友情而已。

李龟年是唐玄宗时的当红乐师，常在豪门贵族家中演唱。曾担任太乐丞的音乐家王维，同样活跃于京城文化名流圈，二人情同知音。安史之乱爆发，李龟年流落江南，杜甫暮年在长沙与他相逢，写下《江南逢李龟年》："岐王宅里寻常见，崔九堂前几度闻。正是江南好风景，落花时节又逢君。"

杜甫赠李龟年的诗，与王维的诗相比，不仅长相气质迥异，两位诗人与李龟年的关系也亲疏立见。杜甫这首诗虽然入选了《唐诗三百首》，诗艺上却比王维的诗要逊色不少。不在于作为诗人孰高孰低，他们都是大诗人，原因恐怕在于他们对李龟年的感情有本质的不同。正如诗本身所呈现的，杜甫对李龟年的感情，实际上是他对一个时代的感情，以李龟年的命运写照历史变迁，所以诗中的抒情显得公共而疏远。王维对李龟年也有叹惋，但他在诗中举重若轻，完全撇开时代和历史，只说采红豆的事儿，应该说，这之间才是一份私人感情。据史料记载，李龟年流落江南期间，经常演唱王维这首诗。

本诗作为朋友赠诗已铁证如山，然而这并不妨碍我们固执地站在爱情的角度重新解读此诗。原因有二：今人对古代男性之间表达"相思"不太适应，此其一；红豆与相思，代表着唯美与浪漫，男人采红豆寄相思，我们对这种表达方式也不太适应，此其二。尽管我要说，在古代这些都不是问题，自《诗经》《楚辞》始，采撷花草并不仅限于男女之间传情达意，男子也采芳草、采芙蓉、折梅等，寄托对友人的怀思。

"红豆生南国"，多么甜美的意象，每个词都带着暖意。"红豆"的鲜红和饱满，"南国"的阳光和温暖，这两个词作用于我们的感官，立刻就营造出相思的气场。红豆也叫相思子，生于南方，南方的阳光给人更多幻想。汉乐府《有所思》起句曰："有所思，乃在大海南。"大海在汉代就是天外了，"大海南"是诗人的想象，指向一个不可知的远方，绝望而美丽。

"春来发几枝"，读到这一句，自然想起"寒梅著花未"，皆系神来之笔。亲切设问，意味深长，却又浑然不觉的样子。他问的是花，又不是花，这里的"发几枝"，问的是红豆，其实就是相思。

"愿君多采撷"，叮咛友人多采些红豆，不是要寄给我，而是替我多采撷。"此物最相思"，粒粒红豆都是从相思中结出的果实啊。最后一句很有爆发力，看似若不经意，实将前面婉曲的感情和盘托出。

"我想你"该怎么说？

也许有人会问，诗人真爱绕弯，直接说"我想你"不行吗，不是更有冲击力吗？在某个意想不到的时刻，简单粗暴的表白确实更"震撼"人心。但恋人之间、朋友之间表达感情，如果每次都用同一句或几句，听多了就会无感。人的感情像流动的水火，时刻处于复杂微妙的万事万物之中，一句"我想你"，未免太过简单了。

我们读王维的《杂诗》："君自故乡来，应知故乡事。来日绮窗前，寒梅著花未。"对故乡的挂念有千千万，该从何问起呢？纵然来者与你吃饭长谈，一一向你讲述故乡事，你在这些事中的缺席难道就能被填满？更何况故乡的很多事，与其听了，还不如不听。一句"寒梅著花未"，就是对故乡最好的表白。

《相思》也是一样的。最深沉的感情，最难表达出来，"我想你"不仅不是诗，也缺乏可感的内容。王维的诗没有大声表白，却能触动我们心灵深处的那根弦，为什么？就在于他不是喊出"我想你"，而是把想念的感觉，很形象地传达出来了。

说到这里，想起一个流传甚广的故事：日本作家夏目漱石曾叫学生写一个句子来表达"我爱你"，学生们写了很多不同的句子，他阅罢都不满意，最后说，你们只需要说一句"今晚月色真美"，就够了。

王维与夏目漱石表情达意的方式，我们可以归为东方人的含蓄美，但我想这也是文学本身的需要。"今晚月色真美"，这句话说出的，比"我爱你"多，而这句话暗示的则更多，更能激发对方的想象力，若能让对方深陷"想象"，这不就是爱了吗？

最后，关于《相思》，再补充一个颇具争议的版本，在此稍作辨析。

宋人编选的《万首唐人绝句》，这首诗中的第三句"愿君多采撷"，变成"愿君休采撷"。"休"字反衬离情之苦，但与上下文气脉不合，既然怕相思而"休"采撷，那干脆就不要提红豆嘛，前面既已蓄势待发，这里却说"愿君休采撷"，岂非有意劝百止一？而"多采撷"，不仅文脉通畅，比起纤弱的"休"字，"多"字的发音和语气也更饱满，令整首诗更加一往情深。

由此，我们也可证见，诗歌作为语言的艺术，每个字都很重要，一字之差，千里之遥。一个字可以救活一首诗，也可以毁掉一首诗。好诗与坏诗的距离，有时是天壤之别，有时仅一字之差。

琴声中的诗：你在爱了，我怎会不知？

什么是音乐？

《礼记·乐记》开篇这样说：

> 凡音之起，由人心生也。人心之动，物使之然也。感于物而动，故形于声；声相应，故生变；变成方，谓之音。比音而乐之，及干戚羽旄，谓之乐。

情动于中，故形于声。声成文，谓之音。比音而乐之，乃至舞之蹈之，谓之乐。

《礼记·乐记》还说，如果只听到声而不知音，那是禽兽；知音而不知乐，那是众庶；唯君子之人，能知音乐。

"曲"传心事

听 筝

[唐] 李端

鸣筝金粟柱，素手玉房前。

欲得周郎顾，时时误拂弦。

　　有人善弹琴，也要有人善听，方才不辜负弹者的心。唐代诗人白居易在《琵琶行》中，写琵琶女千呼万唤始出来，开始弹琴："转轴拨弦三两声，未成曲调先有情。弦弦掩抑声声思，似诉平生不得志。低眉信手续续弹，说尽心中无限事。"乐天可谓善听者也。

　　《史记·司马相如列传》记载，司马相如在临邛卓王孙家的筵席上弹琴，卓文君从户窥之，悦慕相如，相如乃以琴心挑之，文君当夜与相如私奔，驰归成都。这段弹琴说爱的浪漫故事，有一个前提就是文君好音，唯此才能听懂相如的琴心。

　　《听筝》也是动之以琴，看似老套，却令人耳目一新。诗中弹筝的女子，没有单纯地以曲调的美妙去打动听者，而是故意弹错音来引起那人的注意。

　　"鸣筝金粟柱，素手玉房前"，且看弹筝的画面，金粟、素手、玉房，这些词语交相辉映，明丽重彩，不见女子其容，已知她的华美。这也许是现场听琴与听唱片的最大不同。演奏者的形象气质、乐器本身以及演奏的空间环境，都是听琴感受的有机组成部分，而演奏渐入佳境之时，奏者更与音乐浑然一体。

古代写听琴的诗很多，对弹者的形象神态描写，自是必不可少。例如白居易的《听崔七妓人筝》："花脸云鬟坐玉楼，十三弦里一时愁。"又如晏几道的《菩萨蛮·哀筝一弄湘江曲》，写筝人弹琴："当筵秋水慢，玉柱斜飞雁。弹到断肠时，春山眉黛低。"

较之刻画渲染筝人容貌神情的诗，李端这首绝句更有故事。曲子再有感染力，未必能引起饮宴者的留心，更未必能传出自己的心曲。"欲得周郎顾，时时误拂弦"，一反常态，有了跌宕的情节。

三国时，周瑜二十四岁为吴将，时人称其"周郎"，他精通音乐，听人奏错音时，即使在酒醉中，也会转头看一眼奏者。诗中引此典故，有字面上的用意，即筝人故意拂错弦，欲引筵席上某人一顾，更暗示那人也如周郎般相貌堂堂。

应该还有一层深意，"误拂弦"，也是在试探那人是否知音，"时时"则是很强烈的表白，想让那人知道我是故意弹错，想叫你明白我的苦心。清代徐增在《而庵说唐诗》中，说这是"妇人卖弄身份，巧于撩拨"，也许吧，那样的话，故事就全变味了。

一个有趣的问题：这首诗以谁的视角在叙事？或者说诗中说话的声音是谁的？

弹筝的女子？在前两句中，她是被观看的对象。后两句可以是她自写心声，果真如此，便成了古诗中的双重抒情主体，我们可以把诗想象成观者与弹者的内心对话。

诗人或一个旁观的叙事者？可能这是最接近诗人本义的，他作为一个听筝的人所见所闻，然而座中谁是"周郎"，或许他也在猜。

"周郎"本人？我想很多人都会偏爱这个视角。如果是那人的视角，那么诗中每个字就会变得心有灵犀，好像在说："你在爱了，我怎会不知？"

被笛声触动的乡情

春夜洛城闻笛
[唐] 李白

谁家玉笛暗飞声，散入春风满洛城。
此夜曲中闻折柳，何人不起故园情。

洛城即今河南洛阳，曾是唐朝的东都，一个繁华大都市。李白客居洛城，闻笛而起思乡之情。

太白的绝句多有逸气，信口而出，浑然天成，似不经意为之。"谁家玉笛暗飞声，散入春风满洛城"，闻笛的听觉感受被画了出来。春天的夜晚本来就引人遐想，这时又听见笛声。

"谁家玉笛暗飞声"，诗人这样感觉的，所以这样说。吹笛者在什么地方？也许他也在默默遐想，不知道自己的笛声暗中飞出，飞进另一个人的耳朵里。太白当然没有看到笛子，但他将之命名为"玉笛"，可见笛声必定很好听。玉笛作为主语，被吹出了生命，获得了灵魂，飞声自去寻觅知音。

太白不仅听见笛声，还听见笛声"散入春风满洛城"，也许他是看见了。笛声随着澹荡春风，落进每一户人家，落在每一个游子心上，就成了乡情。

"此夜曲中闻折柳，何人不起故园情"，《折杨柳》是汉乐府笛曲，与《梅花落》同属羌乐，听之动人乡愁。杜甫的《吹笛诗》云："故园杨柳今摇落，何得愁中曲尽生。"更有王之涣《凉州词》中的"羌笛何须怨杨柳，春风不度玉门关"，皆用汉乐府典故。

《折杨柳》多写离情别绪，亦因折柳乃自古赠别风俗。时值春天，一别经年，不知何日归返，见洛城杨柳依依，曲中闻折柳，怎能不起故园情。

据考证，这首诗大约写于唐玄宗开元二十三年（735），李白寻求汲引累年无果，正在洛阳漫游，颇有不遇之感。闻笛思乡，想必亦由困顿所起。自二十五岁出川，漫游已过十年，前途仍一片茫然，但他并未返回四川，之后很多年也没有回去。

他对故乡的思念，明明灭灭，并非内心持久的召唤，或许更像他自己也说不清的失落感。那是对精神归宿的渴望，不是那个叫青莲的地方，也许它根本就不存在于世上。

笛声与月亮，诗和文字，山川草木，都可以安放故乡。

不合时宜是一种诗意

听弹琴

[唐] 刘长卿

泠泠七弦上，静听松风寒。

古调虽自爱，今人多不弹。

古时，筝十三弦，琴七弦。"泠泠七弦上"，琴声似水，在七弦上清越地流淌。静听之下，又像风吹过松树林，生起凄清的寒意。

《风入松》是古琴曲，据说是西晋嵇康所作。古琴音质高雅平和，弹奏时给人以水流石上、风来松间的清穆之感。此诗前两句就写这种感受，没有比喻词的累赘，诗人很直观地把听觉形象呈现出来。

"古调虽自爱，今人多不弹"，后两句感慨，乃诗旨所在。唐朝是中国音乐史上发生重大变革的时代，汉魏六朝时南方清乐尚用琴瑟，到了唐代，以琵琶为主的西域乐器传入，燕乐取代清乐而成为流行的新声。七弦古琴奏出的高山流水，已成"古调"，弹奏的人已经不多。

既谓之古，说明不合流俗。古调的曲高和寡，与新声的喜闻乐见，向来就有矛盾。《礼记·乐记》中还记载了一段对话，大意如下。

魏文侯问子夏："为什么我一听古乐就想睡觉，而听郑卫之音就精神振奋，古乐和新乐究竟有什么不同？"子夏于是大发议论，阐释儒家的礼乐观，简言之，即乐与音不是一回事，你爱听的郑卫之音，那叫音不叫乐，德音才能称为乐，靡靡之音称不上乐。

这段问答不无儒家音乐观的偏见，但仍可为音乐审美提供一些借鉴。诗人刘长卿的感慨有类于此，不难看出，他不仅替古调感慨，而且在以琴自比，孤芳自赏之余，也觉得自己不合时宜。

不合时宜有错吗？当我们说某人不合时宜时，多数时候带有嘲讽的意味，但在某些语境下，也可以是欣赏兼有惋惜。对于诗人和艺术家而言，不合时宜有时是一种与生俱来的特质，有时是看清了现实社会的荒诞之后，主动选择的一种清醒态度。

流俗的易传，高雅的失传，使诗人伤感又无奈，但他像一个孤独国的国王，以诗为自己的不合时宜加冕。

对知音的寻觅

古诗十九首·西北有高楼

无名氏

西北有高楼，上与浮云齐。

交疏结绮窗，阿阁三重阶。

上有弦歌声，音响一何悲！

谁能为此曲？无乃杞梁妻。

清商随风发，中曲正徘徊。

一弹再三叹，慷慨有余哀。

不惜歌者苦，但伤知音稀。

愿为双鸿鹄，奋翅起高飞！

这也是一首听琴而伤知音难觅的诗。

"西北有高楼"，自一开始，诗人就把弹琴者置于高楼上。此楼在西北方，试想：西北是什么方向？地势高，天气寒凉，也是昆仑山所在的方向。

"上与浮云齐"，在那样寒凉的地方，一座高楼上接浮云。善读诗者，绝不会将此视为实境，而是立刻感觉到孤高缥缈。昆仑山不正是西王母的所在吗，那里不是有很多神仙吗？这些联想或非诗人的具体意思，但也应是他想要假托的虚幻之境。

我们先顺着文字往下看。三、四句描摹高楼的华美，"交疏结绮窗，阿阁三重阶"，住在这等楼上的人，不是神仙，也是神仙中人了。

从高楼上飘来弦歌声，"音响一何悲"！是谁在弹琴，为何弹得这样悲伤？"无乃杞梁妻"，莫非是一个像杞梁妻那样的女子？杞梁妻的典故，最早见于《左传》。齐国大夫杞梁出征莒国，战死在莒国城下，其妻无依无靠、无告无望，临尸痛哭，把城墙都哭塌了。古琴曲有《杞梁妻叹》。

再听琴中有何心事。"清商随风发，中曲正徘徊。一弹再三叹，慷慨有余哀。""清商"是乐曲名，曲音清越，声情悲怨。"中曲"即中间的一段乐曲，徘徊往复，缠绵悱恻。歌者一弹三叹，若不得志于心间。

下两句似诗人代歌者怅叹："不惜歌者苦，但伤知音稀。"诗情在此也一转而深，歌者所奏已悲苦，然而更悲苦的是没有知音。歌者在高楼上弹琴，她不知有人正在楼下伫立倾听，且听懂了她的全部悲苦。

但极有可能，高楼和歌者整个儿只是诗人假托的幻境。孤寂不群的诗人，把自己人生的失意和苦闷，幻化为一位高楼上的歌者，借此与世界对话，以写己忧。如若遇见一位知音，那么他最大的愿望就是"愿为双鸿鹄，奋翅起高飞"。

伯牙和钟子期的故事，可视作古人期许知音的原型。古代诗人在诗中渴念的，不是缪斯或某个未知的神灵，而是已知或潜在的知音。如果对之加以审视，或许我们可以问：有了知音，真的就可以"奋翅起高飞"了吗？

　　观照我们自身的处境，还可进一步追问：现代人的所谓"孤独"，究竟是没有人能理解你，还是彼此并没有什么值得去理解？换言之，问题可能不是没人听你的故事，而是你根本就没有故事。

写首诗给你：想念那些美丽的人

曾经有人问我：

假若临死，你会想到谁？

我想了想，没想出来，

那是要到临死方能知晓。

一直记得他的凝视。

现在我终于知晓：

当我想念你时——

你与圣殿的菩萨无异。

一阵凉风把他吹向天边

天末怀李白

[唐] 杜甫

凉风起天末，君子意如何？

鸿雁几时到？江湖秋水多。

文章憎命达，魑魅喜人过。

应共冤魂语，投诗赠汨罗。

公元 759 年，已是秋天，杜甫和家人客居秦州。说好听点儿叫弃官远游，实际情况是走投无路。秦州即今之甘肃天水，即使在今天，感觉仍是个很远的地方，在唐代，那里作为边塞，更是荒僻。

一阵凉风，把他吹得更远，吹向塞外之外，吹向天边。风中的凉意，倏尔带来李白，他问："凉风起天末，君子意如何？"没有音讯，只有风声。多年前同游梁宋，再别东鲁，记忆已如隔世，风把一切吹散，吹得远而又远。

风让想要落脚的人，继续漂泊。凉风中兀立，他喃喃寄语："鸿雁几时到？"什么时候才能收到一封信？哪怕只有寥寥几个字，为此，杜甫等了很多个秋天。

他听说李白已在流放夜郎途中遇赦放还，此时大概在湖南潇湘一带。人生在世，路途多风波，"江湖秋水多"，江湖已是凶险，而秋水更深。一个人烛火般在风中独行，或如一块薄木板，漂浮在寰宇之水面。

"文章憎命达"，不可以"薄命遭忌"囫囵释之，此中有写作的大神秘，有天机存焉。发奋著书，文章憎命达，诗穷而后工……司马迁、杜甫、欧阳修，古代作家们已觉察到这是一种宿命。命达之人不是不能成为作家，但少之又少，所谓人生不幸诗家幸，也许生活的踉跄正是诗人创作最好的滋养。

法国大作家福楼拜说过，艺术广大已极，足以占有一个人。"文章憎命达"，就是说，诗和艺术不叫你过普通人的日子，不允许你太安逸，它要你交出全部，而且很可能生前没有任何回报，除了那些瞬间的狂喜。杜甫如果命达，如果没有一生坎坷，又哪来这许多好诗，汉语文学中又哪有这样的杜甫。

"魑魅喜人过"，这话可要当心。魑魅魍魉，原指山神鬼怪，喜伺人过失。杜甫同情李白的遭遇，此时设想其处境，忌才喜过的，有非人的魑魅，也许还有某些人，他们比鬼怪还坏。

末两句无可奈何，"应共冤魂语，投诗赠汨罗"，与屈原的冤魂共语，亦为太白招魂也。李白因永王李璘案获罪而流放夜郎，杜甫相信他是被冤枉的。此时李白遇赦放还，回到湖南，应该在汨罗江边，投诗以吊屈原，他们实在同病相怜。不说"吊"，而用"赠"，似乎屈原并没有死，他仍活在诗人心间。

杜甫厚朴的性情，以及他对李白的殷忧，皆渗透于诗中的每个字。字句之外，更有多少生死怅望，为李白，也为他自己，有多少泪水无家可归，但也只能随风而逝。

故人入我梦

梦李白（其一）

[唐] 杜甫

死别已吞声，生别常恻恻。

江南瘴疠地，逐客无消息。

故人入我梦，明我长相忆。

恐非平生魂，路远不可测。

魂来枫林青，魂返关塞黑。

君今在罗网，何以有羽翼？

落月满屋梁，犹疑照颜色。

水深波浪阔，无使蛟龙得。

　　杜甫诗中这个梦，感觉如此明晰真实，让我想起我的一个梦，梦见爷爷，十年过去，梦中情景仍历历在目。我和爷爷并不熟，他生前生活在另一个省，我们总共只见过三四次。考上大学那年，父亲写信回老家报喜，后收到三千元汇款，以为是大伯的心意，后来得知那是爷爷多年攒下的钱。爷爷去世后不到一个月，我并没有想他，不期然地，他入我梦中。好像在一道山涧边，树木苍翠，溪水潺潺，我们并肩缓步，走了很久，爷爷一路上笑意盈盈。忽至某集市，土路两旁搭着货摊，爷爷叫我留在这里，说着他就走了。我望着他的背影到前方路口，一转就不见了。烈日下，人群熙攘，尘土飞扬，我忽然明白：爷爷不会再回来了！猛然醒来，残月在天，爷爷的笑眼犹在目前。爷爷在世时，我没觉得他活在我的世界；爷爷去世时，我没能回去参加葬礼，也没觉得失去他；梦醒之后，我才感到爷爷的真实，他是特意来梦中与我辞别的，而这一别，真就是永别。

　　杜甫做这个梦的时间，比写《天末怀李白》要早，他此时身在秦州，因为僻远，消息阻隔，还不知道李白在半年前已经遇赦。也许是心灵感应，就像他在诗中写的："故人入我梦，明我长相忆。"李白知道他一直在忧虑自己，所以特来梦中告知。果然没几天，杜甫就听到李白被放还的消息。

　　"死别已吞声，生别常恻恻"，谁都会被这样的诗句击中，因为它说出了普世的真理。死别，无论什么声音，华彩的，凄厉的，全都戛然而止，只剩下沉默，永久的沉默。生别，也许还不死心，还抱有相见或重来的希望，天时人事却日渐渺茫，希望之虚妄如同绝望，而毕竟人还活着，所以绝望之虚妄又如希望，如此纠结，怎能不常恻恻？

"江南瘴疠地，逐客无消息"，李白被流放夜郎，即今贵州省桐梓县境内，当时所有人听到"夜郎"这个词，已如同李白即将赴死，仿佛他已经提前从世上被抹去。南方山林湿热蒸郁之气，就是瘴气，瘴气致人生病，就叫"瘴疠"。汉代贾谊为长沙王太傅，有鹏飞入房舍，这种鸟很像猫头鹰，让他感到很不祥。贾谊于是作《鵩鸟赋》，开头叙其心迹："谊即以谪居长沙，长沙卑湿，谊自伤悼，以为寿不得长。"古代凡谪居南方的北方人，对瘴气都很畏惧，因此更加深了流放的悲剧心理。

李白长流夜郎，已经快一年，不知是死是生？"逐客无消息"，没有消息有时就是消息，在担忧的人看来，更像是沉沉的坏消息。"故人入我梦，明我长相忆"，这两句多么善解人意，不说我梦见你，却说是你主动来梦里慰我相忆。诗至此都是叙写梦前，下面入梦。

"恐非平生魂，路远不可测。魂来枫林青，魂返关塞黑"，梦中相见犹惊，恐非平生魂，杜甫怀疑李白已死，不然道路险远，何以得来？魂来魂返，枫林关塞，一青一黑，阴森森的荒野，不像在人间。"君今在罗网，何以有羽翼"，梦中不知是梦，乃自惊疑，问李白没有羽翼，何以脱出罗网？

未及答，梦醒。天还没亮，屋梁上满是月光，似乎还看得见李白在那片光里。"落月满屋梁，犹疑照颜色"，实际还是在写梦，梦尚未走远，在落月的映照中依稀流连。宋代胡仔在《苕溪渔隐丛话》中，评"落月满屋梁，犹疑照颜色"，说若是细细体会，此二句比丹青画像更能传李白英爽之神，百世之下，想见其风采。

这两句并非空泛的浪漫，相反，是比现实更有底蕴的真实。相信但凡做过类似的梦，乍醒都有同样的体验：醒是醒了，感觉那个你还在梦中，梦也没有立刻幻灭，而是渐稀渐薄，没入月光中，遁至窗帘后，附在墙壁上。有时梦会被鸟鸣啄走，有时则会留下，一直在那里，只是不被看见，只要你回想，即刻就能被召唤出来。

"水深波浪阔，无使蛟龙得"，杜甫深知李白处境险恶，恐怕他遭遇不测，此时虽是醒后，也仍是对"犹疑照颜色"的"李白之魂"谆谆告诫。

这首诗写的是怀李白吗？是忆李白吗？怀和忆都是醒时的意识活动，诗里写的分明是梦，所以叫《梦李白》。你也许会说做梦是因为日有所思，但其实梦比我们所了解的远为神秘，基本仍属于一片未知的领域。庄周梦蝶，虚幻早已不是问题，真也是幻，幻也是真。这样的梦境，正如明代锺惺、谭元春在《唐诗归》中所说："无一字不真，无一字不幻。"

月光似水忆起你

同从弟南斋玩月忆山阴崔少府

[唐] 王昌龄

高卧南斋时，开帷月初吐。

清辉澹水木，演漾在窗户。

苒苒几盈虚，澄澄变今古。

美人清江畔，是夜越吟苦。

千里共如何，微风吹兰杜。

诗题虽曰"同从弟南斋玩月"，诗却不关从弟什么事，"玩月"是关键词。什么是"玩月"？若不求甚解，可会意为赏月。"赏"本身就带有玩的意思，但我们应知，完全相同的一个意思，祖先绝不会造出两个词，对于相近的意思，既造出两个词，它们的意思肯定有所差异。"玩"是什么意思？我们今天通常所说的玩，比如小孩子一起玩，以前不叫"玩"，现在很多方言里也不叫"玩"，叫"耍"。"玩"的本义在《说文》中释为"弄也"，从玉，以手弄之的意思，后引申为玩赏、玩耍、戏弄、玩味等义项。这里的"玩月"，比"赏月"更多了揣摩的味道。

一阵风，一个梦，一天好月，都好像冥冥中的信使，让我们不期而遇。也许是月色，也许是寂寞，也许我忆你，是因为感觉你在忆我。谁知道月是什么，风是什么，谁知道你我又是什么？

"高卧南斋时"，"高卧"是一个远离尘嚣的姿态，东晋谢安当年就曾屡违朝旨高卧东山。首句采用回忆的语气，诗应是后来所写，"开帷月初吐"，犹有当时的惊喜。昌龄隐居期间，高卧南斋，何夜无月？别的夜晚肯定也有好月，似水如银，然独于此夜玩月而忆崔少府，而成此诗。

诗中的月光是怎样的呢？"清辉澹水木，演漾在窗户"，月亮的清辉澹澹地洒在水上，流淌在树间，就连窗户跟前，也有月光演漾。这两句细腻而准确地写出了诗人对月光的新鲜感知，也有"玩月"的味道。

高人对月，总不免发盈虚古今之叹。"苒苒几盈虚，澄澄变今古"，时光荏苒，月亮圆了又缺，缺了又圆，只消几度盈虚，月光澄明依旧，人世却变了今古。昌龄在此起沧桑之感，月亮永在，人生几何？如果月亮是那个月亮，也许人也还是那些人。不然我们怎么还能读诗，还能在诗中看到昌龄的月亮？

"美人清江畔，是夜越吟苦"，古诗中的"美人"可以指自己思慕之人，在此当然就是崔少府。少府是九卿之一，次于县令，昌龄的朋友崔国辅进士及第后，任山阴（今浙江绍兴）县尉。昌龄遥忆崔少府，这样的月夜，他想必在清江畔思乡而苦吟吧。"越吟"出自《史记》中庄舄越吟的典故，意即身在异乡之人即使飞黄腾达，仍不免眷恋家乡而用方言歌唱，尤其当他在病中，尤其当此如水的月光。

"千里共如何，微风吹兰杜"，相距千里，同在月下，可以天涯比邻，也可以遥不可及。共饮一江水，共望一轮月，相连而不得相见，也只有寄情于江水，怅叹于明月。微风轻拂，虽不能采杜若，兰杜的幽香，已被回忆捕获。

不要问昌龄之思，崔少府知不知道，他怎会不知道？读了这首诗，他们还会重返那个月夜，月光还将演漾在心上，微风也会一直吹在诗行间，飘散出兰杜的芬芳。

伤行色：离别，就是死去一点点

夜里下过雨，早晨大路有些泥泞，全家依次顺着水渠沿走。

父亲走在最前面，背着鼓鼓的大帆布包。三天前就收拾好行李，第一次出远门的我，连毛巾香皂都带了。我跟着父亲，跟着沉甸甸的行李，母亲和弟弟妹妹走在后面。

下午的火车，我们一早就出门了，走得很慢。两边的玉米地弥散着熟悉的香气，玉米就快要收成了。去上大学，兴奋归兴奋；告别故乡，伤心真伤心。

快到县城时，大路转了个弯，村庄再也看不见。在西关路口，父亲和我搭上去火车站的汽车，蒙尘的车窗外，母亲和弟妹变成模糊的影子，很快只剩一小点，从我的视线里消失。

火车开动，感觉不是火车在前行，而是我在面朝故乡如箭倒射出去。天黑以前，群山取代了平原，莽莽苍苍，美丽而骇异。火车呼啸，穿过一个又一个隧道，载着我奔往未知的远方。

伤行色，明朝便是关山隔

归自谣

［五代］冯延巳

寒山碧，

江上何人吹玉笛？

扁舟远送潇湘客，

芦花千里霜月白。

伤行色，

明朝便是关山隔。

　　如果说"兴"是物在诗人心中唤起某种感觉，那么对于读者，这种唤起同样存在。只不过读者的感觉，不一定是被同样的物唤起，而可能是被诗中任何一个词唤起。那个词可以很关键，也可以毫不起眼，取决于个人与语言和世界的三维关系，这是诗与读者之间不可穷尽的秘密。

　　这首《归自谣》中，触动我的词很多，比如寒山、江上、玉笛、扁舟、芦花、霜月，几乎所有词都像珍宝，散发出自身的气质和美感，但其中最能唤起我个人情感的词还是"行色"。

　　什么是"行色"？开头所叙的一段回忆便是。那天早晨全家如何送我，父亲如何背着那包行李，其实还有如何走出家门，如何等车搭车，如何在路口买苹果……临行之际、之前、之后，但凡触发离情别绪的风物景色，都叫"行色"。对于一个伤别离的人，"行色"几乎就是临行所见的一切。

在这首谣曲里，每样事物都折射出行色，传递出离别的凉意。"寒山碧"，已是秋天，山虽碧，却透着寒意。太白词《菩萨蛮》有"寒山一带伤心碧"之句，由于天寒，山的碧色叫离人伤心，或曰碧色就是伤心色。

诗人冯延巳没有说出"伤心"二字，伤心隐含在与太白词的互文中，且由下句的笛声吹送出来。"江上何人吹玉笛"，吹笛人无意，听笛者有心。笛声悠曼，又有月亮，许多伤别的话，玉笛都替他说了。又或者说，玉笛吹出多少离愁，船还没走，已叫人相思。

"扁舟远送潇湘客"，客就要远行，一叶扁舟，荡于茫茫江上。一个人独自漂泊在天地间，已觉渺小孤危，况是"潇湘客"，一个被世界放逐的失意者。江渚水湄，芦花千里，与霜月相映，上下一白。"芦花千里霜月白"，凄清孤寂，都是惜别的意思。

寒山，江水，玉笛，芦花，霜月，关山，皆可见"行色"，皆令人心伤。最可伤怀的是，所有这些物色，这些情状，过了今夜，"明朝便是关山隔"。关山阻隔的不仅是地理距离，更暗含彼此于对方世界的巨大缺席，正如杜甫的诗句"明日隔山岳，世事两茫茫"。

一水之隔成两乡

秋江送别二首

［唐］王勃

早是他乡值早秋，江亭明月带江流。
已觉逝川伤别念，复看津树隐离舟。

归舟归骑俨成行，江南江北互相望。
谁谓波澜才一水，已觉山川是两乡。

在古代，一座山、一条河，都是真实的阻隔，山那边、河对岸就是远方。两个村子隔河而居，炊烟或可望见，鸡犬或可相闻，而民或老死不相往来。即使偶有往来，也多以南北自居，不适于彼此乡音的乖异，讥笑或暗羡对方的风俗人情。

王勃《秋江送别》第二首写的就是一水之隔的遥远感。送别在江边，"归舟归骑俨成行"，场面越是隆重，越是增加愁情。归舟渡江去对岸，归骑是来相送的，同样是归，归的方向却相反。

归舟往江南，归骑返江北。"江南江北互相望"，江南江北隔着一江水，近在眼前，又远在天边，相思而相望。归舟归骑，江南江北，在韵律和修辞上制造出回环交错的效果，从而发现事物和经验的潜在秩序。

我们常说的"一衣带水"，意即不过是衣带那么宽的一条河，不足以成为阻隔。王勃在此反驳，"谁谓波澜才一水，已觉山川是两乡"，一水就能把彼此隔成两乡。

一条河也许并不宽，也有舟楫桥梁可通，然而身在此岸，望着彼岸便有些邈远。当你在岸上送别，友人乘船离去，或是你在舟中，一旦离岸，你们之间不仅隔水，而且隔风，更隔着不一样的时空。

王勃的才情多发于此种幽微处。《秋江送别》二首形式类似，第一首的前两句也以交错回环的修辞，布置事物之间的隐秘关系，但体察更多的是如上所说的行色。"早是他乡值早秋"，他乡已足感伤，更值早秋，更添离情。"江亭明月带江流"，江水的流动在夜晚是看不见的，月光照在水面上，水波映月光而颤动，就像月光带着江水在流。明月本来遍在，此时江边送别，明月也随水流而去，似乎连明月也分崩离析了。

后二句更伤行色。"已觉逝川伤别念"，流水就要把你带走，这不为任何人停留的逝者如斯。逝川已叫人伤别，"复看津树隐离舟"，又瞥见你的船，隐在渡口的树后面。

诗人的心灵就像一个磁场，直接吸住感知到的事物，它们因而直接进入情感和语言的回响。虽然时代变了，送别的场所变了，但人的心灵没变，至少本心不会变，当我们在送别之际，不安地看时间，瞥见对方的行李，听到火车鸣笛，也都与王勃此诗同一心情。

当一片帆消失于天际

黄鹤楼送孟浩然之广陵

［唐］李白

故人西辞黄鹤楼，

烟花三月下扬州。

孤帆远影碧空尽，

唯见长江天际流。

太白此诗被明代陈继儒誉为"送别诗之祖"。这首诗当然不是最早的送别诗，眉公（陈继儒的号）的意思应该是说这首是送别诗里最好的吧。此诗声望之高，因其丽辞，因其情意，亦因太白与浩然的名气。

唐代诗人之间交往颇多。诗人与诗人的亲疏，与二人的年龄、个性、才情都有很大关系，他人最好不要妄加评议。对于李白来说，孟浩然无论是在写诗还是在做人方面，都是一位令他仰慕的前辈。《赠孟浩然》诗曰："吾爱孟夫子，风流天下闻。红颜弃轩冕，白首卧松云。醉月频中圣，迷花不事君。高山安可仰，徒此揖清芬。"推崇备至，言过其实，每个字都是从李白心中满溢出来的。

此次送别在黄鹤楼，浩然将之广陵，诗从辞别后说起。"烟花三月下扬州"，千古丽句，写出孟夫子飘逸的形象，亦有"揖清芬"之意。阳春烟景，飞絮迷蒙，时光轻盈如梦，故人要去的地方又叫扬州，此情此景投影在文字中，编织出一个美丽的梦中梦。

诗歌语言中的写物之辞，即在《诗经》中被称为"兴"的句子，并非只是人情的陪衬，而是同时为了发表正意。周作人先生认为物辞首先写物之美，那是心与物之间的自由想象，比如"桃之夭夭，灼灼其华"，并不因为与女子出嫁有关而丧失自身独立的意义，恰恰因为桃花的美，而让我们在那么多写女子出嫁的诗中爱上了这首。

唐诗仍有真正的"兴"，仍能听见心灵与万物的原始共鸣，情感与想象的自由回响。太白诗中的物辞尤美，纯粹出乎直觉，像"烟花三月下扬州"这样的句子，更是一片神行。

"孤帆远影碧空尽"，太白伫立在黄鹤楼上，目送浩然扬帆而远，直至目力已极，帆影灭于空际，犹怅望依依，不忍离去。而此时"唯见长江天际流"，一个人就那样消失了，好像从地球上落入了茫茫宇宙，比下扬州更觉茫远。尤其那时候的人不知道地球是圆的，遥望孤帆于天际不见，视觉和心理上会受到很大的冲击。

地球是圆的，即便这在今天已是常识，而当你站在楼上，看船在水上划行，水在地上流动，船和水、你和整个世界，全都被吸在一个球体表面，而这个球一边旋转一边飞行，想想这一切多么不可思议！太白若知道这些，不知又将写出什么样的诗。

陆游在《入蜀记》中提到太白送孟浩然此诗，那是他于乾道六年（1170 年）农历八月二十八日过黄鹤楼时写下的日记。

不知是他记错了，还是另有版本，书中所引后两句为"孤帆远映碧山尽，唯见长江天际流"。他认为这才是可信的版本，并解释称："盖帆樯映远山，尤可观，非江行久，不能知也。"相信陆游此话不假，然终不如"孤帆远影碧空尽"更为悠渺，换成"远映"和"碧山"，反倒点金成铁了。

深情而不言情，但写别时之物象有感于心者，便是最好的抒情。太白对浩然的仰慕和挂念，如江水滔滔奔流不息；浩然留下的空旷和寂寞，如碧空天际亘古长在。

题在落叶上的诗

唐代诗人王建曾写诗赞美上阳宫：

> 上阳花木不曾秋，洛水穿宫处处流。
> 画阁红楼宫女笑，玉箫金管路人愁。

位于东都洛阳的宫殿，恍若一处人间仙境。

宫殿的华美是真的，但却不是人间仙境，事实上，那里曾是万千宫女的地狱囚笼。据《旧唐书》记载，开元、天宝年间，各地行宫长住的宫女总数超过四万人。这一骇人的数字，在整个中华历史上空前绝后。

在被后世广为称颂的大唐盛世，却有数万女人在"囚禁"中虚度了一生。诗人白居易在新乐府《上阳白发人》中写过，女孩子从十六岁被选入宫，直到六十岁也没见过玄宗，年复一年，她们过的日子就是天黑盼着天明，天明又盼着天黑，看燕子飞来又飞去，数月亮圆了多少回。最后头白了，人老了，仍然闲坐说玄宗。

哪里有深渊，哪里就有呼喊。相传那时候，很多宫女会在落叶上题诗，抛于御沟的流水中以寄幽怀。落叶流出宫墙外，一旦被人拾起，可能就会发生一段故事。"红叶题诗"即由此而来。

红叶题诗的浪漫故事，多见于唐人及宋代的笔记小说，版本愈演愈多，情节愈变愈奇，后来成为元人杂剧和明清传奇的创作母题。在此简述其中一个版本。

诗人顾况在洛阳时，某日与二三友人在宫苑游玩，见一片梧桐叶从宫墙内随水流出来，他拾起一看，叶上有诗：

> 一入深宫里，年年不见春。
> 聊题一片叶，寄与有情人。

翌日，顾况来到御沟上游，将自己题诗的叶子抛向流水，诗曰：

> 花落深宫莺亦悲，上阳宫女断肠时。
> 帝城不禁东流水，叶上题诗欲寄谁。

那片叶子，也许被她拾到了，也许没有，故事大多是断章。小说家要给他们创造奇缘，比如诗人将红叶夹在书里，数年后流落他乡，偶遇一女子，见红叶而相认，终于成就美满姻缘。

秋雨梧桐叶落时：落叶情

题落叶

〔唐〕司空曙

霜景催危叶，今朝半树空。

萧条故国异，零落旅人同。

飒岸浮寒水，依阶拥夜虫。

随风偏可羡，得到洛阳宫。

落叶上题诗，想想都很浪漫。我也年年拾落叶，就从来没拾到过谁的题诗，也没想过在落叶上题一首诗。时代不同，传递情感的媒介不同，可能也很少有人再题诗了。

古人却很爱题诗，不仅在落叶上，而且在大树、山岩、驿楼、邮亭、寺庙、旅店、沙岸，凡是能写字的地方，无处不有人题诗。这些诗被路过的有缘人看到，又会被唱和相续或抄写传世。题诗者往往不署名，或系自己所作，或题他人之诗，后来人不得而知。

古人的这种境界真如法国文豪福楼拜所说，显示艺术，隐藏艺术家。相传李白所作的《菩萨蛮·平林漠漠烟如织》，即题于鼎州沧水驿楼上，初不知何人所题，复不知何人所撰，见者爱而抄之，后得古集方知为太白所作。究竟是不是太白所作，仍然存疑，重要的是这首被认定为千古词曲之祖的《菩萨蛮》，因被人题写在驿楼上而得以传世。

唐代诗人司空曙的这首《题落叶》，也许真的写在落叶上，然后任其随风飘去，把他对故国的思念带向远方；也许只是想象中在落叶上题诗，或者根本无须题诗，落叶就是他的诗。

"霜景催危叶，今朝半树空"。昨日清晨，去公园跑步，惊见草上白茫茫，已然霜降，树上的叶子已很稀疏，危叶做梦般悬着，冷风过处，纷落如雨。司空曙的"催危叶"和"半树空"，更准确地说出了我的感觉。

当叶子全部掉落，这一年就真的成为过去，剩下的是空无、回忆和等待。司空曙身在异乡，满目萧条的景象，有别于故国，令他更感慨人生漂泊。树叶坠落，随风飘零，那不能自主的命运，正与旅人相同。

从落叶中看到人生的无常，这是诗歌中常用的意象。一片叶子从树上飘落，如游子离开故土，落叶在风中翻飞，如旅人停不下来的脚步。隋朝孔绍安的《落叶》，把这种心情写得尤为细腻："早秋惊落叶，飘零似客心。翻飞未肯下，犹言惜故林。"

落叶或停在岸边，飒然喧响；或浮于寒水，顺流而去。夜里，阶庭的落叶下，细细地递来寒虫的吟唱。"飒岸浮寒水，依阶拥夜虫"，这两句是诗人与落叶，在幽独处相偎呢喃。

然而，叶子终与旅人不同，旅人淹留此地，叶子却能御风而行。"随风偏可羡，得到洛阳宫"，诗人乃羡慕起落叶，遥想它们飘飞到洛阳宫，把他的诗也带回那里。

萧萧叶落，春日如昨

落　叶

［唐］齐己

落多秋亦晚，窗外见诸邻。
世上谁惊尽，林间独扫频。
萧骚微月夜，重叠早霜晨。
昨日繁阴在，莺声树树春。

唐代诗僧齐己小时候家境贫寒，六岁便和其他佃户人家的孩子一起为寺院放牛。他常常一边放牛一边用树枝在牛背上写诗，语句清新天然，引起僧人们的注意，后来南宗仰山大师收他为弟子。成年后，齐己云游天下，自号"衡岳沙门"。旅行丰富了他的生命体验，使他的诗思更为高远，《早梅》《落叶》等佳作即出于此期间。

"落多秋亦晚，窗外见诸邻"，前两句写晚秋叶落很贴切，何以见得？落叶在地上堆得越多，我们就越会感到秋天更深了。秋天的深度，就是从落叶堆积的厚度丈量出来的。树叶落了，视野变开阔，原先被树挡住的景致，这时也都现了出来。"窗外见诸邻"，诸邻自然是很近的，自然也知道他们在那里，然而之前被树荫遮蔽，所以虽然为邻却看不见，此时叶子落了大半，诸邻重又出现，诗人有点惊讶，仿佛今天才看见他们似的。

若说前两句诗境世人皆有之，三、四句则只有诗人才能发此幽情。诗人不单指写诗的人，也包括不写诗和不读诗的所有诗人，凡有诗情者，皆可称为诗人。"世上谁惊尽，林间独扫频"，正如齐己扫落叶时所问，世上有谁会对落叶而吃惊呢？秋天到了，草木凋零，对于一般人来说这很正常，没什么可惊的。世间人事往往就是因为过于习惯，故而荒诞者不知其荒诞，神奇者不觉其神奇。花开花谢，叶长叶落，凡人并不用心于其间，而诗人的生命觉察体于万物，他们会为一朵花动容，为一片叶落泪。见色见空，不见空者，亦不能真见色，所以说情极成佛。色即是空，空即是色，想必这就是诗僧齐己看到的落叶。

"萧骚微月夜，重叠早霜晨。昨日繁阴在，莺声树树春"，落叶在月夜萧骚微响，在早晨叠着寒霜，是的，这些都很正常，可仿佛就在昨天，它们刚刚生出，繁荫满树，黄莺声声尽叫不停。黄莺哪里去了？绿荫哪里去了？就连这些落叶，最终也都不知哪里去了。

它们还会再来，诗人也这么说。齐己在另一首同题诗中，后四句写道："煮茗烧干脆，行苔踏烂红。来年未离此，还见碧丛丛。"烧落叶煮茶，干叶噼啪脆响，青苔上的落红被踏烂，来年如果还在这里，那时又将见到碧丛丛的新叶了。

一首诗和它的译诗

落叶哀蝉曲

［汉］刘彻

罗袂兮无声，玉墀兮尘生。

虚房冷而寂寞，落叶依于重扃。

望彼美之女兮，安得感余心之未宁？

此诗出自东晋前秦王嘉的志怪小说集《拾遗记》，据称系汉武帝刘彻所作，武帝追思已逝的李夫人，因赋落叶哀蝉之曲。

这首诗的前四句，读之如见武帝徘徊在李夫人昔日闺房，回忆的片段一一闪现，李夫人的音容与眼前的空冷叠加在镜头中。他看到的每样东西，说出的每个词，都有那人消失了的嘴唇，都能听见逝者的哀音。

我们读每一句，读出的也都是相反的意思。"罗袂兮无声"，这是武帝此时所见，此时的无声正来自彼时的有声，可以想见李夫人曾穿着罗衣举袂歌舞，或在房中坐卧行走，随着她的一举一动，罗袂发出窸窣的声响。"兮"虽是语气词，没有实义，但在情感节奏上，却别有深味，我们可以想象武帝的目光停留在罗袂上，回忆并思念着那些美丽的声响。

玉墀、虚房，也是一样。没有人在，台阶上落满厚厚的灰尘。人不在了，房子也会发冷，也会寂寞的。落叶堆在重门前，进一步加重死寂的气氛。最后两句抒情："望彼美之女兮，安得感余心之未宁？"逝者长已矣，生者如斯夫！

若问这首诗的诗眼何在，从诗中不容易看出来，也许诗题可以给我们提示——《落叶哀蝉曲》，不是落叶就是哀蝉。诗中并没有写到蝉，但我们知道哀蝉比的就是汉武帝。那么落叶呢？除了李夫人，还能是谁？

这个隐喻被美国诗人庞德（Ezra Pound）破解，不懂汉语的他，根据一位美国汉学家的译诗，天才地改写了《落叶哀蝉曲》。他抓住的诗眼正是"落叶"，改写后的英文诗如下：

Liu Ch'e

The rustling of the silk is discontinued，

Dust drifts over the courtyard，

There is no sound of footfall，and the leaves

Scurry into heaps and lie still，

And she the rejoicer of the heart is beneath them：

A wet leaf that clings to the threshold.

诗题直接用汉武帝的名字"刘彻"，立刻就有了现代性。也就是说，在这首诗中，刘彻不是作为皇帝，而是作为一个普通的人在缅怀他死去的爱人。

原诗后两句的直接抒情，也被他大刀阔斧砍掉了。全诗以单纯的意象来呈现，且额外补充了一些细节，使诗境更有暗示力。前四句用了原有意象之后，他在最后两句凭空创造了一个"恐怖"的意象：一片潮湿的叶子粘在门槛上。

庞德的译文诗已经远远超出了翻译本身，他是在原诗的基础上，创作了一首属于他自己的诗。因其突出地体现了意象派诗歌的特点，这首英文诗也被公认为美国诗歌史上的杰作。

我们来把庞德的英文诗直译成中文，看看又会变成怎样：

> 罗衣的窸窣不再作响，
>
> 尘埃在庭除漫游，
>
> 听不见任何脚步，而落叶
>
> 疾飞成堆，静静地躺着，
>
> 她，我心的欢愉在它们之下：
>
> 一片潮湿的叶子粘在门槛上。

你能说这是《落叶哀蝉曲》的白话文翻译吗？你能说它们是同一首诗吗？

坐在月下，和月亮说一会儿话

又近中秋。故乡的月亮，
还将那样圆、那样明吧？
父母仍将一如往年，把炕桌摆在庭院，
献上月饼、苹果，供三支香，候明月东上。
中秋的月亮，那么明、那么净，
那么凄凉——
曾经明明白白照着我们的贫穷，
还将明明白白照着我们的空房。

秋风清，秋月明

秋风词

［唐］李白

秋风清，秋月明，
落叶聚还散，寒鸦栖复惊。
相亲相见知何日，此时此夜难为情。

什么是相思？李白以这首诗告诉你：相思清似秋风，明如秋月，不安如落叶寒鸦，煎熬在此夜此时。相思可长可短，喜忧参半，相思的滋味，就像这个秋天的夜晚。

这首诗，当时叫"三五七言"，后来的文人倚声填词，称"曲子词"。据清代学者赵翼的《陔余丛考》，三五七言诗起于李太白，"秋风清，秋月明"一首，此其滥觞也。太白这首是否为创体，尚有争议，也许之前已有此格式，属于唱和诗体，各人在创作时依具体内容再相应命题，如"秋风清""江南春"等。不论如何，因为李白《秋风词》的影响力，清人将此词作为创调而收入了《钦定词谱》。

诗词的字面意思很简单，然而我们都知道，诗言所表大都不是字面意思，诗歌是修辞喻说的艺术。修辞不是为了装饰，喻说也不是为了故弄玄虚，都是为了从字面折射出另外的意思，那层意思是语言无法直接说出的，只能通过暗示去体会，那层意思才是诗。

太白的《秋风词》，每一句都很有蕴藉，使人遐想。"秋风清，秋月明"，不论惬意还是忧伤，你都会感觉到那个时空，置身于古老而单纯的情境。秋风清，秋月明，也许只是唤起你心中温柔的朦胧，某种久已遗忘的情景，清风和明月正在为你低声吟咏。

"落叶聚还散，寒鸦栖复惊"，这两句颇不安。落叶随风聚散，此为眼见；寒鸦栖而复惊，此系耳闻。眼见耳闻这般惊心，因为秋夜寂静，也因为诗中有一个人。

此人是谁？"相亲相见知何日，此时此夜难为情"，从这两句心情依稀可见一个侧影，但能清晰地听见其心声。此人不是别人，正是我们每一个人。这是李白的秋夜，也是过去、现在和未来的任何人的一个秋夜。

诗中所写并非某种个人的情绪，亦非简单的集体情绪，而是人性中普遍存在的一种情境，因此也可以说，这是一首普适的诗，所有人都可以从中读到自己。

谁是幽人？

秋夜寄丘员外

[唐] 韦应物

怀君属秋夜，散步咏凉天。

空山松子落，幽人应未眠。

《秋夜寄丘员外》，又是秋夜，又是丘员外，真是个美丽的巧合。不仅念出来好听，叠以"秋"音，亦平添几多凉意。

丘员外者，名丹，苏州人，曾拜尚书郎，后隐居临平山学道。在这个寂凉的秋夜，韦应物怀念并写诗给他实非偶然。第一句"怀君属秋夜"，即可感知诗情兴发的因缘。

秋夜是什么感觉？宁静，清凉，寂寞，也许还有莫名的失落，酒阑人散的伤感，盛衰流转的空虚，等等。在这样的夜晚，天凉如水，闲庭独步，你怀念的不会是一个身处喧嚣尘世的功利俗人，而肯定是一个高洁不凡的"幽人"。

李白的诗《山中答俗人问》："问余何意栖碧山，笑而不答心自闲。桃花流水窅然去，别有天地非人间。"太白为何笑而不答，正因问者是个俗人，答了对方也不会明白，故以不答答之。

韦应物在凉夜散步，想起弃官隐居的丘员外。不劳查阅背景资料，我们也可隐约猜知，诗人想到丘员外，其实就是想到他自己。虽然一生身在仕途，但韦应物心中似乎始终有个背景，或曰人生的底色，即他的出世之情。这个背景，从他多次闲居寺院，从他与僧道的交游，以及从他的诗中皆可得见。

人的存在不只是这个显在的"我"，我所见的、所做的、所说的、所爱的、所恶的、所想的，无不是我的一部分，所谓万法皆我。韦应物怀想丘员外，也是他内心的一个显化，是他想象中的另一种生活。

"空山松子落，幽人应未眠"，表面上看，是他在想象空山和丘员外，丘员外或许真的未眠，但我们无从知晓，也不重要。纵使诗人文思神远，视通万里，所想画面合乎事实，他的想象仍是他的想象。对于诗境，真正重要的是以我揣彼这份情致，就像白居易的"晚来天欲雪，能饮一杯无"，幽情淡景，意态闲妙。

幽人未眠，谁是幽人？是丘员外，更是诗人自己。

十五夜望月

十五夜望月

［唐］王建

中庭地白树栖鸦，冷露无声湿桂花。

今夜月明人尽望，不知秋思落谁家。

中秋节，在我的家乡不叫中秋节，只叫"八月十五"，如同元宵节也不说元宵节，只说"正月十五"。初一、十五，这些词本身寓意已足。

"十五夜望月"，就是中秋望月。如果颠倒词序，改成"望月十五夜"，感觉有什么不同？词序改变，焦点也随之改变，"十五夜望月"，十五夜是背景，望月的动作是焦点。读唐诗，先需玩味诗题，切莫囫囵滑过。

此诗题下原有一句小注，曰："时会琴客。"据此可以推知，诗人望月时并非孤身一人，而琴曲中有《秋思》，既与琴客聚会，诗中所说的"秋思"，也一定特有所指。

然而奇怪的是，在这首诗中，我们几乎感觉不到其他人的存在，似乎只有诗人独自在月下怅望。这是为什么？我们来读诗。

"中庭地白树栖鸦"，月光落在中庭，树上悄然无声，"地白"和"栖鸦"，是月夜在视觉和听觉上的感受。"冷露无声湿桂花"，夜露的冷和湿桂花的香，来自触觉和嗅觉。强烈的身体体验，传递出月夜凝重的寂静，静得没有人似的。

我们知道有个诗人在现场，他在用感官觉知这个月夜，但只是觉知，不做任何判断和解释。不一定真有桂花，可能是他在望月，久久痴望，从月中隐约的桂树上，幻化出了桂花香，如同唐初宋之问在《灵隐寺》中所写："桂子月中落，天香云外飘。"

"今夜月明人尽望"，这句传出诗人的声音，像一个画外音，尽望之人，有他遐想中的天下人，有他怀念的某些人，也包括正在望月的他自己。

最后一句"不知秋思落谁家"，诗序中所注的琴客，方始现身。知道了与琴客聚会的背景，我们可以重新感受开头的寂静，正是在欢会琴声告终之时，中庭地上月光之白，才骤然被看见，树间寒鸦的无声，才顿时被听见。接着从寂静中触到露水的湿冷，袭来桂花的芬芳。欢聚之余，诸人清宵望月，感叹琴客曲中的秋思，不知今夜将落向谁家。

若不知时会琴客，也不妨碍其为好诗，只不过情景稍有不同。没有琴客，我们可将"秋思"还原为字面意思，即感秋之思。中秋佳节，普天之下同望一月，有人团圆，有人离散，感秋之意，苦乐各别。"不知秋思落谁家"，一个"落"字，如同月光，慈悲浩荡。

中秋岂可无月

中　秋

[唐] 司空图

闲吟秋景外，万事觉悠悠。
此夜若无月，一年虚过秋。

中秋无月，也不是没有过。诚如诗人所言，没有月亮，不仅虚过了中秋节，而且整个秋天都虚过了。

秋天的月亮都好，风清月白皆良夜。七月十五、九月十五，就是八月十四、八月十六，这些夜晚的月亮，相信不比中秋夜逊色多少，十六的月亮还更圆呢。元代诗人方回的《中秋前夕三首》之一曰："山头月到天心小，林下秋生夜半寒。不待明朝已三五，四更仍续五更看。"可见，中秋前夕的月亮已经令他诗兴大发。

然而，中秋节就是特别，十六的月亮再圆，也没有中秋的好看。这就像重阳节的菊花，过了重阳，明日黄花蝶也愁。也不知司空图此夜有月无月，听语气像是月亮还没出来，也可能雨过天晴，险些无月而有此叹。

"此夜若无月，一年虚过秋"，为什么会有这种感觉？原因还在于前二句："闲吟秋景外，万事觉悠悠。"秋天就是这样，大戏谢幕，水落石出，但觉万事悠悠。

我不知道月亮是什么，是一颗卫星，一颗行星，一个梦，或是一个神？但我能体验到月亮盈缺唤起的情感潮汐，也能切肤地觉知月光温柔的注视。秋天，当苹果树上的灯熄灭，我们需要一个中秋节，需要坐在月下，和月亮说一会儿话。

和月亮说的话

中秋月二首

[唐] 李峤

盈缺青冥外，东风万古吹。

何人种丹桂，不长出轮枝。

圆魄上寒空，皆言四海同。

安知千里外，不有雨兼风。

中秋赏月，仰望明月时，我们大概都会和月亮说说话，或问一些月亮上的事。比如在月亮下许愿，问月亮冷不冷。比如这样的对话：孩子问妈妈月亮上有没有人，妈妈说有嫦娥。孩子又问嫦娥是谁，妈妈说是古代的一个美女。孩子再问为什么她会在月亮上？她在那里做什么？妈妈可能会讲嫦娥奔月的故事，也可能嫌烦就说不知道。不论妈妈回答什么，都会使孩子更加好奇。

对于我，月亮从来都很神秘，小时候是，如今更是，哪怕人类早已登月，也依然是。

李峤的两首诗，便是对月亮提出的两个问题。先来看第一首诗问了什么。

"盈缺青冥外，东风万古吹"，月亮在青天之上盈缺，而万古东风年年吹拂，长养万物。"何人种丹桂，不长出轮枝"，不知是谁在月中种下的丹桂，为何千万年却不见枝丫长出月轮呢？

这无疑是孩子的天真视角，作为现代人，我们比古人对月亮有了更多的了解，可以很轻松地回答诗人：月亮上没有丹桂，你认为的桂树是环形山的阴影，而且月亮比在地球上所见要大得多。

第二首诗的发问更有意思，在今天仍不过时。"圆魄上寒空，皆言四海同"，都说四海都是同一个月亮，谁知道千里之外，正刮风下雨而没有月亮呢，即"安知千里外，不有雨兼风"。

我们知道只有一个月亮，就算刮风下雨，月亮也还在的，只是看不见罢了。千里之外或许是，但万里之外呢？隔着半个地球，我们在不同时间看到的是同一个月亮吗？南半球和北半球共享的是同一个季节的月亮吗？

　　"海上生明月，天涯共此时"，若是你那里有月亮而我这里下雨，或者你那里是夜晚而我这里还是白天，正因为只有一个月亮，我才无法真正感觉与你天涯共此时。

碧莲玉笋世界：山川相间

十年一觉扬州梦：杜牧的扬州记忆

李白的印象江南

山为樽，水为沼：湖上泛舟

陶渊明：田园将芜胡不归？

秋日漫游：醉弄扁舟

十年一觉扬州梦：杜牧的扬州记忆

唐大和七年（833 年），进士及第已五年的杜牧，被淮南节度使牛僧孺授予推官，转掌书记，居扬州，时年三十一岁。

杜牧在扬州的时间很短，只有两年。他对扬州的记忆却很长，也许长过了他的一生。

离开多年，他仍不断追忆扬州，写诗怀念，亦是悼念：那些时光，那个地方，那些人，以及那个自己。

记忆如同一面镜子，当你向它的深处凝视，那被你看见的一切，也在看着你，也在把你回忆。

而当我们读这些诗时，所有纸上的记忆，再次从镜子的深处走出，并向未来倾倒而去。

春天，遂想起江南

江南春

［唐］杜牧

千里莺啼绿映红，水村山郭酒旗风。

南朝四百八十寺，多少楼台烟雨中。

江南的春天，草长莺飞，花红柳绿，小桥流水，画船听雨……以四句诗囊括之，只能写意。诗题为《江南春》，系杜牧初游江南时，有感于景物之繁丽，并追想南朝盛日而作。诗中不仅有春景写意，更展开了空间的广阔与历史的纵深，足见其大手笔。

"千里莺啼绿映红，水村山郭酒旗风"，若说这两句像拍电影，镜头快速掠过江南大地，我们随之一一看见，亦无不可，但诗的想象实则过之。

在有限的取景框和时间线上的电影镜头，如何能展现"千里莺啼"？固然可以镜头的迅速移动来表现，但仍不具有即刻的共时性。而文字在我们的想象中，便能当即共时呈现"千里莺啼绿映红"的辽阔场景。

对于第一句，明代杨慎曾在《升庵诗话》中说："千里莺啼，谁人听得？千里绿映红，谁人见得？若作十里，则莺啼绿红之景，村郭、楼台、僧寺、酒旗，皆在其中矣。"

提出这样的质疑，真叫人怀疑杨慎不懂诗。天地古今皆能当下入于一心，何必定要以耳目才能见闻？若必以眼见耳闻为实，殊不知乃反被眼耳所蒙蔽，画地为牢矣。千里万里月明，不用眼见，心已了然。

再看前二句之景。若以绘画来表现，恐怕十扇锦屏，也铺排不开那种广阔的空间感，更毋论后二句的历史纵深。这也足见诗歌作为语言的艺术，有其他艺术形式难以企及之处，作为人类，我们从一开始就诗意地栖居在语言之中。

"千里莺啼绿映红"，何其明媚，何其鲜妍！春景晴朗跃然纸上。"水村山郭酒旗风"，村庄与城郭，掩映于青山绿水，暖风吹着酒旗，吹得沉醉。这样的江南，也许至今仍能激发起很多人的帝国想象。

诗人接着果真在遥想帝国："南朝四百八十寺，多少楼台烟雨中。"东晋至南朝，流亡江南的北方贵族，从最初的新亭对泣，到后来重新构建文化身份，山水给予了他们重要的精神抚慰。

关于这两句诗究竟是讽喻还是赞美，向来亦有争议。以前二句铺开的场景来看，当属赞美江南作为六朝古都曾经有过的繁华。主张借古讽今的观点认为，杜牧是在讽喻唐朝滥修佛寺。杜牧的确反对寺院经济造成的民生凋敝，但他走到哪里都很喜欢逛寺院，在宣州时经常去开元寺，并题诗《题宣州开元寺水阁》，更在《念昔游》中称自己"倚遍江南寺寺楼"。

南北朝时，佛教大盛。读《洛阳伽蓝记》，可知仅北魏都城洛阳就有佛寺近两千所。"南朝四百八十寺"，这里的"四百八十"并非确数，不过是唐人强调数量之多的一种表达。"多少楼台烟雨中"，笔锋一转，带出了历史的景深。

杜牧真的看到那些佛寺楼台了吗？也许这个问题比烟雨本身更加迷离。南朝修建的佛寺，至晚唐时多已湮灭。"多少楼台"，是说楼台多，还是楼台少？诗之妙即在于此，其实这里的少就是多，多就是少。南朝遗迹残存既少，所以才遥想曾经楼台之多；遥想昔时楼台之多，则感慨今日楼台之少，所以多与少实则不二。

"多少楼台"并非实有，也并非实无，它们是从回忆中再现的情景，亦虚亦实。下雨天会改变人对时间的体验，时间变慢，变得模糊，过去、现在、未来浑融交错，如果仔细倾听，甚至能听见往事在雨中走动的脚步声。

大诗人博尔赫斯有一首诗，就叫《雨》，他写道：

> 突然间黄昏变得明亮
>
> 因为此刻正有细雨在落下
>
> 或曾经落下。下雨
>
> 无疑是在过去发生的一件事。
>
> 谁听见雨落下
>
> 谁就回想起
>
> 那个时候，幸福的命运向他呈现了
>
> 一朵叫玫瑰的花
>
> 和它奇妙的鲜红的色彩。
>
> （陈东飙译）

杜牧的《江南春》，不仅多少楼台，就连曾经存在过的南朝，也从烟雨中浮现回来。这首诗之所以素负盛誉，正在于仅短短四句，既括尽春景，又铺开广阔的时空，更有深邃迷离之幽思，容量实在大得惊人。

春风十里不如你

赠别二首

〔唐〕杜牧

娉娉袅袅十三余，豆蔻梢头二月初。

春风十里扬州路，卷上珠帘总不如。

多情却似总无情，唯觉樽前笑不成。

蜡烛有心还惜别，替人垂泪到天明。

　　读杜牧的七言绝句，最直观的感受是其音调的华美、和谐。虽不及李商隐的声音迷醉，亦不及李商隐用情之深，然而自有一种平和甜柔之美。

　　杜牧出身京兆杜氏，其祖父杜佑官至宰相。他少时成名，二十三岁即写出《阿房宫赋》，是二十六岁进士及第的京城贵公子，在扬州自是才子风流，况且当时他才三十岁出头。两年期间，杜牧颇好游宴，放浪形骸，多与青楼女子往来。

　　《赠别》的佳人，就是其中一位歌妓。第一首写那女孩的美丽，写得实在很美。"娉娉袅袅"，比绰约更添妩媚。女孩十三岁，以今天的标准还只是个孩子，在古代则是已经戴钗而将及笄待嫁的年龄。豆蔻产于南方，南人摘其含苞待放者，称之"含胎花"，豆蔻年华指的就是十三四岁。"豆蔻梢头二月初"，杜牧不仅将小歌妓比作豆蔻花，且花在梢头，且在二月初，更觉可怜可爱。

然而无论比作什么花，女孩的美都只能悦目，很难入心。一、二句写得再美，也是铺垫，先看看模样，留个表面的印象。三、四句才见其真心，"春风十里扬州路，卷上珠帘总不如"。扬州是当时交通便利、经济发达的城市，春风十里扬州路，路上无尽繁华无限风光，都被"总不如"一笔抹杀。

稍有歧义的是谁在"卷上珠帘"，是扬州路上众多歌台舞榭的其他女子呢，还是那女孩卷上珠帘在等他？若是说别的高楼红袖卷帘相招，但总不如她好，诗意也通；若是说那女孩卷帘在等，便是春风十里总不如你了。"春风十里"这个意象更丰富，它不仅包括了扬州路上所有的舞榭歌楼，也包括了春天的一切美好。春风十里的一切美好，都不如你好。

其实这首诗还有个潜在的好，就是诗中的女孩没有名字。不像诗词中经常被写到的那些歌妓舞女，叫什么小莲、小苹、小玉、小红，那女孩必定有名字的，但杜牧没提。没提才珍贵，才私密，也能算金色化离。

第二首到了离别的时候。"多情却似总无情，唯觉樽前笑不成"，这两句写得很真切，写出了人之常情、真情。到了离别之际，多情反似无情，想强颜欢笑却笑不成。"却似""唯觉"，可以是诗人的视角所见对方，可以是诗人自己的心情，也可以是二者共有的心境。

"蜡烛有心还惜别，替人垂泪到天明"，没有说出的话，没有流下的泪，蜡烛都替人做了。古诗常用烛泪写离人的悲哀，杜牧这两句平淡，不如李商隐的"蜡炬成灰泪始干"说得痛彻。

"到天明"三字，可以想见离别之夜，二人的无眠和煎熬。

杜牧才高，情却不够深重，《赠别》二首写得巧丽，总觉带些轻薄，远不如李商隐同写惜别的《无题》："相见时难别亦难，东风无力百花残。春蚕到死丝方尽，蜡炬成灰泪始干。晓镜但愁云鬓改，夜吟应觉月光寒。蓬山此去无多路，青鸟殷勤为探看。"字字句句，饱含深情。

十年一觉扬州梦

遣　怀

［唐］杜牧

落魄江湖载酒行，楚腰纤细掌中轻。

十年一觉扬州梦，赢得青楼薄幸名。

离开扬州十年之后，杜牧仍在怀念。他怀念的是什么？

他怀念那段时光。"落魄江湖载酒行"，其实当时也谈不上落魄，不过是幕僚生活不如意罢了。凡事到了回忆的时候，到了把回忆写下来的时候，从前的不如意，哪怕真的是落魄，似乎也都美如传奇。

他怀念那女孩。"楚腰纤细掌中轻"，她仍是十年前的样子，那朵"豆蔻梢头二月初"。在诗人的记忆里，在诗人的诗中，她永远不会老去。二十年、三十年后，她将仍是当时的样子。但如果回扬州，如果再见面，可能人物俱非，连这份怀念也将丧失。

他怀念扬州。"十年一觉扬州梦"，当年离开扬州，回京任监察御史，分司东都，貌似无限前程。世事无常，十年之后，仍旧一事无成，追忆扬州，真如一梦。

他怀念她的怀念。"赢得青楼薄幸名"，如果十年还没有漫长到足够忘记一个人，至少可以改变怀念。不再是天天怀念，不再把怀念当成饭吃，偶尔怀念只是出于习惯，且对没有彼此的生活也已习惯。当他再次怀念扬州，他似乎听见她对他的怀念也已改变，她大概认定他是个薄幸的人了。

晚唐诗人韦庄的《菩萨蛮》组词五首，最后一首也是遥想留在洛阳的那人，将如何想起他，当等待一再落空，她可能也会以为他是个薄情的人。然而他的心情，却如词末二句曰："凝恨对斜晖，忆君君不知。"情境类似，韦庄虽出之以词，却比杜牧的诗更深沉，更有切肤之痛。

刘永济先生在《唐人绝句精华》中评此诗曰："才人不得见重于时之意，发为此诗，读来但见其兀傲不平之态。"换句话说，也就是自伤怀才不遇，并非怀念青楼女子，也并非怀念扬州。

想想也有道理。杜牧是个热衷功名的人，假如那十年平步青云，功成名就，他还会不会有上述的种种怀念？"赢得青楼薄幸名"，终归不是为那女孩而发，而是他的顾影自怜，对自我命运的一声哀叹。

李白的印象江南

　　唐开元八年（720年），二十岁的李白离开故乡绵州昌明，游省会锦城与峨眉山。自十五岁始，饱读诗书及诸子百家的他，已尝试以诗赋干谒蜀地一些社会名流，在小范围内得到肯定。此次出游，他想看看更大的世界。途中幸遇出任益州长史的礼部尚书苏颋，三十多年后李白仍自豪于苏颋当时的夸赞："此子天才英丽，下笔不休，虽风力未成，且见专车之骨，若广之以学，可以相如比肩也。"（《上安州裴长史书》）

　　苏颋二十岁中进士，唐中宗时任中书舍人，专为皇帝起草文诰。接见李白时，他五十岁，深受唐玄宗赏识，被封为许国公。当时的宰相张说被封燕国公。燕、许二公都是被宠极一时的文章大手笔。

　　李白听了这几句夸奖，如获神谕。第二年，他归家昌明。此年与他同岁的王维中进士。此后三年，李白隐居匡山读书。杜甫忧心李白的诗《不见》最后呼唤的"匡山读书处，头白好归来"，即是这里。

　　724年，春三月，李白再次去成都、峨眉山，而后至重庆，自三峡舟行东下，从此开始了他漂泊不定的一生。

扬州一年，散金三十余万

李白乘舟顺流而下，先到江陵，与颇受唐玄宗器重的道士司马承祯相遇，被目为"有仙风道骨，可与神游八极之表"。然而，与苏颋的夸奖相同，或为对方一时兴起之语，李白并未因此被荐举。

按照唐代的相关规定，商人家庭出身的士子，没有资格参加科举考试。此路不通，李白似乎也不以为意，他相信通过干谒，必将遇见他的伯乐。

离开江陵后，李白途经洞庭湖，来到江南，先在金陵停留数月，726 年初，抵达广陵（今江苏扬州）。江南春暖，草长莺飞，李白在这里度过了纵情欢乐的一年。

对 酒

[唐]李白

蒲萄酒，金叵罗，吴姬十五细马驮。

青黛画眉红锦靴，道字不正娇唱歌。

玳瑁筵中怀里醉，芙蓉帐底奈君何！

这首行乐辞可谓"字字香艳"。葡萄酒，金叵罗，皆出自西域。李白饮酒很讲究酒器，酒之色以酒器衬之。他在东鲁的饮酒诗《客中作》曰："兰陵美酒郁金香，玉碗盛来琥珀光。但使主人能醉客，不知何处是他乡。"兰陵美酒盛在玉碗中才能晶莹剔透如琥珀之光。西域葡萄酒，以西域金叵罗饮之，才更醇正华贵。

吴地十五岁的歌伎，不是骑在马上，而是由小骏马驮来。出场就天真烂漫，慵懒可爱。观其装束，"青黛画眉红锦靴"，又秾丽重彩，与烂漫之态映照，更觉楚楚可怜。

太白写女子，设色之美，可从文字中闻见香气。"日照新妆水底明，风飘香袂空中举"（《采莲曲》）、"秦地罗敷女，采桑绿水边。素手青条上，红妆白日鲜"（《子夜吴歌·春歌》），皆是例证。

再听吴姬唱歌，却是"道字不正娇唱歌"。咬字不正，更觉娇媚。这大概是李白作为外地人，对江南歌伎口音的一个特别感受。他在写给另一位金陵歌伎的诗《示金陵子》中也说："楚歌吴语娇不成，似能未能最有情。"道字不正，在诗仙听来尤其有味。

最后的玳瑁筵和芙蓉帐，文字上已觉华美铺张。可以想见李白在醉眼迷离中，吟出这首《对酒》的情景。初到江南，年少轻狂，放浪形骸，可窥一斑。不由联想到晚唐诗人杜牧的《赠别》："娉娉袅袅十三余，豆蔻梢头二月初。春风十里扬州路，卷上珠帘总不如。"同写吴地的歌伎少女，多情才子和酒中诗仙的感觉就很不一样。

二十多年后，李白在写给安州（今湖北安陆）长史裴宽的信《上安州裴长史书》中，回忆在扬州的这一年："曩昔东游维扬，不逾一年，散金三十余万，有落魄公子，悉皆济之。"如果没有被老年的回忆过度美化，那么上面苏颋的夸奖和扬州散金则可以全信。可惜的是，他在这封信中自夸的光辉事迹，俱往矣！苏颋、司马承祯的赏识并未付诸行动，千金散尽也没有复来。然而，李白为人好任侠，傲视权贵，视钱财如粪土，对此倒也并不挂怀。

印象江南女子：屐上足如霜

离开扬州之后，李白去了安陆，在那里结识了孟浩然，并被前宰相许圉师招为孙女婿。在安陆白兆山桃花岩过了一段短暂的家庭生活，然后继续四处漫游寻找出路。直到742年，结识道士吴筠，并随之进京。经吴筠、贺知章和玉真公主的引荐，李白终于步入仕途，任供奉翰林。然而御用文人的差事令他感到无聊和空虚，于是与贺知章等日日在长安市上酒家眠。不到三年，在送贺知章告老还乡之后，李白被赐金放还。此后在各地继续漫游，747年，他再度来到江南，其后两年，辗转于金陵、扬州、姑苏、会稽之间。

越女词五首

[唐] 李白

长干吴儿女，眉目艳新月。

屐上足如霜，不著鸦头袜。

吴儿多白皙，好为荡舟剧。

卖眼掷春心，折花调行客。

耶溪采莲女，见客棹歌回。
笑入荷花去，佯羞不出来。

东阳素足女，会稽素舸郎。
相看月未堕，白地断肝肠。

镜湖水如月，耶溪女似雪。
新妆荡新波，光景两奇绝。

　　纵观整组诗，并非仅写越女，实为诗人对江南女子的印象合集。关于这组诗的写作时间，说法不一，有说初游江南时，有说任翰林之前，也有说放还之后再游吴越时。不论写于何时，《越女词五首》纯写吴越女子而已，并不涉及诗人个人经历。

　　吴越女子给李白的印象，一言以蔽之：白。除了第三首"耶溪采莲女"，其余四首都写这些女子的白皙，尤其是足。可见"一白遮百丑"由来已久，非虚言也。而与别处的女子相比，江南女子更白更美。李白对此印象深刻，大为称赏。

　　六朝以前，北方多佳人。《诗经》中的庄姜是齐国人；"北方有佳人，绝世而独立。一顾倾人城，再顾倾人国"，《佳人歌》所唱的李夫人是河北人；《古诗十九首》中"燕赵多佳人，美者颜如玉"，也在北方。

　　南渡以后，北方的贵族对吴越的民间乐曲、吴侬软语以及吴越女子都倍感新鲜，终成好尚。及至唐代，已是"人人尽说江南好"，江南也从此超越了地理范畴，而成为文学想象中一个美丽的存在。

第一首"长干吴儿女"，写建邺（今江苏南京）普通民间女子。长干为吏民杂居的里巷。李白乐府诗《长干行》所咏故事也以此为背景。吴女儿眉清目秀，明艳如月。《诗经》中"巧笑倩兮，美目盼兮"，与此"眉目艳新月"，俱能传美人之神。"屐上足如霜"，女孩穿着木屐，没穿袜子，一双脚被诗人瞥见。

第二首"吴儿多白皙，好为荡舟剧。卖眼掷春心，折花调行客"，首先也是白。不仅白皙，还风情万种，很会撩行客。

第三首以下咏越女。"耶溪采莲女"，若耶溪，西施浣纱处。李白写越女，多写耶溪，写耶溪则必写采莲。江南可采莲，自汉代始然。采莲女亦平民女子，与吴女儿的活泼大胆不同，一看见陌生人，她便佯羞划船藏进荷花荡里。

第四首由谢灵运诗《东阳溪中问答》所化。谢诗二首，以男女问答的民歌形式写出。男行舟在溪上问："可怜谁家妇，缘流洗素足。明月在云间，迢迢不可得。"女洗足于溪畔答："可怜谁家郎，缘流乘素舸。但问情若为，月就云中堕。"

东阳即今浙江绍兴，但不必纠结具体的地名，当作越地民间情歌即可。李白的"相看月未堕，白地断肝肠"，是对谢灵运诗的回应，也是他乘舟在溪上的心情。

最后一首写越女于镜湖上的情景。女白如雪，湖水似月，新妆照在水中，水与人交相辉映。视觉上的耀目，读之亦令人迷眩。

为才所害的天才

江南春怀

〔唐〕李白

青春几何时，黄鸟鸣不歇。

天涯失乡路，江外老华发。

心飞秦塞云，影滞楚关月。

身世殊烂漫，田园久芜没。

岁晏何所从？长歌谢金阙。

李白此番再游江南，距那个玳瑁筵中醉吴姬的青年，已隔了二十年。弹指之间，二十年像做了一个梦，两手空空。年轻时做着对世界的梦，而且是美梦。如今梦醒，明知岁既晏兮孰华予，却仍恋着那个梦。孔子暮年喟然而叹：甚矣，吾衰矣！久矣吾不复梦见周公！也是明知时日不多，却仍不能放下周公。

短暂的仕宦生涯，留给李白的感受很复杂。他对"玉手调羹""贵妃捧砚""力士脱靴"之类的神待遇颇感荣耀，同时又无法否认自己内心深处的挫败和幻灭感。

这首《江南春怀》，往日壮志黯然消沉。人的青春就像春天，短短几日，还没过完，黄鸟已不停地悲鸣。年华老去，故乡难归。身滞楚关，心飞长安。快五十岁了，空有一身疲惫。"田园久芜没"，李白可能自愧不如陶渊明，渊明发出"田园将芜胡不归"的感慨，毅然弃官归田，而他却田园久芜仍不归去。最后一句虽说再无仕进之意，但也只是说说而已。

细览李白年谱，最后不禁悲叹：这是怎样可怕的一生啊！少年时即被高人名流赏识，但却没有仕进的机会，到处干谒，四方漂泊。他到底在寻找什么？四十一岁任翰林供奉，三年仕途，李白或许应该反思什么是自己适合做的。他生来就是诗人，而非仕途中人。然而那时写诗并不能赋予诗人真正的成就感，因此李白一生都在寻寻觅觅，寻找某个不适合他的东西，或许根本就没有的东西。这才是他最大的悲剧：为才所害。自恃天才，所以不甘一事无成。

755 年，安史之乱爆发。次年，五十六岁的李白因入永王李璘幕府而获罪流放夜郎。所幸走到巫山遇赦而返。然而在死前一年，李白再次流落金陵，靠人赈济为生。曾经仰慕过李白诗才的金陵子弟，以及子弟的后代们，对于他的诗已经兴趣寡然。听说李光弼出兵东南，李白主动请缨，但因病半道而返。762 年，李白客死安徽当涂县李阳冰处，作《临终歌》仍自比大鹏。据称，李白死前曾因走投无路而精神失常。这便是一个天才的下场，不敢相信，也只能再次相信了。

山为樽，水为沼：湖上泛舟

从前在大河南边，还有一条蜿蜒的小河，流过树林，流过野地。记得小河两岸生着茂草，河水和井水一样清，小鱼小虾游弋其中。我曾四处打听它的名字，有人说没有名字，有人说就叫小河，有人说叫清水河。

后来，清水河消失了，如今那里是一片工业区。我时而忆起，如在梦里，竟也不禁自问，那条小河是否真的有过？

据《中国新闻周刊》2013年6月20日报道，全国第一次水利普查结果显示，此前二十年间，中国有超过两万条河流消失，黄河、岷江、大渡河、澜沧江等大河的支流，出现了一个又一个干涸的河床。而幸存的河流，专家声称，也大多"疾病缠身"。

这则报道令人心碎。近些年很多人在努力拯救河流……

我们不妨跟随王维、李白、戴叔伦、欧阳修几位诗人，去看看那些或许已经消失了的河流湖泊，一起沿途走走，一起湖上泛舟。

一条无忧无虑的小溪

青　溪

［唐］王维

言入黄花川，每逐青溪水。

随山将万转，趣途无百里。

声喧乱石中，色静深松里。

漾漾泛菱荇，澄澄映葭苇。

我心素已闲，清川澹如此。

请留磐石上，垂钓将已矣。

　　不是名山大川，也没有人文典故，只是一条无名无姓的小溪。和我童年的清水河一样，水也很清，当地人叫它"青溪"。或许"青"应是清澈的"清"，民间口语为事物命名时常会发生这样的美丽错误，大家习惯了这么叫这么写，便因袭而不必再改了。但也许"青"字的确有颜色上的指称，石上可能生着青苔，沿岸草木苍翠倒映水中，将溪水染成青色。不管哪样，总之溪水很清。

　　"言入黄花川，每逐青溪水"，黄花川与青溪水，文字上色彩交错，相互照应。有注释称黄花川在今天的陕西省凤县东北黄花镇附近。言之凿凿，当属可信。但黄花镇肯定得名于黄花川，河流比村镇的历史更久远。河岸开着黄花的小河，今尚在否？

　　青溪应是黄花川的支流，"每逐"表明王维来此不止一次，这是最让他流连忘返的一段溪路。长不及百里，然而其境清幽，千回万转，趣味无穷。尤其"逐"字，爱一条小溪，就会逐着水流，看它经过哪里，会把你带到哪里。青溪似乎能把人变成一个天真的孩子。

世俗如武陵渔人，当他忽逢桃花林，不禁好奇而欲穷其林，也竟撞进了桃花源。可惜的是，武陵渔人终非神仙中人，所以身在桃源却并不留恋，所以他急着出去急着报告太守，所以后来再没有寻到（陶渊明当然不会叫他找到）。

诗人王维逐山万转，虽未逢桃花源，而他所感之境，又哪一处不是桃花源呢。桃花源只属于心里有桃花源的人，它存在于梦境般的精神空间，世俗力量偶尔闯入但不可能掌控它。这才是陶渊明的寓意吧？

绕回青溪。"声喧乱石中"，对此我们司空见惯，但永远新鲜。《辋川集》中有一处游止叫栾家濑，水经沙石激扬为"濑"，王维与裴迪所咏，即是声喧乱石跳波相溅。溪水流过乱石而喧响，此一境界。

"色静深松里"，此又一境界。流过松林时，溪水忽然安静。松林苍翠倒映水中，有极深极静的感觉。

继续前行，"漾漾泛菱荇，澄澄映葭苇"，菱叶荇菜，漾漾浮于水面；芦花苇叶，澄澄映于浅水。此各又一境界。

同样的溪水，流过不同的所在，便有不同的面貌和声响，或动或静，或漾或澄，各具其趣。一条无名小溪，沿途不过百里，却生出诸多妙境，难怪王维要"每逐青溪水"了。

诗的后面，发两句议论。"我心素已闲"，就是说我的心向来清静，但见到"清川澹如此"，仍令我心向往之。至于"请留磐石上，垂钓将已矣"，可作为王维对青溪的表白，会意即可，不必认真。

清溪清我心

清溪行
〔唐〕李白

清溪清我心，水色异诸水。
借问新安江，见底何如此。
人行明镜中，鸟度屏风里。
向晚猩猩啼，空悲远游子。

　　李白此诗另题为《宣州清溪》，点明清溪在宣城境内。中国的溪涧河流，叫清溪或清水河的真不知有多少。正如叫"南山"的那些山，其名只表方位，清溪也只表水清，都不能算作真正的名字，却也正是最本色的名字。

　　李白先后五度于池州宣州等地漫游，留下诗作数十首，其中最知名的是组诗《秋浦歌十七首》。秋浦河在池州，河如其名，李白在第一首起句便说"秋浦长似秋，萧条使人愁"，以至愁成"白发三千丈"。

　　清溪并没有秋浦的秋意，它的水明澈见底，除尘涤垢，使人心清。"清溪清我心"，这个句子的音韵听起来就很清浅，只有一个"我"是沉重的。两个"清"字是对清溪的赞美，也是溪水对"我"的垂怜。

"水色异诸水"，那些叫清溪的水流，它们的清澈有无差别？太白说这里的水色与诸水不同。比如自古素以水清著称的新安江，离宣城不远，借问能清澈到清溪这般见底吗？

清溪的清澈把什么都悬在空中。人行水边，如在镜中；鸟飞山前，如度屏风。可以想见，水不仅清澈，而且平静，像一面明镜，将万象倒映其中。

如果在那面镜子里一直走下去，人会不会走出自己，会不会望见来世？然而暮色降临，猩猩开始凄啼，在那样的黯然时刻，人被某种恐惧重新拉回尘世，像一件乐器钻进盒子里。

太白的失落更为空洞。"空悲远游子"，作为远游人，长夜将至，哪里是他的脚步可以停下的地方，哪里是他的翅膀可以降落的方向？

半夜鲤鱼来上滩

兰溪棹歌
[唐] 戴叔伦

凉月如眉挂柳湾，越中山色镜中看。
兰溪三日桃花雨，半夜鲤鱼来上滩。

棹歌是船家摇桨时所唱的歌。戴叔伦并非船家，此诗题为"棹歌"，意即仿民歌而作，带有民歌的质地和口语感。

兰溪具体在哪里，知不知道都无所谓，"越中"一词足矣。

况且，"兰溪棹歌"这几个美丽的字，不是比各种百科更能唤起我们的想象吗？生活中是否需要知道那么多，个人有个人的选择，但对于艺术和诗歌，"无知"反而是很珍贵的状态。无知意味着素，绘事后素，只有在白纸上才能作画。无知意味着空，空纳万境，无穷想象才可能产生。

在比兰溪更美的兰溪上，我们与诗人同船摇桨，听他歌唱。新月已经升起，如一弯蛾眉，挂在水湾的柳树梢上。夜有些凉，月色冷清清的。

此种氛围似乎与印象中的民歌不大相符，除了少数约会的唱在夜晚，民歌通常都歌唱白天，调子明媚热烈，富于生活气息。但这不符正是诗人的独特创作，他捕捉到更微妙的诗意。

"越中山色镜中看"，淡淡的月光下，两岸山色倒映水中。不看岸上的山，却看水中山的倒影，而且是倒影的山色。此句不仅说溪水既清且平，或者月色很明，诗人更敏锐地感觉到人与水、月以及山影生成的美幻关系。

我们都读过鲁迅先生的《野草》，其中有一篇叫"好的故事"，他看见那故事这样展开："我仿佛记得曾坐小船经过山阴道，两岸边的乌桕，新禾，野花，鸡，狗，丛树和枯树，茅屋，塔，伽蓝，农夫和村妇，村女，晒着的衣裳，和尚，蓑笠，天，云，竹，……都倒影在澄碧的小河中，随着每一打桨，各各夹带了闪烁的日光，并水里的萍藻游鱼，一同荡漾。"鲁迅并没有讲故事，他以"好的故事"所讲的，是人在大地上与诸物共存的意境。它的底子是水中的青天，一切事物统在上面，织成一篇。它虚幻缥缈，却是人类精神的原乡。如果故乡是一个实体，那么文字写下的就是它的倒影。

戴叔伦在诗中"倒影"的，也是乌托邦的意境，月夜更增添了其神秘感。我们不能说那倒影就虚幻，神秘感就不真实，它们在那一刻比真实的概念更为真实。

接着的"兰溪三日桃花雨"，字面很美，朦胧的月夜，却灼灼地写出"桃花雨"。汉语对事物的赞美，从很多命名中即可体会。"桃花雨"这个词，既赞美了桃花，又赞美了二三月的雨。它的美一直延续到雨停之后，哗哗地在月色中奔涌。

最后一句简直灵魂出窍。"半夜鲤鱼来上滩"，叫人分明看见很多长条的鲤鱼，不是游上而是纷纷走上岸滩，而且是在半夜，泼剌、泼剌地弄出一片水响。四句诗中，这句最写实，感觉却很超现实。

曾经还有一个西湖

采桑子十首（其一）
[宋] 欧阳修

轻舟短棹西湖好，绿水逶迤。
芳草长堤，隐隐笙歌处处随。

无风水面琉璃滑，不觉船移。
微动涟漪，惊起沙禽掠岸飞。

词中的西湖，不是杭州西湖，是颍州西湖。欧阳修曾知颍州，二十年后故地重游，创作了《采桑子十首》。这组词采用民间鼓子词的联章体，歌咏西湖四季胜景以及诗人在这里的美好回忆。早已干涸的古颍州西湖，在这组词中依然完好如初。

十首词皆以"西湖好"起句。此为第一首，"轻舟短棹西湖好"，即初春也。轻舟短棹，温柔闲适，诗人与西湖有个春天的约会。"绿水逶迤"，"芳草长堤"，绿水如醉，一路逶迤，芳草长堤，萋萋迷人。都是西湖的好。

湖上飘来笙歌。"隐隐"，若有若无，"处处"，不近不远，这两个词与闲散舒缓的行舟很相宜。"隐隐笙歌处处随"，像是轻舟短棹拨动湖水奏出的音乐。

"无风水面琉璃滑"，水面像琉璃一般平滑，因为无风，因为舟行很轻，轻得几乎感觉不到船在移动，但微微地起一个涟漪，便立刻惊起沙禽掠岸飞去。

最后两句由静生动，以动衬静。水面很平静时，一个涟漪就会荡起巨响，沙禽因习于静而突然受惊。画面在沙禽渐飞渐远的鸣声中淡出，于感官上形成余音绕梁的效果。

春天是绚烂的、热闹的，欧阳修的词却是安静的、疏淡的。这首词如写意画，色调明丽，空灵淡远，疏疏几笔，略加点染，境界自然生成。十首《采桑子》同咏西湖，不论哪个季节，西湖都是静美的。近代学者陈寅恪评曰："欧阳修工于静景，《采桑子十首》可谓其晚年一大力作。"

重读以上诗词，不单为了缅怀那些消失的河流，在跟随诗人漫步或行舟途中，我们还能体验到诗中人与事物质朴的关系。

河、山、石、雨、鱼、沙禽……大地上的事物与人的关系是亲切而神秘的，人与物绝不是粗暴的利用或消费关系。如果说从诗歌中可以得到什么启示的话，应该就是诗歌可以唤醒并帮助我们，与自然与生态重建那种相濡以沫的亲密关系。

陶渊明：田园将芜胡不归？

古今隐逸诗人之宗

"采菊东篱下，悠然见南山""结庐在人境，而无车马喧""种豆南山下，草盛豆苗稀"，背诵或引用这些名句时，你心中的陶渊明是什么样的形象？隐士，农夫，还是诗人？

今天的读者会回答"隐逸诗人"。这兼而有之的概括自然更为准确，这同时也是南朝齐梁时期文学批评家钟嵘在《诗品》中对陶渊明的赞誉："古今隐逸诗人之宗。"钟嵘是第一个肯定陶渊明诗歌的批评家，虽然囿于当时的文学趣味而将陶诗仅列于"中品"（谢灵运被列于上品）。而年代稍前的刘勰在《文心雕龙·明诗》篇中，先是谈到东晋玄言诗"江左篇制，溺乎玄风"，接着就到"宋初文咏，体有因革，庄、老告退，而山水方滋"，两句之间，陶渊明就没了。

陶渊明要么生得太早，要么生得太迟。他的诗既不同于东晋流行的玄言诗，也不同于南朝好尚的藻饰文学。他长期不被认可，因为他远远超越了那个时代。他的诗复活了《诗经》的抒情传统，而他在诗中观照自己，书写纯粹的个人生命领悟，又很具有现代性。

陶渊明留下的诗文仅一百多篇，然而却创造出诸多个人标记，比如东篱和菊花，比如悠然见南山、五柳先生，以及桃花源。他甚至创造了中国文人对理想生活的想象。可以说除了陶渊明的菊花，我们没看过别的菊花。

归园田，路漫漫

归园田居五首（其一）
［东晋］陶渊明

少无适俗韵，性本爱丘山。

误落尘网中，一去三十年。

羁鸟恋旧林，池鱼思故渊。

开荒南野际，守拙归园田。

方宅十余亩，草屋八九间。

榆柳荫后檐，桃李罗堂前。

暧暧远人村，依依墟里烟。

狗吠深巷中，鸡鸣桑树颠。

户庭无尘杂，虚室有余闲。

久在樊笼里，复得返自然。

陶渊明出生于东晋兴宁三年（365 年），卒于刘宋元嘉四年

（427年）。晋宋之际，战乱频仍，天灾连年，民不聊生。他的曾祖父陶侃是东晋的开国元勋，外祖父孟嘉亦为一代名士，其家世不可谓贫寒。然而在门阀观念根深蒂固的东晋，他依然为正统的王谢等贵族所轻视。何况到他父亲时，家道已然中落，仅为一方太守。七岁时，他遭父丧，家中虽仍有田产，然而经不起豪夺与灾祸，生活困窘与庶民无异。

早在二十多岁时，陶渊明就知道自己想过怎样的生活。也曾仗剑远游，也有过建功立业的壮志，然而游历一番之后，他发现自己的天性不适应那个世界。他想过的生活就是退守本心，与世无争，读书、弹琴、饮酒、写诗。

然而这样的简单生活，真正实现起来却很难。从二十九岁他第一次出去谋职，到他于417年最终回归田园，走了二十多年。其间先后于仕途四进四出，每次出仕皆迫于生计，不得已而为之。

"少无适俗韵，性本爱丘山"，人之体韵，犹器之方圆，不可强而致也。从小就没有适应世俗的气质和性格。天性本来就爱丘山，即生来就喜欢在野外过单纯的生活。

可是，理想生活和现实处境之间往往矛盾重重。"误落尘网中"，"尘网"如果指仕途，那么"误落"的意思应当就是自己本不是那个世界的人，却错误地被命运发配到那里。而这一去就是三十年！这里的"三十"是个概数，其实是二十多年。陶诗版本问题甚多，有的版本是"十三年"。究竟多少年，取决于这首诗的写作时间，以及陶渊明究竟活了五十几岁还是六十三岁。此文取六十三岁之说。三十年就是一世。那么陶渊明此次回归田园，难免有前世今生之感。

如同羁鸟与池鱼，终于回到了旧林和故渊，心中畅快自不待言。他称自己的回归为"守拙"，自知无适俗韵，故选择远离世俗，归真返璞。相反，少有适俗韵者，即便"拙"亦不肯守，是而机巧万端，丑态百出，又哪里有真可归有璞可返？一个懂得守拙的人，何尝不是智者？！

渊明将他的园田居建在南野际，"方宅十余亩，草屋八九间"，论规模，俨然是个农庄了。他又种了些榆柳桃李，春夏之际花木扶疏，斯晨斯夕言息其庐，亦是人生难得的享受。

这首诗最微妙之处还在于田园居与人村的距离。"暖暖远人村，依依墟里烟"，从"暖暖"与"依依"可以想见有多远，大概一望二三里吧。这个距离足以将人事喧嚣过滤掉，而只留下鸡鸣狗吠听得到。

"户庭无尘杂，虚室有余闲"，"无尘杂"指没有尘杂之事相扰，"虚室"典出《庄子·人间世》："虚室生白，吉祥止止。"一间空屋子，如果没有杂物堆积，就会被光填满。一个人的心，如果没有杂念纷扰，也会澄澈光明。渊明正因"户庭无尘杂"，所以心有余闲。

最后两句再次感慨，久在人间世的樊笼里，如今总算"复得返自然"。"自然"既指田园，也指复其真性，率真自在的生活。

"退化"为一个农人

归园田居五首（其二）

[东晋] 陶渊明

野外罕人事，穷巷寡轮鞅。

白日掩荆扉，虚室绝尘想。

时复墟曲中，披草共来往。

相见无杂言，但道桑麻长。

桑麻日已长，我土日已广。

常恐霜霰至，零落同草莽。

　　《归园田居五首》是一组诗，应作为整体来读，才能概观陶渊明田园生活的全貌。如若仅读第一首，就会留下"飘逸"的印象，似乎归园田之后，陶渊明就衣食无忧地做起了神仙。鲁迅先生曾说陶渊明的形象在国人心中"飘逸得太久"，大概就是指很多人对他的片面印象。

　　第一首《归园田居》作于刚刚归来，新居落成，心情自然大好。第二首写于定居之后，生活的现实慢慢铺开，于是有了更多的实景。

　　乡野清静，无人事繁杂；穷巷荒僻，无车马喧扰。白日柴门虚掩，心中了无尘俗杂念。如果每日枯坐，那就是一般的隐士而非陶渊明了。

　　"时复墟曲中，披草共来往"，陶渊明并非与人断了来往，他避的只是乱世，避的是繁琐世事与名利俗客。时不时地，他还会穿过野草地，走去村落，与农人来往。"相见无杂言，但道桑麻长"，这样的来往和谈话，对他并不构成喧嚣。

最后四句见证陶渊明作为一个农人的喜悦与忧虑。看着自己种的桑麻日渐生长，又不断开荒，土地越来越广，心中说不出的满足与欢喜。既见桑麻长得好，则不由忧心起天气。务农之艰难，尤在人力可能因天气反常而毁于一旦。一场突然而至的风雨，足以令庄稼减产乃至绝收。而根据《宋书·五行志》的记载，东晋时期南方多遭霜霰，广种薄收是常有的事。因此，陶渊明的担忧并不夸张，只是很真实的农人心情。

陶渊明诗中经常有农夫、儿童、酒友和诗友，他的出游也常喊上邻居，带上孩子。这是他独特的地方，农夫对于他，乃自然世界的一部分。他信赖自然，将自然当作自我认知的一把钥匙，所以他的诗也非常"自然"。

再来看第三首。

陶渊明会不会种地？

归园田居五首（其三）

[东晋] 陶渊明

种豆南山下，草盛豆苗稀。

晨兴理荒秽，带月荷锄归。

道狭草木长，夕露沾我衣。

衣沾不足惜，但使愿无违。

人们，尤其是年轻人，读到此诗会提出"陶渊明会不会种地"的问题。这个问题本不是问题，但在普遍"四体不勤、五谷不分"的今天，这成了一个严肃的问题。

为什么说这本不是个问题？但凡种过地，尤其开过荒地的人都知道，草的生命力之旺盛、生长之凶猛，远远超过庄稼。在没有除草剂的年代，除了人力不可控的天气，野草就是务农最难对付的强敌。更何况草是锄不完的。渊明种的又是豆子，且种在开荒的地上。首先豆子本来就要种得稀，稀了豆苗才能有足够的空间蓬起来，结的豆子才能硕大饱满。其次新开的荒地上杂草的残根和草籽本来就很多，所以草也会长得更茂密。

懂得了这些种田的基本知识，再读"草盛豆苗稀"，就不致诬渊明"种地技术不行"了。渊明诗写农事甚多，足以见他对务农还是很熟悉的。读者的误解，以及无法理解此诗的真意，皆因缺乏为农的实际经验。苏轼在《东坡志林》中有一则读陶诗笔记，叹《癸卯岁始春怀古田舍》中的"平畴交远风，良苗亦怀新"二句："非古人之耦耕植杖者，不能道此语；非予之世农，亦不能识此语之妙也。"

第三首依然是农人陶渊明的生活写真。写的是锄草，由锄草而兴感慨。种地很辛苦，辛苦不是痛苦。身体虽辛苦，但心灵却很安宁。所以说"衣沾不足惜，但使愿无违"。苏轼酷爱陶诗，他不仅将陶渊明集手抄数遍，且为每首诗都作了和诗。在这首诗后，他废书而叹，感慨世人有多少正因夕露沾衣之故而违背了自己的心愿。

这首诗的"种豆南山下"，或许化用了《汉书·杨恽传》的典故，杨恽（司马迁的外孙）获罪免官后回到家乡种田，"田彼南山，芜秽不治。种一顷豆，落而为萁。人生行乐耳，须富贵何时"。然而，仅仅作为写实来读也足够了。

真率的口语诗人

归园田居五首（其四）

[东晋] 陶渊明

久去山泽游，浪莽林野娱。

试携子侄辈，披榛步荒墟。

徘徊丘垄间，依依昔人居。

井灶有遗处，桑竹残朽株。

借问采薪者，此人皆焉如？

薪者向我言，死没无复余。

一世异朝市，此语真不虚。

人生似幻化，终当归空无。

　　第四首写一次到山泽的出游。真淳的人都喜欢孩子，喜欢和年轻人一起玩。渊明出游也常常带着子侄辈。他们途经一处山居废墟，渊明由此而深受触动，感叹世事变迁，沧海桑田。

　　这次出游的感喟，进而引申到第五首：

怅恨独策还，崎岖历榛曲。

山涧清且浅，可以濯吾足。

漉我新熟酒，只鸡招近局。

日入室中暗，荆薪代明烛。

欢来苦夕短，已复至天旭。

　　既然人生如梦终归空无，那么很自然地就有了及时行乐的念头。昼短苦夜长，何不秉烛游！

　　《归园田居五首》写田园生活，平淡亲切，农人的喜乐与忧愁，皆以家常口吻娓娓道来。陶渊明诗淡而有味，似乎是深思熟虑之后凝练而来的平易风格。他以日常口语写诗，这在当时是非常独立和个性的，也曾因此而被讥为"田家语"。殊不知这恰是他的艺术，而他的风格正统一于他的人格，他的生活就是他的诗。这才是他的伟大之处。

秋日漫游：醉弄扁舟

感谢两旁的白杨，
送我们到高台，
虽然没有风，
已经够苍凉。

感谢温和的太阳，
送我们往西走，
面对沙里的远山，
喝一杯暖酒。

——废名《过高台县往安西》

太原早秋

太原早秋

［唐］李白

岁落众芳歇，时当大火流。

霜威出塞早，云色渡河秋。

梦绕边城月，心飞故国楼。

思归若汾水，无日不悠悠。

公元 735 年初夏，诗人李白应朋友元演之邀，来到太原，欲攀桂以求闻达，然而命途辗转，蹉跎数月终未能得。时已至秋，李白感岁华之摇落，遂有归欤之叹音。

运转无已，天地密移。农历七月，花草接到时令，开始凋零。此时一个明显的天象，就是大火心宿向西方滑落。心宿乃二十八星宿东方青龙的第五宿，于每年农历五月黄昏出现在正南方最高处，六七月开始下行，故曰"七月流火"。

"一体之盈虚消息，皆通于天地，应于物类。"（《列子·周穆王》）我们的生命就像潮水，消息盈虚皆与宇宙相通，与万物感应。日月星辰、山川草木，即使你并未有意识地觉知，万有也都在时刻与你发生联系。

《诗经·七月》歌咏周民一年四季农事衣食，为什么不从正月写起，而是从"七月流火"开始？正月作为岁首，不过是一种人为约定，实际上夏商周三代正月各别。抛却日历之类的概念，试想一年之中，你在什么时候对时间流逝最易察觉？对于我来说，是早秋，当天气转凉，木叶飘零，就会感觉到时间的流转，虽然还有好几个月，但这一年似乎已然过去。"七月流火"正是从岁寒的紧迫感开始，衣食之本由此铺开。

"岁落众芳歇，时当大火流"，开头两句并非简单点明物候。众芳摇落，大火西流，在太白心里激起涟漪，情动于中而形于言，亦是感兴所至。

接着两句，更为本色："霜威出塞早，云色渡河秋。"太原在唐代称并州，隶河东道，属于边地。农历七月，南方仍是炎夏余暑，北方边塞已有霜降。太白在长江流域生活多年，对边地的寒凉更易惊觉。"霜威出塞早"一句写出了太原的地理气候，"威""早"二字有切肤之感。再来看云，"云色渡河秋"，这句更妙，云朵渡过黄河，就染上了秋色。

云是秋天的云，那么人也是秋天的人了。前四句，一言以蔽之，太白说："我秋天了。"

秋寒促人思归。"梦绕边城月，心飞故国楼"，"边城"即指太原，夜梦萦绕着边城的月亮，这又是怎样的心情？对于这句，很多注解望文生义，越解越不通。若问太白：边城的月亮与家乡，哪一个更远？他会回答：家乡更远，因为月亮看得见，家乡却隔着万水千山。我想这就是"梦绕边城月"的心情吧，夜梦中也到不了家乡，而将边城的月亮当作家乡。

当时李白的家在湖北安陆，距离太原也不算"道阻且长"，想回去还是可以回去的。"心飞故国楼"，这是他梦醒之后，思家心切，魂往神飞，亦系早秋引发的感兴。

"思归若汾水，无日不悠悠"，汾水流经太原，此即景抒情。以流水比喻不间断的归思，以明月寄托相思，都是古典诗歌的传统写法，李白经常使用，比如"思君若汶水，浩荡寄南征""我寄愁心与明月，随风直到夜郎西"等。

怎么写出早秋的"早"？

早　秋

[唐]许浑

遥夜泛清瑟，西风生翠萝。

残萤栖玉露，早雁拂金河。

高树晓还密，远山晴更多。

淮南一叶下，自觉洞庭波。

　　李白的《太原早秋》意在抒情，许浑这首诗意在咏物，即咏"早秋"。

　　如果是命题作文，你会写些什么呢？很自然地，你可能会写一些你对早秋的印象和细节，写一篇散文，或一首诗。当然，你也可以写个故事，就像兰斯顿·休斯的经典短篇《早秋》（*Early Autumn*），一个关于失去的故事。

　　不论出以散文、小说、诗或散文诗，你都应该明白，你写的不仅是秋天，关键还在于能否写出"早"的感觉。许浑这首《早秋》诗，可作范例，供我们参考学习。

　　读过的人都知道，这首诗上半写夜间秋景，下半写白天秋景，但知道这个概括，远远不够。拿首联来说，"遥夜泛清瑟，西风生翠萝"，就可以问好多问题：为什么先写夜景？为什么写到弹琴？什么是"遥夜"？为什么说"西风生翠萝"？等等。如果不细读，不去感觉诗人的诗心，那可就辜负了诗人，也浪费了好诗。

现代社会信息爆炸，常见各种贩卖焦虑，人被蛊惑去获取海量信息，动辄称"瞬息万变"云云，似乎稍一发呆就跟不上时代发展的脚步。别说各种信息，就是读书，动辄一百本、一千本"人生必读书目"，请问谁有那么多时间？焦虑之下，便有了各种"秒懂"，五分钟了解一本名著，十秒钟读懂一首诗……

一首诗真的能被秒懂吗？如果有这样的诗，不读也罢。诗之所以为诗，就在于它有滋味，值得你细细感觉，反复品味。诗不是为了让你懂，它是邀请你踏上想象的旅程，让你不用时光机器就能穿越到另一个时空，诗试图唤醒并扩展你的心灵。

要回答首联提出的诸多问题，我们得有生命的敏感。一般所说的"某人挺敏感"，是指此人易于感觉受到伤害，这种敏感其实是自我保护过度。生命的敏感则是一种清醒的觉知能力，觉知万事万物，包括觉知自己的心。下面我们来品鉴此诗，感知以上问题。

为什么先写夜景？试想：通常是在白天还是夜间，你最先感觉到秋天的来临？应该是夜间。雨夜不用说了，就是不下雨，夜里也会明显感觉秋天来了。夜晚变凉，变长了。风声听着有些萧瑟了，树根墙角不时发出唧唧虫鸣。先写夜景，但许浑起句都不写这些人之常情，他从众多经验中提炼出两句："遥夜泛清瑟，西风生翠萝。"

"遥夜"就是漫漫长夜，可能他睡不着。夜长孤寂，诗人独坐抚琴。"泛清瑟"，瑟有二十五弦，"泛"即在繁弦上滑奏，琴声如涓涓细水，清澈地流淌在静夜。"西风生翠萝"，西风就是秋风，风不是真的生于翠萝，但风声是从那里起来的。初秋的藤萝颜色深绿，西风从萝丛中生起，沁人以夜晚的清凉之意。

"残萤栖玉露，早雁拂金河"，残萤、玉露、早雁、金河，都是早秋的物候。诗人仰观俯察，从不同角度，以不同感官，捕捉到早秋的脚步。

接下来的"高树晓还密，远山晴更多"，高树的叶子尚未凋零，因秋高气爽，天宇澄明，清晓更见枝叶繁密，而远山在晴日下，也更清晰地呈现在眼前，所以就更多了。此联的视野，一近一远。

末联画龙点睛："淮南一叶下，自觉洞庭波。"两句各有用典，《淮南子·说山训》中曰："见一叶落而知岁之将暮。"《楚辞·九歌》曰："袅袅兮秋风，洞庭波兮木叶下。""一叶落"和"洞庭波"，都能叫人感知到早秋，两句连用，它们之间便又多了层诗意，见淮南一叶落，即自觉洞庭波。也就是说，虽是早秋，秋气已萧萧涌来。

在海畔尖山上

与浩初上人同看山寄京华亲故

〔唐〕柳宗元

海畔尖山似剑铓，秋来处处割愁肠。

若为化得身千亿，散上峰头望故乡。

这首诗写于柳宗元被贬柳州期间。公元 805 年，永贞革新失败后，柳宗元先是被贬永州，十年后，被召回京，旋复出为柳州刺史。残酷的政治迫害，蛮荒的边地环境，令他感到绝望。

再贬柳州时，宗元的从弟宗直和弟弟宗一陪同前往，途中共历三个月。宗直到柳州后不久病逝，年仅二十三岁，宗元伤悼不已。亲人中除了宗直，宗元的母亲、妻子和女儿此前也都相继去世。宗一在柳州住了半年后离开，去了江陵。

二十一岁即中进士名声大振的柳宗元，仅有过短短数年的好时光，随后仕途厄运连连，历尽磨难。两度被贬，亲人亡散，令他憔悴凄黯。在给弟弟宗一的诗《别舍弟宗一》中，他写道："零落残魂倍黯然，双垂别泪越江边。一身去国六千里，万死投荒十二年。"

柳州今属广西，其独特的地理风貌与桂林相似。今人去广西旅游，是为了感受"山水甲天下"，但对于当时的宗元，那可是万死投荒。因为想念京城故国，想念那里的亲友，这些奇山异水，都成了阻隔他的一场魔法。在给同时遭贬的四位朋友的诗中，他如此描述："岭树重遮千里目，江流曲似九回肠。"

《与浩初上人同看山寄京华亲故》，浩初上人是龙安海禅师的弟子，时从临贺（今属广西贺州）到柳州会见宗元。是日，二人一同登览看山，宗元悲戚愁惨，肝肠寸断。

柳州距海不远，故说"海畔尖山"，这些尖锐的山峰，像一道道剑铓。宗元愁苦，故有此感，然也属写实。苏轼在《东坡题跋·书柳子厚诗》中说："仆自东武适文登，并行数日。道旁诸峰，真如剑铓，诵子厚诗，知海山多奇峰也。"

"秋来处处割愁肠"，宗元本已是宦情羁思共凄凄，秋来满目尖山，更割人愁肠。秋来山更密，更清晰，更觉难以逾越，"处处"，更见其无可逃避。秋天人易起暮年之悲，且宗元又投身蛮荒，他感觉自己仿佛被死神遗留在了这里。

越过剑林般的尖山，他遥想远在京华的亲戚朋友。"若为化得身千亿，散上峰头望故乡"，宗元精通佛典，又同浩初上人看山，所以此时自然想到"化身"。思乡情切，他恨不得化身千亿，散上一个个峰头，眺望故乡。这里的故乡，不是他的故乡河东，而是指长安。

宗元的诗寄给京华亲故，他的凄惨酸楚，迫切思归，希冀在朝亲故或能一为援手，使他不至葬身瘴疠地。819年，唐宪宗实行大赦，在裴度的努力下，宪宗敕召柳宗元回京。不幸的是，未及踏上归程，是年十一月初八，宗元在柳州病逝，终年四十六岁。

读宗元此诗，联想到唐武宗时功绩显赫的宰相李德裕，因新即位的唐宣宗厌恶以及政敌的排挤，他遭遇一贬再贬，最后窜逐海南崖州。他在崖州登楼写下的《登崖州城作》，可供参读："独上高楼望帝京，鸟飞犹是半年程。青山似欲留人住，百匝千遭绕郡城。"

同为天涯失意人，同怀恋阙心，李德裕的诗更为平和，怨而不迫。他甚至还有心情开自己的玩笑，不恨群山的重重包围，反倒说成"山欲留人"。柳宗元的愁惨不平，是因为他还年轻，仍对命运抱有希望。李德裕自知生还无望，事到艰难意转平，不抱希望，也就不那么绝望了。

谁持彩练当空舞：四色美学

风回小院庭芜绿：折杨柳

如果没有杨柳，春天还是不是春天？

如果陌上没有杨柳，还会不会有折柳赠别？

柳梢头的月亮，和山岗上的月亮，是不是同一个月亮？

如果没有柳絮飘飞，暮春是不是只剩枯萎？

杨柳对于古人，意味着春天，意味着家园，意味着浪漫，意味着伤感。

对于今人呢？杨柳似乎可有可无，似乎什么也不意味。没有杨柳，春天还叫春天，但失去了一些内涵。

杨柳，作为一个词，我们对它的认知已经改变。对词的认知的改变，乃是我们与万物之间关系的改变。

一首生命的赞美诗

咏 柳
[唐] 贺知章

碧玉妆成一树高，万条垂下绿丝绦。

不知细叶谁裁出，二月春风似剪刀。

如题，这是一首咏物诗。

我们都见过杨柳，但若以文字来描述，却会忽然感到困难，若以诗歌来吟咏，那就更觉无从下手。即便日常相伴的事物，比如一个苹果、一张木桌、一个杯子、一块捡来的石头，一旦我们凝视它们，它们就会变得不同，变得陌生。

而当人试图用语言去描述或吟咏物时，人与物便从彼此幽闭的状态，踏入了万有共存的神秘河流，人与物的关系也将重新建立。

植物学知识对于咏柳没多大意义。是落叶乔木还是灌木，有什么经济用途，甚至枝叶细长下垂等性状，皆属认知层面的柳。我们平日在河边看到垂柳，或窗外柳丝飘拂，柳和我们的关系是审美层面而非认知层面的。

咏物诗所咏的就是人对物的审美感觉。感觉本身微妙抽象，要用语言文字表达出来，则往往不得不借助比喻。贺知章在《咏柳》中全用比喻，而且是隐喻，这些隐喻是否巧妙，我们略作剖析。

"碧玉妆成一树高"，乍看以"碧玉"比柳色，但"妆成"

又在暗示柳树像一个人。其实我们一读就想到"小家碧玉"。南朝乐府有《碧玉歌》，梁元帝萧绎的《采莲赋》有"碧玉小家女"，从那时起，"碧玉"就是小户人家少女的代名词了。此句则既写柳色，又隐喻早春的垂柳像一位清纯的少女。

第二句仍用隐喻。"万条垂下绿丝绦"，摹状柳的葱茏之态，并呈现出色泽和质感。绿丝绦，即柳条纤长柔软，如丝带冉冉。从第一句到第二句，视角由远及近，色泽从碧玉到绿丝绦，更加具体细腻了。

再看柳叶，细细尖尖，真像用剪刀片片裁出。被谁裁出？当然是造物主。但诗人说"二月春风似剪刀"，"似剪刀"，此处既保留了造物的神秘，同时也是对自然的赞美。

此诗遣词造句恰如垂柳，清新温柔，全是赞美：赞美柳色，赞美柳条，赞美二月，赞美春风。诗人以这些赞美，最终赞美了生命，赞美了语言和诗。

若以现代的怀疑精神审视，碧玉、剪刀之类的比喻，或嫌过于拟人化。柳树作为物的存在，在诗中被拟人化地取代了，即诗人所咏之柳只不过是人的自我投射，而并非独立实在的柳树自身。

在欲辨与忘言之间

绝　句

[唐] 杜甫

两个黄鹂鸣翠柳，一行白鹭上青天。

窗含西岭千秋雪，门泊东吴万里船。

这首诗几乎人人能诵，若问杜甫在诗中想说什么，或曰诗意何在，恐怕十个人中有九个不知道，剩下的一个也许会说，写的是诗人在那一刻感悟到的世界。

世界由时间和空间构成，感悟是生命的忘言状态，"那一刻感悟到的世界"，这句话比较接近诗的本意。诗人的欲辨已忘言，其实已体现在诗题中，"绝句"作为诗体仅具结构意义，内容上相当于无题。

绝句结构本身就是内容，即由四句诗截取的时空点，或世界的一个切片。诗人在此感悟到的，就是那突然敞开的时空：广袤、完满、自足。

"两个黄鹂鸣翠柳"，有过类似生活经验或对语言本身敏感的人，读到这句立刻就感到欢喜。黄鹂，翠柳，颜色相互辉映，春光明媚。黄鹂叫声清脆，且鸣翠柳，更觉勃勃生机。视觉与听觉体验，又触动着深层的生命意识。

不论写诗还是读诗，真正的触动并非来自表面经验，而是说不清的深层直觉，类似一种集体无意识。比方在夜里听到犬吠，我们心里立刻被唤起的那种感觉，某种早已遗忘的远古记忆。

李白在《金陵酒肆留别》起句曰"风吹柳花满店香"，同样，柳花的飘飞和香气，唤起的也是深层的生命意识：春天的美好，离别的忧伤，东风像是为人送行，满店的花香都在挽留……诸多感觉叠加的流动状态，才是我们的真实存在。

再说"两个黄鹂"，为什么是两个？一个行不，三个呢？想想看，如果只有一个黄鹂，那叫声不免有些孤单，而三个又嫌吵闹了点儿。鸟儿本身也总成双成对地出现，在事实和诗意层面上，两个黄鹂都是一种必然。

"一行白鹭上青天"，明朗又洁净。曾见过一只白鹭飞上并不怎么蓝的天空，当时心中感到莫名的震动，若是一行白鹭上青天，那该有多么壮观！

"窗含西岭千秋雪"，时节虽至春末夏初，西山岭上仍覆着白雪。"含"字将雪山拉近，千秋雪仿佛永恒，嵌在窗的静止之中。"门泊东吴万里船"，铺开空间的广袤，从东吴到西蜀，万里之远系于一船。除了时间和空间的交错，值得玩味的还有窗与门，从窗看出去是时间，由门进出的则是空间。

四句诗在语言上呈现出对称与秩序："两个黄鹂"与"一行白鹭"，"翠柳"与"青天"，"窗"与"门"，"西岭"与"东吴"，"千秋雪"与"万里船"。每句单独的诗，像一个个平行独立的世界，拼贴出诗人感悟到的时空图景。诗人貌似不存在，实则无处不在，看似自然而然的风景，无不藏着他的审美与觉知。诗人的观看并非摄像机随意摄录，而是选择了承载其生命能量的事物，并以情感逻辑将它们组合在一起。

就生命与语言的关联而言，这首诗像一个谜。作为读者，我们有说"不是"的自由，因为没有谜底。每个人以及宇宙万物，乃至语言本身，本质上都仍然是个谜。

听唱新翻杨柳枝

杨柳枝词

［唐］刘禹锡

春江一曲柳千条，二十年前旧板桥。

曾与美人桥上别，恨无消息到今朝。

折柳赠别在汉代时已蔚然成风，汉乐府有《折杨柳》，托意杨柳以写离情，兼或感叹世事盛衰。寓意大致有三：柳谐音"留"，表示挽留；杨柳依依，态若惜别；柳随插随活，希望行人在外也能随遇而安。那时河畔道旁多植柳树，且柳条纤弱容易攀折，折柳赠别便成了风俗。

唐代文人多以七言绝句唱《杨柳枝词》（亦作《杨柳枝》），内容虽仍以咏柳或惜别为主，但曲调已在隋唐时翻新。刘禹锡晚年与白居易唱和《杨柳枝词》，刘作九首，白作八首。自刘、白而下，唐人作《杨柳枝》数十首，与《渔父词》《浪淘沙》诸调，皆载入诗集，亦可见诗与词嬗变过渡在此数调。

读这首诗，几乎能听到乐器或声音的伴奏，读着读着，诗句自己就唱了起来。刘禹锡在放逐南方期间，大量创作《竹枝词》和《踏歌词》，具有浓郁的民歌风味。相比之下，晚年创作于两京的《杨柳枝词》，歌词明显雅化为文人诗，但民歌清新淳朴的气质，以及作为歌唱的节奏感，仍保留在诗的语感中。

此诗内容简单，但经典唯美。每个词都像汉语中一个活的隐喻，承载着一个典故、一段回忆。春江，一曲，柳千条，二十年，旧板桥……这些词本身美，且给人以丰富的联想。

"曾与美人桥上别，恨无消息到今朝"，柳年年绿，年年勾起回忆。二十年前板桥别离，而今春江一曲，思念与憾恨，都被柳丝激活，一条条绿起来，一条条挂下来。

显然，此诗并非单纯咏物，实乃托柳以写别后离情。刘禹锡《杨柳枝词》另有一首写离别之时："城外春风吹酒旗，行人挥袂日西时。长安陌上无穷树，唯有垂杨绾别离。"

前两句没写到柳，但绝非闲语。城外送别，春风酒旗，夕阳西下，行人挥袂，这里的每个事物，诗句中的每个词，都在诉说着别离，都在留恋珍惜。分袂之后，行人渐远，长安陌上的树木都在挽留，这又是一层意思。最后才说垂杨，乃画龙点睛之意，别的树虽多，但都不如杨柳依依那般挽人别离。

折柳赠别之时，想必令人伤感落泪，然而我们今天读这些诗，却觉不出多少伤感，只感到唐诗的美。伤感被写成诗，就变成了美。

作为诗人自画像的柳

柳

[唐]李商隐

曾逐东风拂舞筵，乐游春苑断肠天。

如何肯到清秋日，已带斜阳又带蝉。

一般的咏柳诗，咏的都是春天的柳。毕竟，春天的柳最动人，送别时也才有人折柳。那么秋天呢，蒲柳质弱，望秋先零。零落后的柳树，人是看不见它的，等于不存在。

但也不尽然，天性敏感的诗人还是会看见它。比如纳兰性德的《临江仙》"飞絮飞花何处是，层冰积雪摧残。疏疏一树五更寒，爱他明月好，憔悴也相关"，咏的就是"寒柳"。

李商隐这首诗题为《柳》，不是"咏"，也不是"不咏"，或可理解为在二者之间。从诗意来看，不单是春柳，也不单是秋柳，而是时间中的柳。

开始就是过去式，"曾逐东风拂舞筵"，这是在秋天回忆春天。很自然地，我们就此联想到人，人在老去时回忆自己，也曾那般年少风流。逐东风拂舞筵，乐游春苑断肠天，醉人而销魂的青春时光啊。

那么此时呢，"如何肯到"四字，语气很重，极不情愿，但由不得你。谁也无法逃脱生老病死，树木更是年年轮回。春柳到了清秋，繁华事散，叶子尽落，剩下瘦弱干枯的枝条，再没有鸟儿来唱歌了。

枯柳上只有斜阳与鸣蝉，虽不至于死寂，却让人倍感凄凉。"带"字亦从"不肯"来，同类相招，所见所感，都是死亡的阴影。落日余晖，秋蝉哀鸣，全都呼应着诗人的迟暮心情。

李商隐对柳情有独钟，写过很多题中有"柳"的诗。另有《赠柳》一诗专门咏柳，用了很多典故，柳在诗中是赠别之柳，诗意虽美，然而仍是人生的陪衬。但在《柳》这首诗中，诗人从柳身上看见他自己，二者虚实相生，物我交融，柳已成诗人的自画像，而不再是人类戏剧舞台上的道具和背景。

一年好景君须记：橙黄橘绿

就从橘子开始，从张九龄的《感遇》（其二）开始。

让我们看看橘子对古典诗人意味着什么，橘如何从南方的普通果树，变成了君子人格的隐喻。橘子能不能只是橘子？

作为现代读者，每个人都有自己对橘子的记忆和感受。我们不妨重新与橘子对话，与古典诗歌对话，看看橘子有多少种打开方式。

橘子，童年的奢侈品

感遇（其二）

[唐] 张九龄

江南有丹橘，经冬犹绿林。

岂伊地气暖，自有岁寒心。

可以荐嘉客，奈何阻重深。

运命唯所遇，循环不可寻。

徒言树桃李，此木岂无阴。

读一首诗，在寻求理解或别人的讲解之前，最好先与一个个词素面相逢。作为事物本身而非隐喻或象征的词，将引发我们丰富的联想，这些联想不论与诗有关还是无关，不论合理还是荒诞，都可能成为"芝麻开门"的咒语，而这也正是读诗的私人乐趣所在。

唐代诗人张九龄的这首《感遇》，先不管"橘"在诗中隐喻什么，一读到"江南有丹橘"，我就想到童年。我出生在北方平原上的一个村庄。每年秋天，各样瓜果下来，村里每天都能听到叫卖声，有卖苹果的、卖梨的、卖柿子的……但从来没有卖橘子的。

橘子只在县城才有，我们极少去县城，去了也买不起。买不起，但可以看。医院门口的水果摊上，总是整整齐齐地垒一堆橘子。圆圆的、明亮的橘子，小太阳似的耀人眼目。旁边的苹果、梨之类，土生土长，实在太平凡。

那时，吃橘子是病人和老人的特权，还得家里有钱。小孩拾到一片橘皮已很幸运，拿在手里闻着，能香一整天。偶尔分到一两瓣，含进嘴里也舍不得咽。村里的商店有橘子罐头，摆在高高的货架上，月牙儿似的橘瓣，一弯弯，睡在糖水中做梦。

橘子只能长在四川，和我们隔着很多山。雨过天晴的下午，在河滩能看见那些山。它们看着很近，又很远，像一道屏障浮在天边。后来从书上得知那是秦岭，橘子到了山北就不再是橘子。

橘的隐喻：士不遇

橘子只能长在南方，两千多年前这已是常识。《周礼·冬官》曰："橘逾淮而北为枳，……此地气然也。"此一记载应是最早论及橘子的文献。古代以秦岭淮河为南北分界线，橘子长在北边就成了"枳"，文献很客观地认为这是地气使然。

但是到了屈原的《橘颂》，橘子则成了"后皇嘉树，橘徕服兮。受命不迁，生南国兮"。屈原把橘子的自然选择，人为地上升为一种品格，即"受命不迁"。本来是橘子无法适应北方寒凉的气候，只能生长在温润的秦淮线以南，屈原却在诗中将其赞美为坚贞不屈。此为橘之隐喻的滥觞。

自《橘颂》之后，橘作为君子人格的象征渐成共识。张九龄《感遇》（其二）的前四句，即是对《周礼》记载和屈原颂诗的回应。"江南有丹橘，经冬犹绿林。岂伊地气暖，自有岁寒心"，他以反问加强语气，说丹橘经冬犹绿不在"地气暖"，而在于有"岁寒心"。孔子说过，岁寒，然后知松柏之后凋也。以松柏象征能够经受住严峻考验的君子人格，因为松柏在北方的严冬也不会凋零，比之于橘是否恰当暂且不论。

毕竟醉翁之意不在酒，张九龄说的并不是橘子，他暗示的是像橘子那样品行孤高的士子，很可能根本就是他的自我哀叹。此诗作于九龄被罢免宰相而贬荆州期间，荆州盛产橘，屈原是秭归人，引用《橘颂》也是因地制宜。

诗题为《感遇》，即感士不遇。"士不遇"是古代文人普遍书写的一个主题，由屈原《橘颂》发端，宋玉《九辩》定型，而后乃成范式，一脉沿袭。橘子挂果成熟稍晚，当秋风袅袅、草木零落，橘树青黄杂糅，文章烂兮，确乎分外俊逸动人。

"可以荐嘉客，奈何阻重深"，此二句直接点明"士不遇"主题，"嘉客"典出《诗经·白驹》："所谓伊人，于焉嘉客。"未申明的诗意，可从此中补出，即呼唤如皎皎白驹而在空谷逍遥的贤人，在上者理应礼贤下士，然而"奈何阻重深"。"阻重深"隐喻在野贤士与朝廷之间，有着比秦岭更不可逾越的重重阻隔，无可奈何。

接下来两句想要自我宽慰，究竟无从宽慰。"运命唯所遇，循环不可寻"，治乱，运也；穷达，命也。天下之治乱与贤士之穷达，即天意与个人际遇的无常。治乱穷达循环往复，令诗人深感悲观而迷茫。

心里终归不平："徒言树桃李，此木岂无阴"？世人只知桃李之美，如《韩诗外传》所说的"春树桃李，夏得阴其下，秋得食其食"，难道橘树不比桃李更佳吗？

这是诗人向世界发出的质问，世界呢？世界以冷酷的现实作为回答。

诗僧皎然的橘树歌

唐代诗人咏橘者甚多，例如杜甫、白居易、孟浩然、柳宗元、李峤、齐己、皮日休等，他们都以不同的方式咏过不同的橘子。我们来听听诗僧皎然在洞庭山另一位法师的院子里看到的橘树。

洞庭山维谅上人院阶前孤生橘树歌

[唐] 皎然

洞庭仙山但生橘，不生凡木与梨栗。

真子无私自不栽，感得一株阶下出。

细叶繁枝委露新，四时常绿不关春。

若言此物无道性，何意孤生来就人。

二月三月山初暖，最爱低檐数枝短。

白花不用鸟衔来，自有风吹手中满。

九月十月争破颜，金实离离色殷殷，

一夜天晴香满山。

天生珍木异于俗，俗士来逢不敢触。

清阴独步禅起时，徙倚前看看不足。

　　皎然称梨栗为凡木，而将橘置于神圣的地位。洞庭湖一带有橘子洲，洲上满是橘子树。维谅上人院阶前也自发生出一株，皎然说这是上人德性所感应。赠答诗本身带有社交性质，我们在阅读时对其中的溢美之词心会即可。

　　"二月三月山初暖，最爱低檐数枝短。白花不用鸟衔来，自有风吹手中满。九月十月争破颜，金实离离色殷殷，一夜天晴香满山"，这几句诗把橘树的枝子、白花和果实写得又美又香。

　　本诗虽是诗僧之间的赠诗，然而除了个别几个词，如"真子""俗士""禅起"，此外并无佛教术语堆砌，更无抽象说教之类。皎然著有诗歌理论《诗式》，深谙诗道的他懂得什么是诗。

此诗写橘树，低檐短枝、清风白花如在目前，金实离离、晴香满山如闻如见。

和苏轼一起吃橘子

浣溪沙·咏橘
［宋］苏轼

菊暗荷枯一夜霜。新苞绿叶照林光。竹篱茅舍出青黄。

香雾噀人惊半破，清泉流齿怯初尝。吴姬三日手犹香。

张九龄《感遇》诗中，橘子只是个概念，既不见色，也不闻香。皎然诗写的橘树是珍木，美丽脱俗，不食人间烟火。苏轼这首词，橘子才真正成为橘子，成为我们都知道的，也都喜欢吃的橘子。

"菊暗荷枯一夜霜"，橘子成熟在众木凋零之时，"新苞绿叶照林光"，秋色明净，橘树的新苞绿叶很喜人。尤其在竹篱茅舍旁边，一株青黄杂糅的橘树，更觉灿烂。

下片三句从嗅觉和味觉来写，读之叫人沁出口水，尝到橘子的酸甜。"香雾噀人惊半破"，橘皮乍剥，细细的香雾喷到脸上，那一瞬间的惊喜。吃第一口，"清泉流齿怯初尝"，橘汁凉凉的、酸酸的，"怯"亦有趣有味。

最后一句余香袅袅。古典诗人很少去写这么具体的细节，手上残留的橘子香味，而且流连了三日，而且是吴姬的手。吴姬当然很美，李白《金陵酒肆留别》不是写过"风吹柳花满店香，吴姬压酒劝客尝"吗？吴姬的手想必很白，记得韦庄《菩萨蛮》里写江南女子的白，"垆边人似月，皓腕凝霜雪"。"吴姬三日手犹香"，橘子的香味在美人白净的手上弥散开来……一直弥散到时间上的远方，至今我们还能闻其香并被滋养。

橘子只是橘子

不得不说，橘的古典隐喻如今已经过时。橘子就是橘子，无须被人为地赋予隐喻，橘子本身无须那么神秘。

苏轼的咏橘，摆脱了隐喻的束缚，将橘子还原为单纯的橘子，还原为我们对事物的朴素认知。美国诗人威廉姆·卡洛斯·威廉姆斯，这位于 20 世纪中期开一代生活流诗风的诗人，有一首著名的不像诗的诗，叫《冰箱便条》：

冰箱里的 / 李子 / 它们 / 可能是 / 你留着 / 准备当早餐吃的 / 请原谅我 / 它们太好吃 / 那么甜 / 那么冰

如果去掉表示停顿的分隔符，这就是一句流水账式的便条留言，但诗人把吃李子那个瞬间的感觉变成了诗。停顿就像慢镜头，带我们看见并感受那些李子。苏轼的词同样，带我们先看见橘子长在哪里，然后步步接近，最后停在一个感官享受的瞬间。

诗人走了很久，我们还痴痴地停留在橘的香味中……

满园深浅色：百花绣筵

诗人周梦蝶有一首《善哉十行》，诗中写道：

> 人远天涯远？若欲相见
> 即得相见。善哉善哉你说
> 你心里有绿色
> 出门便是草。
> ……

庸常经验告诉我们，要先有草，才能看见绿色。但诗人说，你心里有绿色，出门便是草。这便是诗歌的感觉，诗歌的语言。

门外也许有草，也许没草，但只要心里有绿色，你就能看见草。即使并没有草，诗歌也为你创造出草。草在哪里？草和世界一样，全都在我们心里。

反过来呢？如果心里没有绿色，那么即便身在碧野，你也看不见草。所见即所是，草如此，花如此，万物莫不如此。

为什么要"寻花"？

江畔独步寻花（其一）

［唐］杜甫

江上被花恼不彻，无处告诉只颠狂。

走觅南邻爱酒伴，经旬出饮独空床。

《江畔独步寻花》是杜甫在浣花草堂闲居时写下的组诗，总共七首。看到这个题目，我们会纳闷，同时也好奇：为什么是"寻花"，难道江畔没有花吗？

诗眼有时就藏在诗题里。假如把诗题换成《江畔独步看花》，或《江畔赏花》，这组诗很可能索然寡味，诗题已平淡得让人几无兴趣。而《江畔独步寻花》，寻花，又是独步，这就很有意思了。

"江上被花恼不彻"，第一句明白地告诉我们，江上并非没有花，相反，花多到令人恼。花既多，既恼，为何还要寻花？

先来说说为何要纠结这个问题。陶渊明所谓读书"不求甚解"，但于会意处欣然忘食，这实在是读书的至高享受。然而我们不要忘了，五柳先生这个形象的反叛性，从不知何许人也到不汲汲于富贵，十个"不"字句，全是对世俗的否定。"不求甚解"也出于对当时过度注经的反叛。对于诗，陶渊明可是很较真的，他曾移居南村，为的就是可以经常与素心人"奇文共欣赏，疑义相与析"。我们在此尝试回答为何寻花，也是在欣赏奇文。"寻"就是这组诗的诗眼，打开诗歌之门的钥匙。

处处是花却要寻花，这不太符合逻辑，但好诗的创造力，正在于跳脱常规，在于不可理喻。读不可理喻之诗，不能通过意思分析，应先去感受诗歌的音调。比起意思，音调来自直觉，更接近诗的原生态。即便日常说话，我们更多时候也是听音，而不是听话。一个人只要开始言说，就立刻进入了音调。我们来听听第一首诗的音调。

"江上被花恼不彻，无处告诉只颠狂"，为什么会恼花呢？江畔满眼是花，可诗人心里并没有花。草堂岁月静好，只在他偶尔心情好的时候，"每依北斗望京华"的惆怅才是他的常态。

春花开遍江畔，给他最直接的冲击是感觉虚度年华，北归迟迟，不知要等到什么时候。春天的繁盛与人世的萧条，二者构成鲜明对照。另有一层矛盾心理，春花之盛简直无情，然而他一边生气，一边很不情愿地被花打动。

种种心情无处告诉，叫他简直要癫狂，所以要"走觅南邻爱酒伴"。"走觅"就是疾步走去寻觅，可惜南邻酒伴却"经旬出饮独空床"，他已经外出饮酒十天了。莫非世上的人都去春天狂欢了？真是岂有此理！可以想见杜甫摇头叹息，独自朝江边走去，他要去寻一寻花。

从恼花到怕春

江畔独步寻花（其二）

[唐]杜甫

稠花乱蕊畏江滨，行步欹危实怕春。

诗酒尚堪驱使在，未须料理白头人。

第一首总绾下面五首，也为整组诗定了音。

诗人走到江边，看见"稠花乱蕊畏江滨"。读杜甫的诗，务必用心体会他下字的准确。这一句用今天的大白话说，就是江边的花开得真繁啊。这样的表达不是诗，杜甫写的才是诗，是因为诗语与口语的差别吗？

不是。这组诗其实很口语感，有贴近生活的幽默风趣。对于诗歌，口语感不在于用不用大白话，它是诗采用的一种语调和口吻，而非词语的选择，任何诗歌都应该选择最准确的词。什么是最准确的词？准确不等于华丽，更不等于大白话（大白话可能意味着感受和词语的贫乏），准确的词是能把诗人的细微感受最好地传达出来的词。

稠花、乱蕊、畏，这几个词贴合诗的音调，把诗人的感受细腻而准确地传达了出来，所以它们就是最佳的词。"稠"与"乱"传达出诗人嫌花太多，兼有嗔爱的味道。不仅说花多，还把花的姿态，以及诗人对花的感受，全部形象地表达了出来，这样的句子才能叫诗。

第二句"行步敧危实怕春"，侧着身子小心翼翼地看花，也许还边看边啧啧："春天好可怕。"浪漫戏谑、憨态可掬的杜甫，与一般课堂上被当作"诗圣"的刻板印象，是否颇有出入？

春花烂漫像一场灾难，杜甫吓得急急走避，他需要诗酒压压惊。且看他怎么写的："诗酒尚堪驱使在，未须料理白头人。"驱使、料理，这些词都给人以陌生感。诗酒变成了活物，堪供驱使，用现代的话说，就是诗酒为他提供了一个避难所。

"料理"，大意是照料理会，叫谁不必料理白头人呢？白头人当然是他，被省略的主语也是他。这两句是诗人的自我对话，作为自己的旁观者，他对恼花和怕春做了反思。

"未须料理白头人"，也是自劝，意味着诗人将与春天和解。与春天和解，就是与时间、与世界和解。当然，这并非其他范畴的，而是审美境界上的和解。

接受春的邀约

江畔独步寻花（其三）

[唐] 杜甫

江深竹静两三家，多事红花映白花。

报答春光知有处，应须美酒送生涯。

与春天和解之后，诗人开始看见花。他步至一处，"江深竹静两三家"，这里别有幽静，似未被春天打扰。

但他也看见了花。有红花，有白花，这样说没有感觉。他说"红花映白花"，红白相映，花才好看，也更灵动。这还不够，他再加一个"多事"，造语新奇，瞬间使诗句有了独特的感觉。"多事红花映白花"，红白花开不只是客观物象，而是饱含了诗人的情感态度，成为与人应和的诗化自然。

春天不会遗忘任何一个角落，也不会放弃任何一个人。诗人终于深受感动，想要报答春光。怎么报答呢？那就是抖落身上的阴影，欣然接受春的邀请，端起美酒，与群芳共醉。

心门豁然洞开，花海立刻朝他涌来。他将目光投向人间，远眺少城春景，即《江畔独步寻花》（其四）：

东望少城花满烟，百花高楼更可怜。

谁能载酒开金盏，唤取佳人舞绣筵。

"东望少城花满烟"，"少城"，即锦城外的小城，远远望去，但见花弥漫如烟。"百花高楼更可怜"，可怜是有点心疼的可爱，此时的百花高楼不再伤客心。万物在诗中总是呼应着诗人的心灵，高楼不仅与他的情感呼应，而且与百花、与江水互相呼应。

"谁能载酒开金盏，唤取佳人舞绣筵"，这两句遣词绮艳，锦城的春天就是一场盛宴。诗人遥望少城，给人间以祝福。"谁能"也是他的愿望，渴望有人能载酒，邀他于百花高楼上畅饮。这也正照映出他独步的寂寞心情，因为没人共饮，故想象便更狂野，"金盏""佳人"和"舞绣筵"，这些华美的词给他以精神上的安慰和补偿。

可爱深红爱浅红

江畔独步寻花（其五）

[唐] 杜甫

黄师塔前江水东，春光懒困倚微风。
桃花一簇开无主，可爱深红爱浅红？

不觉走到黄师塔前。蜀人呼僧为师，僧人葬所为塔，"黄师塔"即僧人所葬之处。江水东畔，"春光懒困倚微风"，是春光懒困还是人懒困？诗人没说，也不需要，此含糊处正是诗歌语言的奥妙。在古典诗歌的审美中，主体与客体并非二元对立，人与物合一，人懒困和春光懒困是一回事。同样，倚着微风的是春光，也是慵倦的诗人。

倦眼迷离中，忽见一簇桃花灼灼。师亡无主，桃花自开，诗人惊喜不迭。"可爱深红爱浅红"，叠用"爱"字，叠用"红"字，复沓的节奏，便觉桃花繁艳，令人目不暇接。

寻花已入佳境。尤其在人迹罕至处，偶遇桃花盛开，更添寻花的兴致与野趣。桃花天真烂漫，兀自绽放，春天把它们馈赠给所有的眼睛。作为回报，杜甫将此盛情珍藏于诗中。

带着这份喜悦，他漫步到黄四娘家，看见更多的花：

江畔独步寻花（其六）

［唐］杜甫

黄四娘家花满蹊，千朵万朵压枝低。

留连戏蝶时时舞，自在娇莺恰恰啼。

　　黄四娘家门前小径上开满了花。这些花，难道不是从他的喜悦中开出的吗？

　　和李白诗中的汪伦一样，首句也以普通人名入诗。黄四娘是杜甫在浣花草堂的邻居，不论她是谁，她的名字使这首诗读来很有亲和力。或许对于生活在现代城市的读者，这些文字还会唤起更多的好奇，比如这些花是黄四娘种的还是野生的？花满蹊的人家，女主人一定很美吧？

　　仅一个"满"字，并不能看见花繁。第二句"千朵万朵压枝低"，这才具体形象，且沉甸甸的，压得枝条低垂下来。这句的语调与"黄四娘"，都营造出一种可歌可舞的民歌气息。

　　"留连戏蝶时时舞"，此乃眼见；"自在娇莺恰恰啼"，此乃耳闻。"留连"与"自在"，描摹的实乃诗人自己的心态。戏蝶、娇莺，这些带有情感色彩的命名，使人更觉春光骀荡，年少轻狂。

　　苏轼在《东坡题跋》中说，子美此诗不甚佳，然可见其清狂野逸之态，因此他很爱抄这首诗。诗不甚佳，这是从诗艺上的评价，原因或在于诗意有失浅近，好诗应当词短意长回味不尽。然而子美寻花之态，东坡说实在很可爱。

才为花伤，又为花狂

江畔独步寻花（其七）

〔唐〕杜甫

不是爱花即肯死，只恐花尽老相催。

繁枝容易纷纷落，嫩蕊商量细细开。

到过黄师塔前，看罢黄四娘家，诗人从爱花转而惜花。春光易度，浮生须臾，当为花拼作一狂。

"不是爱花即肯死"，"肯"就是"拼"。这句诗很痛快，用字也狠，听觉效果惊人。"不是爱花"，呼应开始的恼花，声音很大，欲盖弥彰，供出了爱花的事实。接着不得不辩解，"只恐花尽老相催"，即我为花狂只是怕花谢人老啊。

末二句寄语，深情款款。"繁枝容易纷纷落，嫩蕊商量细细开"，温柔叮咛，出之以对句，惜花之心更为婉曲。惜花就是惜人，韶华易逝，依时而萎；嫩蕊细开，有待将来。

春天，你走得慢一点，再慢一点吧。最后一首是对青春的表白。寻得繁花之后，又怅然若失。繁花落尽，老之将至，此乃必然，但诗并未深陷落寞，而于结句中留下余味。生命的意义在过程，不在结局。"嫩蕊商量细细开"，就是让时间变慢，让过程变慢，从而延长生命。

在凡事追求速度的今天，我们比以往任何时候都更需要"慢"。"快"已成为一种病，常使我们紧绷神经。而诗作为慢的艺术，不要求快，相反，诗叫我们尽可能地慢，叫我们感受并沉潜，甚至在某个刹那停下来，倾听花开，那寂静的雷鸣。

水宫仙子斗红妆：采莲曲

　　水陆草木之花，可爱者甚蕃。晋陶渊明独爱菊。自李唐来，世人甚爱牡丹。予独爱莲之出淤泥而不染，濯清涟而不妖，中通外直，不蔓不枝，香远益清，亭亭净植，可远观而不可亵玩焉。（《爱莲说》）

北宋周敦颐这段话，取"出淤泥而不染"以下几句，以赠荷花，可矣。吾等非理学家，爱莲不必有说法，不必自命清高，不必联想到君子。

事实上，宋代以前，人们采莲也只为喜欢，只因荷花好看。朱自清先生漫步在荷塘边，忽然想起采莲的事情来：

　　采莲是江南的旧俗，似乎很早就有，而六朝时为盛；从诗歌里可以约略知道。采莲的是少年的女子，她们是荡着小船，唱着艳歌去的。采莲人不用说很多，还有看采莲的人。（《荷塘月色》）

江南可采莲

江　南

[汉]佚名

江南可采莲，

莲叶何田田。

鱼戏莲叶间。

鱼戏莲叶东，

鱼戏莲叶西，

鱼戏莲叶南，

鱼戏莲叶北。

　　这首汉乐府相和歌辞，可算作采莲诗的鼻祖。如今单看文本，亦能隐约想见那时采莲的光景。虽然乐曲早已遗失，但歌辞仍具有音乐的节奏。不难猜测，前三句为领唱，后四句为和声。

　　若以乐感为歌辞分行标点，也许还可以这样呈现：

江南可采莲，莲叶何田田。

鱼戏莲叶间——

鱼戏莲叶东，鱼戏莲叶西，鱼戏莲叶南，鱼戏莲叶北。

　　采莲的确是江南的旧俗，自汉代就有，六朝时尤盛。然而汉乐府所唱的采莲与梁元帝萧绎《采莲赋》中所赋的采莲实已不同，前者是民间集体劳动场景，后者则是妖童媛女荡舟心许的文娱活动。

"江南可采莲"整首歌辞质朴活泼，民歌气息扑面而来。辞中只见叶，不见花；只见鱼，不见人。为什么？最初唱出这些句子的佚名作者，大约在采莲的光景中听见了天籁，于是乎情动于中而形于言。

先来看叶。见过荷塘的人都知道什么叫"莲叶何田田"，在此不必笨拙地用别的词语来解释，比如一些书上将"田田"释为"茂盛"，而将"彼黍离离"的"离离"亦释为"茂盛"，"田田"和"离离"，岂同义哉？"田田"就很准确形象，别的词语只会冲淡并转移这种美。我们爱看荷花，也爱看荷叶田田。别的草木，绿叶往往是花的陪衬，荷叶却与荷花同样好看。

唐代李商隐有《赠荷花》诗，曰："世间花叶不相伦，花入金盆叶作尘。惟有绿荷红菡萏，卷舒开合任天真。此花此叶常相映，翠减红衰愁杀人。"义山的眼光真是敏锐，立意新奇，赠荷花而不忘荷叶，世间花叶不能相提并论，唯有绿荷红莲并美共荣。且萎谢之时，也非绿肥红瘦，而是翠减红衰一起凋零。

想象一大片荷花荡，采莲的人划着小船，迤逦于田田的莲叶间，水中鱼儿轻灵穿梭，说是劳动亦可，说是嬉游亦无不可，此时谁不想放歌？

"鱼戏莲叶间"，吾非鱼，亦知鱼之乐。写鱼就是写人，见鱼乐即见人乐。乐如何其？"鱼戏莲叶东，鱼戏莲叶西，鱼戏莲叶南，鱼戏莲叶北"，互文复沓，音乐节奏活泼，光景明丽欢悦。

互文复沓与其说是一种修辞手法，不如说是人类情感的自然流露。殷商卜辞中就有："癸卯卜。今日雨？其自西来雨？其自东来雨？其自北来雨？其自南来雨？"同样以东西南北四个方位，烘托等雨求雨的渴盼心情。

对于这首歌辞，我们还可设想更多的演绎方式。例如和唱部分，可以众声同唱，更可以不同声部和唱，彼此呼应，回环交错，袅袅歌声荡漾于荷塘之上。

你在采莲，岸上的人在看你

采莲曲
[唐]李白

若耶溪傍采莲女，笑隔荷花共人语。

日照新妆水底明，风飘香袂空中举。

岸上谁家游冶郎，三三五五映垂杨。

紫骝嘶入落花去，见此踟蹰空断肠。

莲花好看，采莲的人也好看，还有看采莲的人。

《采莲曲》属南朝乐府清商曲辞，起于梁武帝萧衍父子。太白此辞，一片神行，取情布景，摇曳生姿，盖作于漫游会稽时期。

"若耶溪傍"几个字先已叫人感觉到美，别的溪畔不是不可以，但无形中少了西施的加持，所以入诗最好还是若耶溪。

溪畔采莲女，不是兀然现在眼前，而是"笑隔荷花共人语"。这些女孩子绰约于荷花后面，彼此轻声说笑。添了神秘感，岂不更美？若说诗中有画，这句该怎么画？很不好画。

三、四句瞥见神仙，丽景丽句，活色生香。仍不照面，但于水中见其明丽光影，即"日照新妆水底明"。她们采莲时举起胳膊，衣袖在风中冉冉飘动，即"风飘香袂空中举"。《西洲曲》中有："采莲南塘秋，莲花过人头。低头弄莲子，莲子清如水。"若耶溪畔的荷花，看来也是"过人头"了，采莲女隐映花叶间，始终没有露面。

莫非这些女孩子知道有人在看她们？太白接着写看采莲的人。"岸上谁家游冶郎，三三五五映垂杨"，有了公子与红装，就有故事，这里不仅是采莲而已。太白将背景布置得美，让公子三五掩映于垂杨。别的树也不是没有，或没法藏闪，或有碍视线，不及垂柳依依更有情致。此二句画面感立现。

采莲和采桑不同。采桑是劳动，且在陌上田间，易遭轻薄子亵玩，如罗敷女和秋胡妇所历。采莲更像风景，且在水上舟中，但可远观，观者难于近前调戏搭讪。

游冶郎躲在垂杨后面，始终未言一语，大约已是夕阳西下，方才策马嘶入落花而去。至此似乎都是诗人的全知视角，最后一句"见此踟蹰空断肠"，可以继续是诗人的观察并替他们叹息。但可不可以是故事中人物的视角？谁见此踟蹰？谁空断肠？视角似乎并不那么明确。

古典诗歌常省略主语，而以直觉对情景共时呈现，这样不仅可以免却人为干扰，且能使诗歌如生活本身那样，拥有全息的多重视角。诗歌语义逻辑的模糊处，恰是在邀请读者想象力的参与。

　　顺着上句的文脉，"见此踟蹰空断肠"的应当是游冶郎，这是一个视角。但诗歌不必遵循线性的语义逻辑，它可以跳跃，如电影中的蒙太奇剪辑，进行画面和视角的切换，并通过这种切换创造更多的意义。

　　游冶郎掩映于垂杨下，采莲女岂能不知？彼此隔着距离，隔着荷花，脉脉地止乎礼，不也是一种传情达意？紫骝一声嘶，踏落花而去，何尝不是采莲女在听在看？那么"见此踟蹰空断肠"的也可以是采莲女，或许这个视角更有意味。当然还可以几个视角交互转换，这些都能为我们读诗增添不少乐趣。

荷花好像要开口说话

渌水曲

[唐] 李白

渌水明秋月，南湖采白蘋。

荷花娇欲语，愁杀荡舟人。

　　《渌水曲》系古乐府琴曲名，太白乐府常袭用古题，以写自己所见，此辞实则《采莲曲》之遗意也。"渌水"即清澈的水，在秋夜的皓月下，更加澄明。有的版本将"秋月"改成"秋日"，秋日明净，湖水非不美也，但不及月下采蘋其境更清。渌水，秋月，南湖，白蘋，这些词语仿佛来自古老神话的碎片，想要把我们带回那个迷离恍惚的夜晚。

　　白蘋在古典诗歌中总是寄寓着哀愁，就像霜月与芦花，它们的白弥散着时间的忧伤，比如温庭筠的"斜晖脉脉水悠悠，肠断白蘋洲"，杜甫的"春去春来洞庭阔，白蘋愁杀白头翁"。这些清冷的事物，让人想起白头，想起岁月忽已晚的漫长等候。

"荷花娇欲语"，第三句转得突兀。本来在采蘋，底色虽有一层淡淡的忧伤，但毕竟还算平静，猛地看到荷花，遂心乱了，这荷花好像要开口说话。

太白诗中的草木经常像要说话，例如《长歌行》中的"东风动百物，草木尽欲言"，东风一吹，草木纷纷要开口说话。春天枝头探出的新芽，可不就是一句刚到嘴边的话吗？

此处的荷花，娇得几乎可以听见。它想说什么话？只有听到了荷花说的话，我们才能懂得荡舟人为什么愁杀。

很有可能太白在写这首诗时，想到了南朝柳恽的《江南曲》："汀洲采白蘋，日落（一作"日暖"）江南春。洞庭有归客，潇湘逢故人。故人何不返，春花复应晚。不道新知乐，只言行路远。"也是采白蘋，此诗更加婉曲。采蘋的女子遇见一个从洞庭湖归来的路人，路人说在潇湘一带看见过她的爱人，即诗中所谓的"故人"，的确已是故人了。女子问故人为何不回来，他再不回来春花又要落了，路人说只因路程太远，但她知道其实是故人有了新欢。

借助与柳恽诗的互文，我们或可听见荷花要说的话：一句秋天的耳语，一个月亮般的声音。在太白诗里，采蘋女子遇见的信使，不是路人，而是一朵荷花。其实万物都会说话，只有在某个时刻，与之不期而契，你才听见它们。一朵花，一棵树，一张桌子，一块石头，一栋楼……你听见谁说话，你就是谁。

采莲女子之美

采莲曲二首

［唐］王昌龄

吴姬越艳楚王妃，争弄莲舟水湿衣。

来时浦口花迎入，采罢江头月送归。

荷叶罗裙一色裁，芙蓉向脸两边开。

乱入池中看不见，闻歌始觉有人来。

古时吴、越、楚三国采莲之风甚盛，故以"吴姬越艳楚王妃"，括尽江南采莲女子之美。她们荡着小舟，于花间水上嬉戏，打湿了衣裳。"争弄莲舟水湿衣"，依稀可闻笑语声光，一语点染，更不多言。

后二句一来一归。女子结伴采莲，其乐趣在采莲，也在来回的路上。"来时浦口花迎入"，欣喜地到来；"采罢江头月送归"，惬意地归去。花迎月送，采莲把一切都变成了诗。

陶渊明"种豆南山下，草盛豆苗稀"，他去田里锄草，劳作一整天，但诗中对此只字不提，只写去路和归途，"晨兴理荒秽，带月荷锄归"。欧阳修写颍州人清明日游西湖，同样略去中间，但写来回路上是何情景。也许这些诗人并不全在使用什么表现手法，而只是出自他们本真的体验。想想小时候去赶集，去看戏，去走亲戚，无限风光、别样心情正是在来回的路上。

第二首以旁观者的视角，写采莲女如花的美丽。"荷叶罗裙一色裁，芙蓉向脸两边开"，人入花丛，罗裙与荷叶一色，面庞与芙蓉等同，分不清何者是花何者是人，故曰"乱入"。"闻歌始觉有人来"，直到听见歌声，才恍然觉察采莲人正划船过来。

梁元帝在《采莲赋》中拟了一首《碧玉歌》，歌曰："碧玉小家女，来嫁汝南王。莲花乱脸色，荷叶杂衣香。因持荐君子，愿袭芙蓉裳。"相传，《碧玉歌》最早乃南朝宋汝南王所作，碧玉是他的妾，美如荷花，出身小户人家，嫁入侯门，深得汝南王宠爱。

采莲的典故，采莲的光景，于今皆成一梦。如今我辈标榜孤高自许、目无下尘，实乃后现代"采莲"即景。

霜积秋山万树红：秋日序曲

> 我说给江南诗人写一封信去，
> 乃窥见院子里一株树叶的疏影，
> 他们写了日午一封信。
> 我想写一首诗，
> 犹如日，犹如月，
> 犹如午阴，
> 犹如无边落木萧萧下，——
> 我的诗情没有两片叶子。
>
> ——废名《寄之琳》

悲秋是一种"病"？

秋词二首（其一）

［唐］刘禹锡

自古逢秋悲寂寥，
我言秋日胜春朝。

晴空一鹤排云上，
便引诗情到碧霄。

自古逢秋悲寂寥，悲秋可追溯到造字之初。我们来看"愁"这个字，秋心为愁，或曰秋天有一颗哀愁的心。凡是与人的感觉、感情有关的字，大都在"心"部，比如"怒"和"恕"。什么是"怒"？这个汉字明白告诉你，"怒"就是"奴心"，即心被奴役而不能自主。什么是"恕"？同样如字所示，"恕"就是"如心"，我心如你心，如心之本然。

秋天的心就是愁。问题来了：秋天有心吗？要回答这个问题，可以写一篇很长的哲学论文，因为它涉及什么是心、什么又是秋天。一个问题总是带出更多的问题，我们对此不作铺陈，简单而言，只要想想：是谁定义了秋天，谁造出了"秋"这个字？是人类，具体应该说是体验过这个季节的人类。秋天并非绝对的存在，不同纬度，秋天是不一样的，有些地区根本没有我们所说的"秋天"。可见，秋天只是一部分人约定俗成的定义，秋心为愁，此心当然就是他们在秋天的心。

"气之动物，物之感人，故摇荡性情，形诸舞咏。"中国文学从《诗经》起，人与自然就表现出血肉相连的关系，风光节候，草木虫鱼，似乎无不与人同命运共呼吸，后来谓之"天人合一"。故当秋风萧瑟，木叶飘零，鸟去兽隐，岁之将终，敏感的人们心生悲凉，感伤年华易逝，哀叹美人迟暮。

"悲哉！秋之为气也，萧瑟兮草木黄落而变衰，憭栗兮若在远行；登山临水兮送将归。"战国宋玉的《九辩》，奠定了古代文学中"悲秋"的基调，乃至悲秋几乎成为一种集体无意识的情感反应模式。

然而，秋天一定令人悲伤吗？可能在秋风苦雨的日子，或某个天寒日短的薄暮，我也会情不自禁地感到难过，但翌日天晴，秋高气爽，顿时又会逸兴高歌。坦白说，我最爱的就是秋天。

"我言秋日胜春朝"，刘禹锡这句宣言诗，使他的两首《秋词》，在自古一片悲秋声中，听起来有点振聋发聩。是啊，秋日也可胜过春朝。杜牧的《山行》曰："停车坐爱枫林晚，霜叶红于二月花。"满山红叶黄叶，比二月春花还要缤纷绚烂。

秋色更有一种明净淡远，令人心旷神怡。"晴空一鹤排云上，便引诗情到碧霄"，一鹤冲霄，诗情随之飞扬，这是刘禹锡诗中的意象。在城市里很难见到鹤，但秋色无所不在：街头静静的阳光，一株艳红的葡萄藤，水边洁白的荻花，空气中草木的芳香……

如果能放空身心，全然感受这些秋色，你就是活在当下，诗不诗情的都不必去想它。

读诗就是醒着做梦

秋词二首（其二）

［唐］刘禹锡

山明水净夜来霜，

数树深红出浅黄。

试上高楼清入骨，

岂如春色嗾人狂。

文字可以释放能量，我们读诗的重点不在理解意思，而在接受文字传递的能量，这些能量会在我们身上引发感受，尤其是潜意识中的感受。有时一首与你所在情境无关的诗，会莫名地触动并陪伴你，这是读诗的个中乐趣。别说一首诗，哪怕一个词，对我们也有这样的作用，比如"山"，当你读出"山"，你已在某种程度上与山发生了能量的感应。

依照此法，我们来读第一句"山明水净夜来霜"。有没有发现，你会随着每个字，在头脑中自动生成画面，就像在播放电影。山明，水净，这是两个画面或者合成为一个画面，读诗的深度和效果取决于我们对画面的感受。你生成的只是一幅山水画呢，还是山水如在目前，你身在那片明净的秋光里？感受当然越清晰越真实就越好。

这样说其实不太准确，感受就是感受，没有虚实之分。感受都是虚假的，也都是真实的。读诗可比醒着做梦，读诗比做梦更美妙的是，你可以选择你所在的场景，山明水净，你想在那里待多久都可以。

读到"夜来霜"三字，感觉天立刻黑下来，而且袭来凛凛的寒意，地面上结出了白霜。再读一遍"山明水净夜来霜"，除了光线和温度的变化，你有没觉得天地澄澈？当我反复读这句时，会感觉身心在被净化。

再看"数树深红出浅黄"，这个画面很容易显现，不过如果我们能专注于深红和浅黄，甚至用通感去倾听和品尝，那自然会更好。若问诗人：你这句想表达什么呀？他应该会说就是表达"数树深红出浅黄"。诗人不会与读者"直接"沟通，他们会写出事物的样子，通过这些事物，让读者以自己的经验去感受，这样我们的感受才能真切。

这句的"出"字很传神，使我联想到岭南山中的秋天，那里其实每年只有夏天，以及几次寒流客串式的冬天。但我看到山上有几棵树，不知什么树，远看像是桉树，高高瘦瘦的，每到十月，它们的叶子也会变红，从一片茂林青青中凸显出来。套用诗句就是"数树浅红出青青"，那几抹明丽的浅红，就是我在岭南的全部秋天。

"试上高楼清入骨，岂如春色嗾人狂"，最后两句中的"清入骨"甚好。诗人仍和春天作比，春色浮华叫人轻狂，实在不如秋日澄明气清入骨。爱秋天的人，都是老灵魂吧？

寂寞中得大自在

抛球乐

［唐］冯延巳

……

霜积秋山万树红，倚岩楼上挂朱栊。

白云天远重重恨，黄叶烟深浙浙风。

仿佛梁州曲，吹在谁家玉笛中？

……

这首词虽有"恨"的字眼，而且是"重重恨"，但是读起来却感觉很自在。秋山、万树红、朱栊、白云、黄叶，我仿佛坐在倚岩楼上，满目都是美丽的大自然。

我们先欣赏词中的色彩。红树的火红，朱栊的大红，白云的白，黄叶的黄，这些明亮、甘甜的颜色，晕染在秋日寂静的山野。很多古典诗之美，皆得力于诗人对色彩的直觉，我们读诗时可以多去留意。例如李白的"素手青条上，红妆白日鲜"，十个字就勾勒出一幅天然图画，素手、青条、红妆、白日，真能叫人尝到鲜的滋味。再如此词作者冯延巳的"青帝斜挂，新柳万枝金"，自有简约朴素之美。

词中人在楼上眺望，感秋而念远，重重阻隔，离人在云天之外。如此一念，白云之白便使人有点伤心了。杜甫在《小寒食舟中作》中写道："云白山青万余里，愁看直北是长安。"云白山青在这里也叫人伤心，云越是白，山越是青，长安就越是遥远得如同隔世。

黄叶烟深弥漫着惆怅，秋风淅淅，仿佛边地的《梁州曲》，吹在谁家玉笛中？最后的问句，和"今夜月明人尽望，不知秋思落谁家"同样，将诗境推出去，扩大到天下，另外又有地籁天籁的叹者其谁之思。整首词空间感辽阔，从眼前到天外，从视觉到听觉，最后在风声中，余音袅袅，不绝如缕。

深味之下，词人的心情底色是凄凉的，但写出来的词却很明艳。以我观物，物皆着我之色彩，那么我是哀愁的，物是不是也该写得暗淡呢？以鲜明之笔，写暗淡之心，二者不但不冲突，反而借对比而更显有力。在《驼庵诗话》中，顾随先生说："平常人写凄凉多用暗淡颜色，不用鲜明颜色。能用鲜明的调子去写暗淡的情绪是以天地之心为心。——只有天地能以鲜明的调子写暗淡情绪，如秋色红黄。以天地之心为心，自然小我扩大，自然能以鲜明色彩写凄凉。"这段话与此词可互为注脚。

冯延巳的《抛球乐》是一组词，共六首，春秋各三首。整组词的美感都是以明艳写哀愁，酒阑人散，清水盘桓；他一边写哀愁，一边在欣赏自己的哀愁。词中心情虽寂寞却不苦涩，因为文笔之美，所以我们体验到的反而是一种大自在。

夏虫不可以语于秋

"井蛙不可以语于海者，拘于虚也；夏虫不可以语于冰者，笃于时也；曲士不可以语于道者，束于教也。"在《庄子·秋水》中，北海若对河伯如是说，意即众生受到空间、时间和认知的限制，他们的经验是非常有限的。

在此无意鄙视夏虫，不过想开个脑洞：如果对于夏虫来说，秋天并不存在，那么我们所知道的秋天，会不会是从人类的感知而产生的？是先有秋天，还是先有人类对秋天的感知？

你可能会说这还用问，当然是先有秋天，没有秋天怎么去感知？其实从来就没有"当然"这回事，一切都来自我们累积的意识和信念。举个例子，比如一日三餐，这似乎天经地义，但古代人并不是一日三餐，而是两餐。习惯了三餐的人，如果少吃一顿，就会感觉饥饿或营养不够。这些都是由意念产生的感受，进而被众人强化为现实，现实反过来又继续固化信念。如果我说，人本来不用吃饭，你一定会觉得天方夜谭，即使有人真的可以做到。当然，如果你以享受美食为乐，那是你的选择（也可能是被选择）而已。

回到文章开始的悲秋。秋天是一个现象，无所谓好坏，悲喜只是人为的感受。秋风萧瑟，万物凋零，萧瑟、凋零这些词已传递出我们的感受。人类眼中的秋天和蜜蜂眼中的秋天，那是完全不同的。可以大胆推测，我们认为的世界，不过是集体和个人意识的共同投射，在没有投射之前，根本就空无一物，如《金刚经》所言："凡所有相，皆是虚妄。"

正如废名寄卞之琳的诗曰："我想写一首诗／犹如日，犹如月／犹如午阴／犹如无边落木萧萧下，——／我的诗情没有两片叶子。"

为什么说"没有两片叶子"？我一直没读懂，不懂但觉得很美，这首诗因此更加神秘了。

绿色的五月，世界重新复活

一转眼，五月已至。

明朗的五月，欢乐的五月，如一支绿色的歌，世界重新复活。

到了五月，你会想起什么，想做什么？

> 你这样吹过
>
> 清凉，柔和
>
> 再吹过来的
>
> 我知道不是你了

这是木心先生写给五月的诗，也许，也是很多现代爱情故事在五月的结局。

农耕的五月，是另一首诗，诗中另有故事。

四月南风大麦黄

送陈章甫

[唐] 李颀

四月南风大麦黄，枣花未落桐叶长。

青山朝别暮还见，嘶马出门思旧乡。

陈侯立身何坦荡，虬须虎眉仍大颡。

腹中贮书一万卷，不肯低头在草莽。

东门酤酒饮我曹，心轻万事如鸿毛。

醉卧不知白日暮，有时空望孤云高。

长河浪头连天黑，津口停舟渡不得。

郑国游人未及家，洛阳行子空叹息。

闻道故林相识多，罢官昨日今如何。

农历四月，时至初夏，南风送暖，万物静静生长，不论人类社会如何变迁，大地山川季节流转总不会变。

"四月南风大麦黄"，现在的北方初夏，依然如千年前，吹着南风，大麦就要黄了。在北方长大的人，可以瞬间被这句诗带回阳光灿烂的平原。大麦比小麦早熟，入夏即黄，所以多种在打麦场。收割完大麦，小麦开始青黄，这时就要平整打麦场，打麦、晒麦都将在场上进行。

大麦黄时，枣花未落，碧梧叶长，这就是"枣花未落桐叶长"。这两句寻常风景，散文笔法，其诗何在？我们可以想象一下，寻常风景何止大麦、枣花和桐叶？此时还有柳絮飘飞，小麦吐穗，布谷鸟远远近近在叫……为什么诗人不拈取这些事物入诗？

"一切景语皆情语"，这句老生常谈，关键在于体悟景中之情。"情"不仅指情感的内容，更有情感的明暗与声调。《送陈章甫》一诗虽是惜别，却并无儿女沾巾之态，整首诗的气质，一如这个季节，明朗而阳刚，那么诗人有意无意间捕捉到的意象，肯定不会是柳絮、青麦、布谷，而是大麦黄、桐叶长。

在万物生长的明媚时光，朋友陈章甫罢官启程回乡，诗人李颀送他到渡口。唐诗中这一类的送别诗很多，最常见的写法是诗人陪泪，安慰朋友不要灰心，并为其遭遇愤懑不平。李颀这首诗全没有这些，一片真诚，光明磊落，这样的送别诗也才配得上陈章甫。

陈章甫何许人也？先看李颀在诗中对他的印象："陈侯立身何坦荡，虬须虎眉仍大颡。"俗话说，有非常之人，必有非常之相。此乃传统的相人术。非常之相不一定漂亮，而另有其讲究，尤重骨相。陈章甫"虬须虎眉仍大颡"，也就是胡子卷曲、额头宽大、眉毛清粗有威。我们可以猜测一下，如此长相的人性格大概是什么样？

我想应该是为人坦荡、有胆识、敢作为，这也是诗人所说的"陈侯立身何坦荡"。陈章甫是个很有才学的人，据说他曾应制科及第，但因没有登记户籍，吏部不予录用，后经他上书力争，吏部无辞以对，只好特为请示并破例录用。而陈章甫因此受到天下士子的推崇赞美，从而名扬天下。虽被录用，然而仕途多舛的他渐渐无心官场，半官半隐一段日子之后，最终他决定罢官回乡。

诗中送别即当此之际。陈章甫是湖北江陵人，早年长期隐居河南嵩山（户籍问题即因此起），"腹中贮书一万卷，不肯低头在草莽"，李颀称赞他的才学及出山的志向。读万卷书，总要行万里路的。行过之后，见了世界，见了众生，也见了自己，再低头于草莽，又有何妨！

"东门酤酒饮我曹，心轻万事如鸿毛。醉卧不知白日暮，有时空望孤云高"，"我曹"就是我辈，陈章甫在东门请"我辈"喝酒，想必他的朋友们也都是坦荡磊落之人，彼此间才可以如此真实，全无社交应酬的虚情假意。心轻万事如鸿毛，他旷放；有时空望孤云高，他也迷茫。都不必掩饰，更不必粉饰。

诗人目送陈章甫渡河："长河浪头连天黑，津口停舟渡不得。郑国游人未及家，洛阳行子空叹息。""郑国游人"指的是陈章甫，"洛阳行子"是诗人自称，言下之意，你我都是人生途中的远行客啊。由这两句诗，也可见送别地点应在洛阳东门外，而陈章甫很可能不是回乡，而是重回嵩山隐居。

"闻道故林相识多，罢官昨日今如何"，最后两句，痛心之问，人走茶凉，他将很快被遗忘。

湖上的天真之歌

石鱼湖上醉歌

〔唐〕元结

石鱼湖，似洞庭，夏水欲满君山青。

山为樽，水为沼，酒徒历历坐洲岛。

长风连日作大浪，不能废人运酒舫。

我持长瓢坐巴丘，酌饮四坐以散愁。

每读《石鱼湖上醉歌》，都令我顿觉宇宙广阔，时光悠长。字里行间，可以听见湖水拍打石岸，酒舫于湖上往来泛泛，环岛而坐的历历酒徒，笑语依稀随风飘散。我随心所愿，徜徉其间，也是他们中的一员。

不言志，不传情，不载道，一样可以是诗，也许还是我们现代人更喜欢的一类诗。若问这首诗写的是什么？如你所读。就诗和语言的关系，这首诗为我们提供了一个很好的范例。对于诗而言，语言不只是言志和抒情的工具，语言本身就可以是目的，就可以成为"志"和"情"。这首诗的力量在于，语言通过自身创造出了一个广大的天地，让我们身临其境，如同穿越到另一个时空。

诗人元结自号"漫叟"，在诗序中，他说自己以公田米酿酒，在休假日常载酒于湖上，与友人据湖岸欢饮。石鱼湖在道州（今湖南道县），有独石在水中，状如游鱼，故名"石鱼湖"。元结任道州刺史时，很喜欢石鱼湖，专门写诗咏之："吾爱石鱼湖，石鱼在湖里，鱼背有酒樽，绕鱼是湖水。"石鱼背有凹处，可贮酒，水涯四匝，石多欹连，上堪坐人，向鱼取酒，使一舫载之，泛泛然触波涛往来，遍饮坐者。

石鱼湖没有洞庭湖大，但想想独石如鱼，也许是巨鱼所化，人坐石上，四面环水，感觉该多么神奇而诗意。"石鱼湖，似洞庭，夏水欲满君山青"，入夏水涨，烟波浩渺，也如洞庭，水绿山青。

"山为樽，水为沼，酒徒历历坐洲岛"，以石鱼为盛酒器，以湖为曲池，饮者环坐洲岛。这几句诗的视角，很像电影中的鸟瞰镜头，在这类镜头中，个体的人或物在大环境中变得模糊，宏大的背景很容易将人消解乃至吞没。但在诗的画面中，我们看到人虽然小，却历历分明。且经过想象力的变形，以山为樽，则又将人的自由意志放大。人作为物质现象的存在眇乎小哉，但人的精神却可以充满天地，包裹六极。我想这正是诗作为语言艺术的魔力，诗可以按照心灵的尺度创造奇迹。

我们把这首诗念一两遍，就会感觉到它古朴的风味。这与词语所传达的事物质地有关，也与诗句的清新和节奏有关。如上所见，诗可分四行，每行一韵，换韵本身就是换气，也是换景，行与行之间的转换，带来呼吸和想象的节奏。前两行的三七言，尤为短古可爱，给人以扑面而来的民歌气息。

如此饮酒，如今看来，堪称行为艺术，在古代，只不过是天真。有人读到"散愁"二字，便指证这首诗实则为了"借酒浇愁"，接着又必将牵扯到"怀才不遇"等。这样读诗何等无聊！

我想说，读诗不是验尸。诗一定要被押回现实吗？人只能有一副面孔吗？总爱扮演验尸官的读者，不仅误解了现实，更误解了诗和生命的本义。比起狭义的现实，诗才是更为隐蔽而深刻的现实，也才是我们生命的真相。我们读诗是为了体验和审美，不是为了抵达某个预设的结论，更不是为了人云亦云。至于"散愁"，人生愁恨何能免，谁没有愁？

一首诗是诗人给世界的馈赠，我们只需要打开心灵，让诗的词句与声音，载我们飞走，带我们神游。

一晴方觉夏深

喜　晴
[宋] 范成大

窗间梅熟落蒂，墙下笋成出林。

连雨不知春去，一晴方觉夏深。

梅子黄时，江南就下起梅雨，如赵师秀《有约》诗中的"黄梅时节家家雨"。梅雨绵绵，一下就是许多天。有时，立夏前雨就开始下，天气倒寒，让人感觉还在春天，可是某日突然放晴，你发现夏已过半。

范成大晚年退隐家乡吴中，十年间写了大量的田园诗。与唐代田园诗心境超脱的隐逸抒情不同，范成大更朴素和写实，他在田园诗中，真切地传达出农村生活的可感细节。例如我们熟悉的《四时田园杂兴》，共六十首七言绝句，分咏不同季节，从中就可以感知南宋乡间日常生活的真实细节。

这首《喜晴》大概也写于闲居之时。范成大很喜欢梅树，隐居石湖后，他曾将范村三分之一的土地用于种梅，并著有《梅谱》。他在居室窗前也种有梅树，冬赏梅花，夏吃梅子。

"窗间梅熟落蒂，墙下笋成出林"，此乃雨晴所见。连日阴雨，人的感官变得昏沉迟钝，骤尔天晴，天地豁然开朗，此时听见鸟鸣，听见人声，都很欢喜。诗人写窗间梅熟蒂落、墙下笋成出林，这些发现更带有时间的印迹。阴雨让时间仿佛停滞，而万物仍在雨中生长，梅子黄了，笋冒出来了，叫人见了怎能不惊喜。

更深的触动还在于季节变换，"连雨不知春去，一晴方觉夏深"。这是人人都有过的日常体验，当诗人适时而准确地说出来，我们便深为叹服，正所谓"人人心中有，人人口中无"。这种普遍体验有什么独特的呢？普遍与独特并不矛盾，最私密的体验，往往就是最普遍的。其独特不在于是否私人，而在于体验本身对于我们作为人的生命是独特的。

雨模糊了你对时间的感知，而光阴依然在流逝，万物也在一刻不停地生长和死亡。你以为还在春天，却忽然发现已是夏天，夏天已深，此时你是不是感觉有什么被错过？我们自己生命的流转呢，会不会也一觉醒来，发现青春早已不在？

满园花菊郁金黄：辽阔秋日

落叶完成了最后的颤抖

荻花在湖沼的蓝睛里消失

七月的砧声远了

暖暖

雁子们也不在辽敻的秋空

写它们美丽的十四行诗了

暖暖

马蹄留下踏残的落花

在南国小小的山径

歌人留下破碎的琴韵

在北方幽幽的寺院

秋天，秋天什么也没留下

只留下一个暖暖

只留下一个暖暖

一切便都留下了

——痖弦《秋歌》

人人心中的重阳诗

九月九日忆山东兄弟

[唐] 王维

独在异乡为异客，每逢佳节倍思亲。

遥知兄弟登高处，遍插茱萸少一人。

这首诗一读就懂，一读即诵，无须讲解。在此拈出几个或可兴发之点。

一是诗题中的"山东"。我们已知王维家住蒲州，在华山以东，故称"山东"。它仅仅是个地理方位吗？试想在古代，山河的阻隔，在人的心理感觉上，是多么不可逾越。隔一座山，即在两个世界，如杜甫所说："明日隔山岳，世事两茫茫。"一个人离开故乡，翻过一座山，故乡就看不见了，就远之又远。诗题也可作《九月九日忆舍弟》，指明"山东"，情感的分量更重，即我在山这边，你们在山那边了。

二是"独在异乡为异客"，"异"字作叠，又是异乡，又是异客。此诗原注"时年十七"，十七是虚岁，也就是十六周岁。少年王维第一次离开家乡，去京城长安谋求功名，满目他乡人，满耳异乡口音，满世界陌生的风景。此等心情现代人恐难体会，如今从一个城市到另一个城市，更像是原地位移：似曾相识的街道，大同小异的商场，模糊不清的人群。

三是"佳节"。"佳节"的意义或许就在于"思亲"。人在异乡不可能每天都想家，但在佳节，你会加倍想家，想起你的来处，以及你在世上的辗转漂流。

四是"遥知"。唐人作诗很爱用"遥"字，"遥知兄弟登高处""遥怜小儿女，不解忆长安""遥知远林际"，极有远致，金圣叹称之为"倩女离魂法"。前几日又读《西厢记》，至第四本"草桥店梦莺莺"，是日张生别了莺莺，天黑时来到草桥店投宿，羁旅离情，愁闷无绪，欹枕方才蒙眬睡去，忽听得有人敲门，原来是莺莺。这便是倩女离魂，圣叹认定王实甫的《西厢记》没有第五本的大团圆，故事到草桥店这里就结束了，张生惊醒：原来只是个梦。读到这里，我倒是在想，如果张生不认为是梦，那么在当下他和莺莺是不是可以跳到另一个平行世界，从而改变他们的过去和未来？然而这个梦不得不断，更惊心的是，即使在梦中，也有众鬼卒一路追来，夺门而入，厉声喝道："你是谁家女子，黉夜渡河？！"

五是"少一人"。王维在这里遥想他的兄弟们重阳节登高，他看到自己的缺席。其实在我们生活的二元世界，缺席就是存在，甚至通过缺席才能感觉到存在。博尔赫斯有一句诗："你在我身边，你不在我身边，我以此丈量时间。"

六是诗境中的双重主体，我想你即你想我，主客一体。《诗经》中的《卷耳》《陟岵》皆此类，那么王维是在学三百篇吗？应该说这是人心中自然的情感流露，人人心中都有三百篇。

一个人的九月九

九　日

［唐］杜甫

重阳独酌杯中酒，抱病起登江上台。

竹叶于人既无分，菊花从此不须开。

殊方日落玄猿哭，旧国霜前白雁来。

弟妹萧条各何往，干戈衰谢两相催。

农历九月九日为重九，九为阳数，日月并应，故又称重阳。以重九谐音"长久"，俗嘉其名，以为宜于长寿，因而自古有插戴茱萸、饮菊花酒、登高享宴等风俗，避灾克邪，以祈平安。

在这样的文化语境下，我们来读杜甫这首诗，就更能体会他的孤独和凄凉。

重阳饮酒，旨在高会亲朋、祈福长寿。然而杜甫在这一天，却是独酌，"重阳独酌杯中酒"，佳节还是要过的，酒还是要喝的，重阳和独酌对照，形影相吊，酒味不用说，必也凉薄。

登高还是要登高的，哪怕抱病，也要强起而登江上台。当时杜甫已离开成都，沿长江东下，意欲北归，中途滞留在夔州，《秋兴八首》即写于这段时期。"江上台"应是杜甫常常登高望远的一处地方，巫山巫峡气萧森，江间波浪兼天涌，都应在此高台上所见。

"竹叶于人既无分，菊花从此不须开"，竹叶不是竹叶，借指竹叶青酒，是虚写；菊花则是真菊花，此即所谓"真假对"，对得清新别致。据说杜甫当时患有肺病，不能饮酒，独酌杯中酒，许是一时兴起。酒既不能饮，那么菊花也没必要开了，他说。——诗中的杜甫，就是这么任性！

颈联不禁黯然神伤，泪下沾裳。"殊方日落玄猿哭，旧国霜前白雁来"，有没有注意到句中的色调？落日、黑猿、旧国、白雁，江天暮晚，弥漫出浓重的死亡气息。殊方落日，仿佛一场盛大的葬礼，玄猿哀哭，犹如无数迷路的幽灵。白雁捎来北方的霜讯，又要到冬天了。

一生有一生的轮回，一年有一年的轮回。十年漂泊，久无消息，弟妹已成梦中人。他们各在何方，还在不在世上，这些皆不得知。知的是自己，壮志逐年衰的自己，抱病在这个叫夔州的地方。干戈不息，衰谢相催，眼看此身行将老去，久久淹留而不得归。登高似乎违背了登高的本意，本为祈福，反添哀伤，福在哪里？

我们当今读杜甫，较之忧国伤时，更应关注他的诗对于汉语的价值。英裔美国诗人 W.H. 奥登说过，一个诗人若有什么政治责任的话，那就是为其母语建立一个正确的使用典范，保持语言的神圣性是诗人理应担当的角色。杜甫在这方面当之无愧，我们反复读诵他的诗，就可以感知汉语强大的生命力。

十三朵白菊花

重阳席上赋白菊

〔唐〕白居易

满园花菊郁金黄，中有孤丛色似霜。

还似今朝歌酒席，白头翁入少年场。

传奇诗人周梦蝶有一首诗，题为《十三朵白菊花》，诗前数行小字，叙其缘起甚美："于自善导寺购菩提子念珠归。见书摊右侧藤椅上，有白菊花一大把：清气扑人，香光射眼，不识为谁氏所遗。遽携往小阁楼上，以瓶水贮之；越三日乃谢。"

不知送花者系谁氏，白菊的冷艳清愁，与淡泊狷介、依靠摆书摊聊且度日的周梦蝶，真的很般配。自东晋陶渊明爱菊，菊花便成了隐逸的象征，这些寒冷的小小火焰，仿佛不甘睡眠的秋之眼。十三朵，这数字意味着什么？萧萧的诀别，抑或无言有哀的深情？诗人也不好说。

再来看乐天的诗。乐天的重阳节从不孤寂，即使孤寂，也有一群人陪在身边。《重阳席上赋白菊》，"席上"就是歌舞酒席上，可见是很热闹的。另一首写于外放期间的《九日登巴台》，虽自叹两年来在外漂泊，旅鬓已白，乡书不来，然而仍是"临觞一搔首，座客亦徘徊"。

这首诗发生的情境值得我们留意。乐天在花园里与诸宾客赏花饮酒，见满园菊花郁金黄，其中独有一丛白菊，白似秋霜，他忽然若有所悟。这一闪念也许就是所谓灵感，乐天由菊照见自己在人群中的形象，即"白头翁入少年场"。这是欢喜呢，还是忧愁呢？也许都有，喜忧参半。乐天写诗，大多出于此类日常情境，有所感触、感悟、感想、感叹，通通变成诗，他一生写诗不计其数，保留下来的就有两千多首。

这种随手拈来的写法，到了宋代，更被陆游发挥到了极致。陆游存诗共四千多首，有一首《朝中措·梅》与此诗略似，词的上片曰："幽姿不入少年场。无语只凄凉。一个飘零身世，十分冷淡心肠。"乐天的"白头翁"与"少年场"，是老少对比，自嘲自赏；陆游对群芳争艳的"少年场"，则颇为不屑，他以梅自喻，以其幽姿比己之孤洁，自怜自伤。

不为登高，只觉魂销

采桑子·九日

[清] 纳兰性德

深秋绝塞谁相忆，木叶萧萧。

乡路迢迢。六曲屏山和梦遥。

佳时倍惜风光别，不为登高。

只觉魂销。南雁归时更寂寥。

康熙二十一年（1682年），纳兰性德二十八岁。是年八月，他出使塞外，《采桑子·九日》即作于此行途中。

使至塞外，举目萧萧，重阳节更觉寂寥。深秋绝塞，好像已不在人间，相忆之人渺不可知。乡路迢迢，重重叠叠的山峦外，家园梦一般遥远。上片写秋景，淡淡数笔，简练壮阔，正如塞外的秋天。

"佳时倍惜风光别"，纳兰在此将王维的诗意化而为词，且翻出"不为登高。只觉魂销"的新意。结句"南雁归时更寂寥"，雁行南飞，心亦随之远去，目断遥天，余意不尽。

在美感上，对比纳兰此词与王维的九月九日诗，我们也可体会出词与诗的不同。举一个经典案例，纪晓岚为皇上在扇面上题王之涣的《凉州词》，漏掉一个"间"字，皇上正要怪罪，晓岚灵机一动，称这是词，不是诗。古诗文没有标点，断句不同，诗就可能变成词：

> 黄河远上白云间，一片孤城万仞山。
> 羌笛何须怨杨柳，春风不度玉门关。（诗）

> 黄河远上，白云一片，孤城万仞山。
> 羌笛何须怨？杨柳春风，不度玉门关。（词）

有何不同？去掉标点，两个文本就差了一个"间"字，标点断句的位置改变，文本的气脉瞬间不同。很明显，诗的境界更壮阔，意象更浑成；词的气脉弱了，但别生一种散淡闲适之味。王国维先生在《人间词话》中说："词之为体，要眇宜修，能言诗之所不能言，而不能尽言诗之所能言。诗之境阔，词之言长。"此为至论。

如今，我们可能很少有饮酒赋诗的雅兴，但也会在重阳前后登山赏菊。登上山顶，极目四望，会感觉到秋天如此辽阔，就像痖弦在《秋歌》中所说，一切都远了：七月的砧声远了，雁子们也飞不见了；秋天什么也没留下；只留下一个暖暖。

暖暖是谁？第一次读这首诗，我猜暖暖是他的恋人，后来在别的诗中得知或是他的女儿。痖弦自己不做解释，他说这个世界已经够冷，让我们以彼此的体温取暖。

暖暖也许是个名字，也许只是一个词。只留下一个暖暖，一切便都留下了。

图书在版编目（CIP）数据

春山多胜事：四时读诗 / 三书著. — 成都：天地出版社，2023.4
ISBN 978-7-5455-7619-1

Ⅰ.①春… Ⅱ.①三… Ⅲ.①唐诗—诗歌欣赏 Ⅳ.①I207.227.42

中国国家版本馆CIP数据核字（2023）第011677号

CHUNSHAN DUO SHENGSHI：SISHI DUSHI

春山多胜事：四时读诗

出 品 人	陈小雨　杨　政
著　者	三　书
责任编辑	柳　媛　胡文哲
责任校对	杨金原
封面设计	王媚设计工作室
责任印制	王学锋

出版发行	天地出版社
	（成都市锦江区三色路238号　邮政编码：610023）
	（北京市方庄芳群园3区3号　邮政编码：100078）
网　　址	http://www.tiandiph.com
电子邮箱	tianditg@163.com
经　　销	新华文轩出版传媒股份有限公司

印　　刷	玖龙（天津）印刷有限公司
版　　次	2023年4月第1版
印　　次	2024年1月第2次印刷
开　　本	880mm×1230mm　1/32
印　　张	11.25
插　　页	8P
字　　数	242千字
定　　价	56.00元
书　　号	ISBN 978-7-5455-7619-1